暁の報復

ボックス

猟区管理官ジョー・ピケットの留守電に、知人のファーカスから伝言が残されていた。ダラス・ケイツと仲間が、ジョーを襲う密談をしているのを盗み聞いたという。ジョーの娘の元恋人ダラスは、１年半前の事件で家族ともども破滅し、その一因となったジョーに強烈な恨みを抱いていた。ほどなくファーカスが行方不明になり、空からの捜索に同行したジョーは、ファーカスらしき男が３人に発砲された場面を赤外線装置で目撃する。その後遺体が発見され、捜査が始まるが、ピケット一家にも次々と危機が襲いかかる。サスペンスみなぎる人気シリーズ新作！

登場人物

ジョー・ピケット……………………ワイオミング州猟区管理官
メアリーベス・ピケット…………ジョーの妻
シェリダン・ピケット……………ピケット家の長女
エイプリル・ピケット……………ピケット家の次女。養子
ルーシー・ピケット………………ピケット家の三女
ネイト・ロマノウスキ……………鷹匠《たかじょう》。ジョーの盟友
ミッシー……………………………ジョーの義母
デイヴ・ファーカス………………ハンター
コットン・アンダーソン…………デイヴの狩猟仲間
マイク・リード……………………トゥエルヴ・スリープ郡保安官
レスター・スパイヴァク…………保安官代理
ダルシー・シャルク………………郡検事長。メアリーベスの友人
ワンダ・ステイシー………………バーテンダー
バック・ティンバーマン…………バーの店主

ダラス・ケイツ……元服役囚
エルドン・ケイツ……ダラスの父。故人
ブレンダ・ケイツ……ダラスの母。服役中
コーラ・リー……ダラスの兄嫁
ランドール・リューティ……}
ローリー・クロス……} 元服役囚
ジョイ・バノン……エイプリルのルームメイト
ティルデン・ムートン……治安判事
ヒューイット……地区判事
デュエイン・パターソン……公選弁護人
マーカス・ハンド……刑事弁護士
リック・イーウィグ……キャンベル郡猟区管理官

暁 の 報 復

C・J・ボックス
野口百合子 訳

創元推理文庫

VICIOUS CIRCLE

by

C. J. Box

This edition is published by TOKYO SOGENSHA Co.,Ltd.
This edition published by arrangement with
G. P. Putnam's Sons, an imprint of Penguin Publishing Group,
a division of Penguin Random House LLC
through Tuttle-Mori Agency, Inc.,Tokyo

暁の報復

バド一家に捧げる。
そして、いつものようにローリーに。

悪循環　vi·cious cir·cle

（名詞）

1　二つ以上の要素がたがいに激化、悪化させあい、不可避的に状況が深刻になる因果関係が続くこと。

第一部

自分自身に仕掛ける罠ほど致命的な罠はない。

――レイモンド・チャンドラー『長い別れ』

1

セスナ・ターボ206の下を、広大な黒いマツの森が過ぎていく。ワイオミング州猟区管理官ジョー・ピケットは、目の前のiPadの画面と横の窓に視線を交互に向けていた。なにも見落とさないようにしっかりと目を見開いていたが、エンジントラブルが起きて自分がビッグホーン山脈で炎に包まれて即死する結末を想像し、ぎゅっと目を閉じてしまいたい衝動と闘っていた。

人生で初めて、ロザリオをたぐって慰《なぐさ》めを求めたい気持ちがわかり、いまここにあればいいのにと思った。

ハロウィーンの夜だった。操縦士のジョン・ウィルソン・〝ビル〟・スローターは小型機の機首を少し下げた。六十代はじめの、銀髪をクルーカットにした屈強で引きしまった体つきの男だ。風防ガラスいっぱいに黒い森が迫ってくる。ジョーはけんめいに呼吸しようとした。

「高度三百六十メートル」スローターはヘッドセットを通じて副操縦士のゲイル・ヘルトとジョーに告げた。

「ラジャー」ヘルトが応答した。

ワイオミング州民間航空パトロールのメンバーはみんなそうだが、スローターもヘルトも軍を除隊している。現在ヘルトはパインデール・ミドル・スクールの美術教師で、スローターはトリントンの近くでアンガス牛の小さな牧場を経営している。

「なぜ高度三百六十メートルなんだ？」怯えが声ににじまないようにしてジョーは尋ねた。

「通常は夜間に高度を六百メートル以下に落とすことはないんだけどね」ヘルトは冷静に答えた。「あまり安全じゃないとされているから」

「だから、だれにも言うなよ」スローターはつけくわえた。

ジョーは聞いた。「だったら、なぜそうしたんだ？」

ヘルトは後部座席に一人ですわっているジョーを振りかえった。「このほうがよく見えるから」当然のように彼女は答えた。

ジョーはうなずいた。口の中がからからで、いつ吐いてもおかしくない気分だった。頭上のストラップを右手でぎゅっと握りしめているので、指の感覚がまったくない。セスナが方向転換したり高度を上げ下げしたりするたびに、胃の中のものがせりあがってきた。

「彼、大丈夫か？」スローターはヘルトに尋ねた。

「あなた、大丈夫？」彼女はジョーに尋ねた。

「ぜんぜん平気だ」ジョーは嘘をついた。

ロッジポールマツの梢《こずえ》が眼下を飛び過ぎていくあまりの速さに、頭がくらくらした。梢は闇に包まれた森の上に突きだし、月と星々の白い光に照らされて薄青く浮かびあがっている。下方を渦巻《うずま》くように飛び去る梢に、ジョーはブリザードのときヘッドライトの中を乱舞して吹き過ぎる雪を思い出した。木々はすぐ近くに見え、手をのばせば触れられそうだ。

「めったに墜落はしないよ」ビル・スローターは言った。

ヘルトは笑って、やめなさいよとたしなめた。

ジョーはスローターの丸い後頭部を見つめ、視線で穴を二つ開けてやれないものかと思った。民間航空パトロールのためについやしている時間と労力には敬意を表すが、いまは二人のブラックユーモアを楽しむ余裕はなかった。

「迷子になったと知ったら、この男はどうするだろうな?」ヘッドセットを通してスローターはジョーに聞いた。

「どういう意味だ?」

「パニックになりそうな男か?」

ジョーは考えた。「いや。鈍《にぶ》いからパニックにはならない。それに彼はこのあたりの山をよく知っている。以前はハンターの案内人をしていたんだ」

「おれが聞いたのは、最近の傾向として、行方不明者が若い場合には山頂で携帯の電波をつかまえようとして上へ向かうとわかっているからだ。年がいっていれば、支流や川に沿って下ることが多い」

「筋《すじ》が通るな。対象者はきっと下る。おれの考えではパウダー川の分岐に着くまで湧き水の流れをたどるだろう、そのあと牧場か狩猟キャンプを見つけるつもりで。彼がキャビンや狩猟用のトレーラーに押し入って、だれかが自分を探しているなんて夢にも思わずに寝こんでしまうのも、想像がつくよ」

「なんとまあ」ヘルトはつぶやいた。

「だが、合点がいかないのは、そもそもなぜ彼が自分のエルク・キャンプから黙って出ていったのかだ」ジョーは言った。

「なぜ出ていったのか、理由がわかるといいけれど」ヘルトは言った。「わたし、なぜ人々が行方不明になるのか、前から興味があるの」

「わかれば、経験値が上がる」スローターはつけくわえた。「つねに学習しているんだ、おれたちみんな。おれが学んだ最大の教訓は、人間はたいした理由もなくばかなまねをするってことだ」

「彼にあてはまるな」ジョーは言った。

ヘルトはくすくす笑った。

「待て――あれはなんだ?」突然、iPad の画面に何十もの白い直立した棒か、黒板にチョークでつけたしるしのようなものが現れたとき、ジョーは叫んだ。

彼らはデイヴ・ファーカスという行方不明のハンターを探していた。エネルギー産業労働者、狩猟専門アウトフィッター（案内のほか装備も提供する）、釣りのガイドといった仕事を経て、いまは資格があるのか疑わしい障害者給付に頼っている無職の怠《なま》け者だ。二十四時間前に、自分のエルク・キャンプから姿を消した。秋の大型ブリザード襲来の予報が出ているので、彼を捜索するすべは限られてきていた。

　行方不明のハンターを探すために、ファーカスの狩りのパートナーであるコットン・アンダーソン――エネルギー不況のせいで失職したばかりの溶接工――がトゥエルヴ・スリープ郡保安官マイク・リードに通報し、リードはワイオミング州国土安全保障局に連絡した。そこから空軍救出統括センター、そこから共同指令センター、さらにそこから、州軍の一部であるワイオミング州民間航空パトロールに連絡がいった。

　リード保安官からジョーが聞いたところでは、アンダーソンが前夜キャンプに戻ったらファーカスはいなくなっていたという。ファーカスのピックアップは残っており、たき火が熾《おこ》されて、ステーキ肉がクーラーボックスの上で解凍されていた。ファーカスの狩猟用ライフルは木の幹に立てかけられ、予備の拳銃を入れたホルスターは枝に吊るされていた。〈クアーズ〉の空き缶がいくつもキャンプチェアの下に転がり、腕木には開けた缶が置かれていた。だが、ファーカスの姿はなかった。

正気のハンターならライフルを持たずに出かけたりしない、とジョーは知っていた。それにファーカスは、よほどの理由がないかぎり、まるまる残ったビールを置いたままいなくなったりしない。

アンダーソンは携帯でファーカスを呼びだそうとしたが、圏外だった。そのあと安物の〈モトローラ〉のトランシーバーで無線連絡を試み、ようやく応答を受信した。

最初の呼びだしから二十分後に応答したのはファーカスのしゃがれ声だった、と少なくともアンダーソンは思った。「やつらに追われてる……」

しかし、アンダーソンにはそれが相棒の声だったという確信はなかった。そして、応答の言葉が「ちょっと待ってくれ」とか「小便にいってくる」ではなかったという確信もなかった。

アンダーソンは〈ジムビーム〉を飲みながら遅くまで起きて、何度かライフルを続けて三発撃った。キャンプへ戻れ、このばかという万国共通の合図だ。だが、ファーカスが応えることはなかった。

今日の午前なかば、睡眠不足で充血した目でテントから出て、夜のあいだにファーカスが帰ってきていないことを確認したコットン・アンダーソンは、携帯の電波が届くクレイジー・ウーマン・クリークのキャンプ場までピックアップで行き、保安官事務所にデイヴ・ファーカスの失踪を通報した。

消えたハンターと知りあいだったため、ジョーは民間航空パトロールに同行を要請された。ファーカスがこれまでジョーの敵側につくはめになったこともある事実は、考慮されなかった。

ジョーは小型機で飛ぶのが怖かった。馬かＡＴＶ（全地形型車両）での捜索のほうがましだった。だから、滑走路上でエンジンの回転を上げるセスナが、愛犬のラブラドールのデイジーがキジを見つけたときのように機体を震わせて揺れた瞬間、ジョーは声を出さず神に祈り、空からの捜索に自分の参加を提案したリード保安官を呪った。同時に、行方不明になったデイヴ・ファーカスを呪った。

デイヴ・ファーカスを見つけて話をしたくないわけではない。見つけたかった。おとといの夜遅く、ファーカスがジョーの携帯に伝言を残して以来、彼と連絡をとろうとしていた。知らない番号からかかってきており、そのこと自体がおかしかった。

へべれけだとはっきりわかるろれつのまわらない口調で、ファーカスは長く悩ましい伝言を残し、ジョーを不安に陥《おとしい》れた。

「ジョー、デイヴだ。ファーカス。デイヴ・ファッキン・ファーカス、あんたと何度も一緒に冒険した相棒だ。

なあ、おれ、閉店まぎわの〈ストックマンズ・バー〉にいて、聞いたんだよ――会話が聞こえた。きっとあんたは——ぜったいに興味がある、なにしろあんたとあんたの家族に関係したことだから。少なくともおれはそうだって確信がある……」

伝言は長くてとりとめがなかった。留守電の最後の数秒間、後ろで女の声が聞こえた。

「ちょっと、もういいでしょ、いいかげんにして」通話は唐突に切れた。

伝言はまだジョーの携帯にあり、彼は妻のメアリーベスと三回それを聞いた。


セスナの下をあいかわらず木々の梢が後方へ飛び過ぎていく。あまり長く下を見つめていると目がまわりはじめるのに気づき、ジョーは視野を全体に広げるようにつとめた。自分の担当地区とこの山々で長い年月を過ごしているにもかかわらず、地形の広大さと複雑さにいまさらながら驚いた。

森には草地が碁盤縞《ごばんじま》のように現れ、伐採された空地もところどころ見受けられた。黒いやわらかな輪郭の谷がけわしく深い裂け目に変わり、そこをいくつもの小川が岩の上を白く泡だって流れている。すでに初雪のなごりが、高山の北斜面や、太陽がほとんど当たらない峡谷にしっかりと残っている。

機上から見える唯一の人工的な光は、ぽつんとある狩猟キャンプやキャンプ場の明かりだ。週の初めにエルク狩りのシーズンが始まっており、大勢のハンターたちが山に入っている。解禁以来、ジョーは一日十四時間パトロールして、違反切符を二度切った。

通常の任務に加え、綿密に組織された密猟が広さ約一万三千平方キロメートルの担当地区でおこなわれていると判明して、忙しさに拍車がかかった。密猟は隣接した東側と西側の地区でも報告されていた。まだ狩猟が解禁されていない一帯や夜間に、三人の発砲者が多数のプロングホーン（エダヅノレイヨウ）、シカ、エルクを殺したのを見たという通報が、通信指令係に寄せられている。

　この出来事にジョーが大いに当惑したのは、殺戮《さつりく》が行き当たりばったりで、典型的な密猟ではないからだった。牝《めす》のエルク、子、牝《め》ジカ、プロングホーン――種類も性別もおかまいなく狙われ、殺されているようだ。ふつうなら、悪党たちは狩りの記念《トロフィ》になる大物を追う。出会う獣を手当たりしだい撃ったりしない。違法のトロフィ狩りの証拠は首を切られた死骸《しがい》だ。そういうハンターたちは枝角や角《つの》にしか興味がない。

　この密猟グループは違う。なぜなら、彼らは死骸を車に積んで運び去っており、野外で腐るままに肉を放置してはいない。つまり、ジョーは死骸を現場で調べて、武器を特定できるかもしれない弾を見つけられないのだ。

　隣接地区の猟区管理官たちと情報を交換し、同様の通報が東方のジレットや西方のジャクソンホールでもあったことがわかった。二台の異なった車両の大ざっぱな特徴――一台は旧モデルの赤のピックアップ、もう一台は白のシボレー・サバーバン4×4――が現場で報告されており、それはジョーがこれまで耳にした情報と合致していた。

ジョーは密猟者を憎んでおり、彼らを発見して逮捕したかった。自分の身近で犯罪者が罰せられもせずのさばっていると思うと、むかむかした。だが、過去二ヵ月は挫折の連続だった。グループの正体やメンバーについて市民からの通報はまったくなく、現場には内臓の山以外たどるべき証拠は皆無だった。発砲したあと密猟者たちは空薬莢《からやっきょう》を回収していた、一つとして見つからなかったからだ。よくあるように、犯罪の写真や動画をネットに投稿して正体をさらしたことは一度もない。そしてトロフィになる獲物を狙っていないので、剝製《はくせい》業者から疑わしい頭部や角の通報もない。ジョーはいらだっていたが、密猟グループの正体や動機についての手がかりはゼロだった。狩猟漁業局局長のリーサ・グリーン－デンプシーでさえ、〈この問題をどうするつもり？〉というメールを何度も彼に送ってきていた。

犯人たちを捕まえるには、彼らが獲物を撃っている現場にジョーが出くわすチャンスを増やすか、まっとうなハンターが彼らの銃撃を目撃して通報し、ジョーがまにあうように駆けつけて逮捕するかしかない。彼が週末や労働者《レイバーデイ》の日の休みを返上してパトロールに多くの時間をついやしたのは、それがおもな理由だった。

セスナのエンジンのうなりに加えて、体をどくどくと流れるアドレナリンのせいで、どれほど自分が疲れているか実感せずにすんでいた。

あるいは、どれほど寒いか。断熱性のフライトスーツを着たらという申し出を断わったのを、いま後悔していた。彼が着ているのはプロングホーンの袖章、〈猟区管理官ジョー・ピケット〉の名札、バッジがついた狩猟漁業局の赤い制服のシャツだ。窓や床の通気口からのすきま風の冷たさをしのぐために、彼はごしごしと両手で〈ラングラー〉のジーンズをこすった。足の感覚はとっくになかった。

パターンは何種類もある、とスローターは話していた――グリッド捜索、環状捜索、クリープ線捜索、方形拡大捜索、平行捜索、ルート捜索、扇形捜索――だが、自分たちは方形拡大捜索でいくつもりだ、と彼は言った。ファーカスとアンダーソンのエルク・キャンプのおおよその座標を中心として、九十度の急旋回をくりかえしてそこからじょじょに遠くへ飛んでいく。

「もっと大勢のハンターがPLBを持ってくれるといいんだが」スローターはこぼした。

「携帯用位置指示無線標識《パーソナル・ロケーター・ビーコン》のこと」ヘルトがジョーに教えた。

「知っている」ジョーは答えた。「野外では持つように、いつも勧めているよ。だが、わかるだろう――自分たちが迷子になるなんて、だれも思わないんだ」

「あんたは持っているのか？」スローターは尋ねた。

持っているが携行するのを忘れることが多い、とジョーは白状した。

「いつか、おれたちはあんたを捜索することになるかもな」スローターは言った。

「もしかしたらな」ジョーはうなずいた。

セスナには前方監視型赤外線装置が装備されていた。フットボールのような形をした装置は左翼の下にとりつけられており、だからスローターは方形拡大捜索でずっと機を左へ傾けていた。赤外線装置は地上の生物の熱を検知し、コクピット内に搭載されたiPadに表示する。

この装置は感度がよく、気温が高くなければ、まだ暖かいたき火の跡やタバコの火を——たとえ数キロ上空にいても——検知すると、スローターはジョーに話していた。温まったタイヤの白いぼうっとした光で、何千台も止まっている駐車場に入ってきたばかりの特定の車両すら、表示できるという。

白い棒のような光をジョーが画面で見て「あれはなんだ?」と叫んだとき、スローターは「エルクだ」と答えた。

「エルク?」

「体毛にしっかりおおわれているので、赤外線が検知するほどの熱を出さないのさ。見えるのは脚だけだ」

ジョーは画面に顔を寄せた。チョークに似たしるしは動いている。そのあと何頭かが走りだし、群れから離れていった。彼が視認できるのは木立のあいだに明滅する白い棒のような、上体のない脚だけだった。

「燃料がもたないからあと十分ほどで戻らなくちゃならない」ヘッドセットを通じてスローターは告げた。

「おれはかまわないよ」ジョーは言った。

「エルク・キャンプの周囲の約百六十五平方キロを捜索した」ひざの上の地形図で機の位置を確認したあと、ヘルトは告げた。彼女は黄色のハイライトペンを使って地図上に捜索パターンを書きこんでいた。

言葉にする必要がなかったのは、ファーカスがほんとうにこのあたりにいるなら、赤外線装置には検知されなかったということだ。つまり、彼はもう熱を発していない。

それはつまり……

「いま見えているのはなんだ?」ジョーは人差し指で画面を示した。「またエルクか?」

こんどの画像はエルクの脚より厚みがあり、丈《たけ》もあって白色が鮮《あざ》やかだ。

ジョーは身を乗りだして横の窓からのぞいた。森は深く、地上のなにもはっきりとは見えない。

ヘルトは言った。「人間みたい」

人間というわけじゃない、とジョーは思った。森の奥に立っている人間のネガのような白い画像。次の瞬間、いなくなった。

「なにが起きた？」ジョーは聞いた。

「木の陰に隠れた」ヘルトは言った。セスナが左に旋回すると、画面に肩が現れ、幹の根元に足も見えた。「わたしたちの視界に入らないようにしているのよ」

ジョーは思った。なぜだ？

「おれたちが上空を旋回しているのが聞こえるよな？」

「もちろん」

画面が暗くなった。「見失った」ジョーは言った。

スローターが機を急角度で傾けたので、体重が移動してジョーは左側のドアに押しつけられた。ドアがちゃんとロックされていることを祈った。

「あそこにいる」ヘルトはやったという口調で言った。彼女がiPadで画面を保存した音をジョーは聞いた。

しかし、彼には黒い画面以外なにも見えない。

ヘルトは向きを変え、iPadの画面を拡大する方法を示した。ジョーにもまた、木の裏に隠れようとするぼうっとした人影が見えるようになった。ライフル・スコープの十字線のようなアイコンをタップして人影に焦点を合わせた。セスナの角度とエンジンによる振動にもかかわらず、人影は驚くほど安定して鮮明になった。

「よし、また捕まえた」ジョーは言った。「ファーカス、このばか。出てこい」

「座標」きりっとした軍隊口調で、スローターはヘルトに命じた。

ヘルトは自分のiPadから目を上げて座標を報告した。スローターは無線マイクにそれをくりかえし、共同指令センターに伝えた。これで、リード保安官の捜索救助隊は地上のどこでファーカスを見つければいいかわかる。もし、ファーカスならば。

「どうしてこっちの注意を引こうとしないんだろう？」ジョーは言った。「おれなら、上下に飛び跳ねて両腕を振る。あいつはいったいどうしたんだ？」

ヘルトは言った。「負傷しているのかもしれないわ」

「迷子になると、ときどき分別をなくして救助隊から隠れようとすることがあるんだ」スローターはつけくわえた。「奇妙だが、前にもあった」

ジョーはかぶりを振ったが、スローターとヘルトに見えたかどうかわからなかった。

「おれたちの仕事は終わったな」スローターは言い、ジョーは機が水平に戻って高度を上げはじめるのを感じた。ヘルトは前部でスパイラルメモに忙しく座標を書きこんでいた。

白いぼうっとした人影が小さくなっていく画面に、ジョーの目は釘付けになっていた。

一つではなく四つの白いしみのようなものがちらりと見えたとき、最初ジョーはiPadの不具合かと思った。

手をのばして、視野を拡大した。最初に見た人影――おそらくファーカス――ははっきりと前景にいる。だが、彼の背後には三つのほかの人影がいる。森の中を前進し、前景の一つの人影に集中しつつある。

「画面を見ろ」ジョーは言った。

「なんだって？」声にいらだちをにじませて、スローターは尋ねた。

「画面を見ろ」

ジョーが目を上げると、ヘルトが書く手を止めて四つの人影が現れるまで自分のiPadを操作していた。

「どうなっているの？」ヘルトは尋ねた。

「おれたちが見つけた一つに三つの熱源が迫っている」ジョーは答えた。いまは遠く離れてしまったので、白い影はごく小さくてかすかだ。

「ビル、引きかえさないと」ヘルトは操縦士に言った。

「だめだ」スローターは答えた。「サドルストリングまで戻るぎりぎりの燃料しかない」

「お願い、ビル」

「だめだ。残念だが。もしかしたら、彼を見つけた捜索救助隊が映っているのかもしれない」

リード保安官の捜索救助隊はまだ山のふもとの指揮指令本部にいることを、ジョーは指摘しなかった。もし出発していれば、無線で聞いていたはずだ。

「もう一周できるならやる」スローターの口調は本気だった。「おれたちは任務を完了してあの男を発見した。だが、ただちに帰投しなければ燃料切れで危険に陥《おちい》る。この山々のどこにも着陸できる場所は見ていない」

「了解」ヘルトはあきらめた。「帰りましょう」彼女はiPadを終了させて、報告書に戻った。

ジョーは二人のあいだに入りたくはなかった。それに、地上を踏むのが待ちきれなかった。

そのとき、画面に星形の閃光が現れた。続いてまた閃光。そしてかすかで遠くはあったが、はっきりとわかる断続的な閃光。

ジョーは思った、懐中電灯か？　しかし、救おうとしている相手に向かってなぜ救助者が懐中電灯を点滅させる？

次の瞬間はっとして、彼は戦慄《せんりつ》した。発砲炎《マズルフラッシュ》だ。

「いま殺人を目撃したと思う」彼は言った。

ヘルトはすばやく振りむき、ジョーの発言の意味をビル・スローターが悟ったとき、翼がかすかに揺れた。

画面から視線を上げてジョーは宙を見つめた。長年現場に出ているが、こんな形で殺人の瞬間を目撃するとは。のどにかたまりがこみあげてきて、さっきファーカスを呪ったことに罪悪感をおぼえた。ファーカス――あるいは何者か――はセスナから隠れていたのではなかった。追ってくる三人から隠れていたのだ。

この状況で、自分たちにできること――できたこと――はほとんどないとわかっていた。

たったいま画面上で見たものが、この先ずっと脳裏から消えないのも、彼にはわかっていた。生きているデイヴ・ファーカスとふたたび会うことはないだろう、と思った。

2

二日前の夜

デイヴ・ファーカスはサドルストリングの〈ストックマンズ・バー〉のドアからいちばん遠いスツールにすわり、黄色がかった赤色になるまで、生の〈クアーズ〉のジョッキに〈クラマト〉(濃縮トマトジュースやハマグリのエキスなどを使った飲料)を注いでいた。そのあと、タバスコを四滴垂らして完成させた。

できあがった飲みものをしばし愛《め》で――新人のバーテンダー、ワンダ・ステイシーは目の隅で彼を観察していた――ジョッキを傾けると、目を閉じて五口で半分近くを飲みほした。ジョッキをカウンターに戻し、満足のうめきを洩《も》らした。

ファーカスは六十一歳で、太った熊のような体型だ。しょぼしょぼした目、たるんだあご、もみあげから下あごに向かって広く豊かになるひげ、静脈の目立つだんご鼻。スナップボタンのシャツはどんどん縮んでいるように見える。がっしりした編み上げのアウトフィッター・ブーツをはいているのは、みんなに自分がかつてはアウトフィッターだったと知ってほしいからだ。上唇《うわくちびる》にはピンクの泡がついている。

「完璧だ」彼は言った。「最高に完璧なレッド・ビールだ」

「よくそんなもの飲めるわね」ワンダ・ステイシーは両手を腰にあてた。

「あんたにはわからんのさ。レッド・ビールは薬なんだ。エルク・ハンターたちを案内してたころには、毎朝飲んだもんだ。二日酔いも頭痛も、なんだって治る。カウンターの奥に入れてくれりゃ、作りかた教えてやるよ」

「いいえ、けっこう」

奥のビリヤード台でエイトボール・ゲームを切りあげようとしている今風《いまふう》のよそ者二人を別にすれば、ファーカスはまだバーに残っている最後の客だった。彼がいつもこのスツールを選ぶのにはたくさんのもっともな理由がある。とりわけ重要なのは、ガラスの向こうのミニチュアのビリヤード台で、小さなカウボーイの衣装を着てゲームをしている剝製のジリスの古いジオラマに近いからだ。だがジオラマはぼろぼろになってきており、ショットを打とうと台にかがみこんでいるジリスの小さな両耳がはがれ、フエルトの上に落ちているのが、ファーカスは気になってしかたがなかった。まるで小さな枯葉みたいだ。

しかし、このスツールを選ぶいちばんの理由は、元保安官O・R・〝バド〟・バーナムが朝のコーヒーのときでさえこの席を選んでいた理由が、音響効果だと知ったからだった。一九三〇年代に〈ストックマンズ・バー〉を造った人々は――節《ふし》だらけのマツ、木目のゆがんだ柱、低い天井――そのつもりで設計したわけではないだろうが、店内のあらゆる音がなぜか最奥のスツールに聞こえてくるのだ。ビリヤードの球を打つ大きなコツンという音、プレーヤーたちのつぶやき、ドアの近くの隅で眠りこけている店主のいびきまで聞こえる。地元のゴシップを知りたい人間にとって、最奥のスツールは羨望《せんぼう》の的なのだ。その人間こそ、デイヴ・ファーカスだった。

この二時間、二人のよそ者は緊張したおももちでプレーしていた。入口のドアが開くたびに、さっと頭を上げた。田舎者のカウボーイが入ってきて、わけもなく自分たちを脅《おど》すとでも考えてるのかね、とファーカスは思った。トイレに行くために何回か二人の横を通ったとき、彼は怒った犬のようにうなってみせた。相手がびびったのがわかった。

「あしたの朝エルク狩りに行くって言ったたっけ?」ファーカスはワンダに聞いた。

「ほんの四回ね」

彼はマグを飲み干し、太い指を二本上げた。「〈クアーズ〉と〈クラマト〉をあと一本ずつ頼むよ、バーテンさん」

「バーテンて呼ばないで」

「おれのお愛想攻勢《オフェンシブ》は効果を上げてないみたいだな」

「ああ、じゅうぶん不愉快《オフェンシブ》よ」だが、そう言ったときワンダはかすかに微笑していた。ファーカスに向かってか、自分のジョークに対してかはわからない。きっと自分のジョークにだろう、と彼は思った。ワンダはこのあたりに来て長いが、鋭い機知で評判というわけではない。

〈ストックマンズ・バー〉の長年のオーナーでもう九十近いヘッド・バーテンダーのバック・ティンバーマンのもとで、ワンダは修業中だ。そのティンバーマンはあごを胸につけ、メガネをあぶなっかしく鼻の先に引っかけて、奥の隅で眠っている。老人はいまだにやせて筋肉質で、みんなから信頼される内緒話の聞き手だ。ずっとそうだったが、いまは耳が遠くなり、悪徳牧場主やうまくいかなかった契約や配偶者の浮気について打ち明ける客たちに同情をこめてうなずくだけなので、さらに敬意を集めている。

ワンダは、あと二十キロ近くやせれば官能的だと言われている大柄《おおがら》な女だ。それでも、結婚歴二回の元ロデオ・クイーンはいまだにぴったりしたジーンズと先のとがったカウボーイブーツをはき、ジーンズの裾はブーツの中に入れている。キラキラした飾りのついた幅広のベルトを締め、胸の谷間がよく見える襟《えり》ぐりの深い長袖シャツを着ている。彼女がレッド・ビールの材料を運んできたとき、ファーカスは一度ならず胸の谷間に一ドル札を押しこみたい誘惑に駆られたが、そんなことをしたらあごを砕かれるだろう。

「おれの前歯を見せたっけ？」彼はワンダに尋ねた。

よごれたグラスをシンクに入れながら、彼女は顔を上げた。手を止めて、目を細くした。

「あんたの歯がどうしたっていうの？」

「近くに来ないと見えないよ」

ファーカスには彼女が考えているのがわかった。彼を喜ばせるためにカウンターの端まで行くのは面倒だが、好奇心が勝っていた。

「なにが見えないの？」タオルで手を拭《ふ》きながら、ワンダは近づいてきた。

彼は歯をむきだしにして、小指の先を左上の門歯の垂直な溝穴《みぞあな》にあてた。

「歯に穴が開いている」ワンダはがっかりしていた。

「どうしてこうなったかわかるか？」眉《まゆ》を上下に動かして、ファーカスは尋ねた。

「いいえ、どうして？」

「川で釣り糸を嚙み切ったんだ」

意味がわからず、彼女はファーカスを見つめた。

「おれはフライフィッシングの名人なんだよ、だけど教えるのはもっとうまいんだ。あんたに教えてやろう。女は生まれつき男よりフライをキャストするのがうまいんだ、なぜって釣り竿《ざお》に力を入れすぎたり、そうじゃないのになんでも知ってるふりをしたりしないからね。いつか、あんたを連れていかなきゃ」

彼女はかぶりを振ってグラス洗いに戻った。「歯に溝が開くならいや」

けんもほろろな態度にファーカスは一瞬うつむいた。歯に溝穴があるのは、女の釣り客が感心するんじゃないかと思って薄い爪やすりで激しく前後にこすったからだとは、ぜったいに話す気はない。結局いままで一度もうまくいかなかったし、今回もだめだった。

ワンダがこんなに鈍くなければいいのに、と彼は思った。最近、ますます彼女が魅力的に見えてしかたがないのだ。

よそ者たちはゲームを終えてキューを片づけた。出ていくとき、部屋が清潔で朝食がグルテンフリーでフリーＷｉ‐Ｆｉのある安くていいモーテルを知らないか、とワンダに聞いた。「デンヴァーかシアトルへ行ったら」彼女は答えた。

これにはファーカスは笑った――一晩にワンダが二回もウイットを披露するとは！――だが、二人が出ていくと彼女はしかめつらに戻って彼をにらんだ。

ワンダにはなにをやっても効果なしらしい。お世辞を言っても、おもしろい話をしても、ジョークに笑ってやっても、彼女を笑わせようとしても――効かない。

数年前に自分とジョー・ピケットが森林火災に巻きこまれて、銃火と炎と危険な急流から命からがら脱出したストーリーを売るために、ハリウッドへ行った話をワンダにしたが、レオナルド・ディカプリオにもコメディアンのラリー・ザ・ケーブル・ガイにも会わなかったと知ると、まったく興味を示さなかった。山に住む兄弟二人を探して山中へ傭兵部隊を案内し、あやうく生きのびた話にも、ワンダはたいして感心しなかった。そして、殺された三人の男を船底に積んだドリフトボートに川で衝突したときのことも話した。

無反応だった。

自分で調べてみろよ、なんならジョー・ピケットに聞いてみろ、と訴えても、ワンダの首のかしげかたから信じていないのがわかった。

問題は、自分の人生があまりにも刺激的な冒険に満ちているので、ワンダのようなばかには信じられないということだ、とファーカスは思った。

腕時計を見た。八時から店にいて、もう夜中の十二時だ。見合う人数の客がいなければ、バックが午前二時ではなく十二時過ぎに店を閉めるのを、ファーカスは知っていた。もう十杯もレッド・ビールを飲んでいるのに、彼だけではバックの引退資金の足し前にはならないのだ。

ファーカスはマグの底にわずかに残ったビールを見つめた。自分が哀れになった。それはかつては新しい経験だったが、最近はこういう気分になることがどんどん多くなっている。

何年から、何月から、何日から始まったのかわからないが、いま人生の下り坂にさしかかっており、たいていジョー・ピケットがかかわっているああいう奇妙な冒険譚をのぞけば、自慢できるものはほとんどないという事実に、彼は気づいていた。しかも、この頭の中のまとめでも、ワンダや退屈顔のハリウッドの〝プロデューサーたち〟に形を変えて話した内容でも、ファーカスはじっさい当事者というより傍観者だった。いつも間の悪い場所に間の悪いときにいあわせる男という以外、だれも彼のことを記憶していないだろう。後世の語り草とはいえない。

娘はミズーラへ移ってレズビアンの売春婦になり、もう音信はとだえている。離婚した妻は酔っぱらって金がいるときだけ電話してくる。彼のことを覚えていてくれて、彼の話を聴いてくれる孫は生まれないだろう。飼い犬でさえ逃げだしてしまった。

沈んだ気持ちで顔を上げると、ワンダが歩いてきて正面に立っていた。彼女がカウンターごしに身を乗りだすと、そばかすが散った胸が見えた。ファーカスはビールを飲みすぎていたので、乳房は四つあり、それに対して文句はなかった。

「見ないでよ」ワンダは言った。

ファーカスは彼女の顔に視線を上げた。

「あんたのおかげで〈クラマト〉の在庫がなくなった」

「そうか」これがおれにとって後世の語り草かもしれない、と苦々しく思った。

ワンダは丸々とした頬をして、前歯に少し口紅がついている。

「だからレッド・ビールを飲みたいなら、トマトだけのジュースで作らないと」

「これでしまいにしとくか。エルク狩りに行くんだ――」

「――あした、の朝」ファーカスのかわりに続きを言った。「電話で起こしてあげるわよ」

そのとき、ドアが開いて外の冷たい風がさっと吹きこんできた。そして木の床を踏む数人の足音がした。

ファーカスはスツールをまわしてだれが来たのか見ようとしたが、新来の客たちを凝視《ぎょうし》するワンダの表情に釘付けになった。彼女は目を細めて、いままで金庫にしまっておいたらしい、獲物を狙うような挑発的な微笑を浮かべていた。突然、ファーカスは彼女から百キロは遠ざかってしまったのを感じた――自分はバックミラーに映るカスみたいなものだ。

「こんばんは」ファーカスの背後を通ってビリヤード台へ向かう客たちに、彼女は声をかけた。

「やあ」一人が返事をした。

カウンターの後ろの鏡になっている部分のボトルのあいだに、ハンサムな若者が通っていくのが映った。四角い顔で、急角度に折り目をつけたカウボーイハットをかぶっている。歩きながら、その若者はつばの広いカウボーイハットの端に沿ってワンダのほうへ二本の指をすべらせ、あいさつした。

「〈クアーズ〉の生四つと〈ジムビーム〉のショットを四つ」彼の声は甲高《かんだか》く鼻にかかっていたが、聞き苦しくはなかった。「おれたちは奥のブースにすわるよ」

「すぐに持っていくわ」手の甲《こう》で髪をなでつけながら、ワンダは答えた。ファーカスには決して見せない媚びた仕草だ。

「ありがとう」カウボーイは言った。

　振りかえってじろじろ見ることは、ファーカスはしたくなかった。四人――男三人、女一人――だとわかっているし、深夜のバーで決してやってはいけないのは、自分より若く大柄な新来の客をにらむことだ。なにを見てんだよ？という声が聞こえてきそうだ。ワンダをうっとりさせたカウボーイは、まるで群れのボス犬のようだった。ファーカスも見覚えのある男だが、はっきり思い出せなかった。

「いまだれが入ってきたかわかった？」ワンダはファーカスにささやいた。

　彼が推測する前に、ワンダはゴムのバーマットの上を踊るようにして離れていき、注文の準備にかかった。

「閉店する前にもう一杯頼むよ」ファーカスは彼女に呼びかけた。

　ワンダはいらいらしたように目をぎょろりとまわし、声に出さずにうっとうしい注文を罵《ののし》った。あのカウボーイと仲間たちをもてなすのを、ファーカスに邪魔されたくなかったのだ。

ファーカスは新来の客たちに背を向けて、盗み聞きができる魔法のスツールにすわっていた。ワンダはいちばん奥のブースの客へ飲みものを運ぼうとしていた。ファーカスの後ろを通ったとき、ワンダは缶ビール（トマトジュースなし）を乱暴にカウンターに置いた。あんなふうに腰を振る彼女をファーカスが目にするのは、初めてだった。

彼女が客たちに、ここへなにしにきたの、と質問し、エルク狩りだよという答えが返ってくるのが聞こえた。

「エルク狩り？　あたし、ムースや牛よりエルクの肉のステーキが好きなの。冷凍庫に二切れぐらいゲットするためなら、なんでもするわ」

彼女はファーカスにはそんなことを言わなかった。

「おれたちがついていれば、きみもついているかもしれないな」カウボーイは答えた。

「あたしたち二人ともついているかも」ワンダは笑った。スツールにすわっているファーカスは目を白黒させた。

「いると思っているところに、エルクはぜったいにいないのよ」

子どものころ父親と狩りに行き、父親がエルクを仕留めて死骸を木から吊るしたときどんなに悲しかったか、彼女は話した。エルクのステーキを食べるとき、血まみれの死骸のことは考えないようにしていたの、と言った。ワンダの話はしばらく続いた。

カウボーイが相手をしていたが、返事は礼儀正しくてもそっけなかった。ワンダに無作法はしたくないが、あきらかに向こうへ行ってほしがっている、とファーカスは察した。

「まあ、幸運を祈ってくれ」話は終わりだという合図に、カウボーイはそう言った。

「あたしたち二人の幸運を祈るわ」ワンダはまた笑った。「おかわりのときは呼んでね。一杯目は店のおごりよ」

カウンターへ戻ってきたとき、彼女の顔と首は赤く染まっていた。

ファーカスは言った。「おれは店におごってもらったことなんかないぞ」

それに答えるかわりに、彼女はまた言った。「だれだかわかった?」


ブースの会話の主導権を握っているのはカウボーイで、ファーカスが見たところ、わざと声を低めていた。それでも、彼が仲間たちに話したことの一部は聞くことができた。

「相談したとおり、計画は順序立ててやらないと」彼は言った。「あらゆる方向から攻めて、有利な態勢でやっつける――徹底的に。やつを苦しめたいんだ」

ファーカスははっとしたが、彼らに気づかれないようにした。背を向けたまま、缶ビールを口に運んだ。ビールは冷えていなかった。あまり長く冷蔵庫に入っていなかったやつをワンダはわざと持ってきたんだ、と思った。

そのときカウボーイが言った。「ちょっと待て」

男は立ちあがり、ファーカスは彼のブーツが木の床を踏む音を聞き、ワンダが腹を引っこめて期待に満ちた顔を上げるのを見た。だが、彼はカウンターまで行かずに足を止め、ジュークボックスに二十五セント硬貨を数枚入れた。

ガース・ブルックスの〈フレンズ・イン・ロー・プレイセズ〉が店内に響き、ブレイク・シェルトンの〈カム・ヒア・トゥ・フォゲット〉が続いた。

そのあと、ファーカスは歌詞と歌詞のあいまにわずかな単語やフレーズしか聞きとれなくなった。だが、興味が続くだけのことは聞こえた。

「やつをさんざんな目に遭わせてやる……」

「話を合わせておくんだ……」

「ばかなことはするな……」

「ゲイのモルモン《ゲィ・モーモン》教徒は、なにが起きたのかわからないさ……」

ゲイのモルモン教徒？　なんだ？　ファーカスは一瞬混乱した。わけがわからず、黙ってスツールを下りてまたトイレへ行こうとした。どうせワンダは自分がまだバーにいることをすっかり忘れている。彼女はいまだれと会ったか、興奮して女友だちに携帯で話していた。

新来の客たちのそばを通るとき、ファーカスは軽くうなずいた。カウボーイはやせて強靭《きょうじん》そうで、顔はなめらかで平らな白い石でできているかのようだ――とがった頬骨、幅広のあご、太い眉。左の頬に五センチほどの傷痕があり、なにげない冷笑のように見える。あごと同じく首もがっしりして、全身からなまなましい肉体的な強さを発散していた。ロデオ・カウボーイが好むぴんとした長袖シャツを着ていた。

　ファーカスがそばを通るとき、彼は口をつぐんだ。

　テーブルをはさんで、カウボーイの向かい側には二人の男がすわっており、威嚇《いかく》的な感じを漂わせていた。一人は大柄で、広い肩、丸顔、間隔の離れた黒い目。黒髪に銀髪がちらほらとまじり、大きな鼻は何度か折れたことがあるようだ。もう一人は隣の男よりやせており、髪は赤みがかって、うっすらと不精ひげをはやしていた。肌はなめらかで白く、青みがかった灰色の目をちらりとカウボーイからファーカスへ向けた以外、まったく無表情だった。

　黒っぽいパーカのフードを深くかぶって顔が隠れていたため、ファーカスには女はあまり見えなかった。だが、パーカの袖をまくりあげていたので、女の前腕、そして手の甲にまで多色のタトゥーがあることに気づいた。


　トイレを出たあと、ファーカスはスツールに戻らず、手を振ってワンダを呼んだ。彼女は携帯の送話口をおおってファーカスをにらんだ。

「勘定してくれ」

「すぐにかけなおす」ワンダは友だちに言った。

　ファーカスは財布から金を出し、ジョニー・キャッシュの〈ライダーズ・イン・ザ・スカイ〉のギターの前奏がジュークボックスから流れてきたとき、ワンダにもっと近くへ来いと合図した。

「あそこにいるのはダラス・ケイツか？」

「彼に決まってるじゃない？」

「出てきたとは知らなかったよ」

「あたしもよ。知っていれば、補正下着をつけてもっとドレスアップしてきたのに」

「ちょっとだけ携帯を貸してくれないか？　おれのはバッテリー切れなんだ」

「いつになったら充電するってことを学ぶわけ？」

「すぐにすむから」

彼女はしぶしぶ携帯を渡し、自分のバッテリーもほとんどないからと警告した。

それからファーカスはすぐに外へ出た。通るとき、隅のティンバーマンを一瞥《いちべつ》した。まだ眠っていた。

〈ストックマンズ・バー〉の前の歩道に立つと、大気に秋の匂い、エルク狩りの季節の匂いがした。

ジョーの携帯にかけるとすぐ留守電につながったが、ファーカスは話を続けた。「男どもと女一人。ダラス・ケイツ以外は知らないやつだ。〈ウエルトンズ・ウエスタン・ウエア〉にロデオのポスターが貼ってあったから、ダラスの見かけを覚えてたんだ。そう、男三人と女一人――それは言ったっけ？　とにかく、小声で話してたが、ろくでもないこと言ってたぞ。

　ケイツがローリンズの刑務所から出たのさえおれは知らなかったよ、あんたは？　最初〝ゲイのモルモン教徒《ゲイ・モーモン》〟って聞いたとき、わかんなかったんだ。あとでぴんときた。やつら、〝猟区管理官《ゲーム・ワーデン》〟て言ってたんだよ。

　だから……電話してくれ。おれはあしたエルク狩りに行くが、聞いたことをあんたに伝えなきゃ。携帯に出なかったら、おれたちのキャンプに来てくれ。だけど、まずノックしてくれよ。ハ！　それから、おれたちが仕留めてたらエルクを運ぶのを手伝えるように、馬を連れてこい。あと、ウィスキーも持ってこいよな。ウィスキーは情報提供料ってわけだ、ウィンウィンの取引だろ。

　パウダー川のサウス・フォークにキャンプを張る――上流のほうだ、たぶん高木《こうぼく》限界より四百メートルぐらい下。おれと、コットン・アンダーソンだ。

　おい、連中、あんたについてほんとにヤバいこと話してたぞ。あんたはぜったいに知りたいはずだ。どうやらなにか計画を――」

　ここでワンダがファーカスの手から携帯をひったくった。

「ちょっと、もういいでしょ、いいかげんにして」そう言って通話を切った。

「まだ話は終わってない」ファーカスは抗議した。

「知ったこっちゃないわ」彼女はきびすを返して店の入口へ向かった。ワンダが着く前にドアが開いた。入口をふさいだのはダラス・ケイツと大柄なほうの男だった。

ファーカスは歩道の上で身を硬くした。

ケイツは脇に寄ってワンダを通したが、そのとき彼女の手からさっと携帯を奪った。ワンダがとりかえそうとすると、ケイツは言った。「すぐに返すよ、ダーリン」

ワンダが店内へ戻ると、大柄な男が外へ出てドアを閉めた。

この二人にはかなわないとファーカスにはわかっていたが、言いのがれできるかもしれないと思った。

ケイツは携帯を持って画面をスクロールした。弱い光が彼の顔を照らした。悪魔みたいに見えやがる、とファーカスは思った。大男はファーカスの左側に立ち、逃げ道をふさいだ。

「あんたがだれか知っている」ケイツは言った。「店で話を盗み聞きしようとしていただろう。デイヴ・ファッキン・ファーカス。おやじは以前あんたの浄化槽を清掃していた、たまには金を払ってくれたっけな」

〈C&C下水溝・浄化槽サービス〉のトラックに乗ってエルドン・ケイツが早朝にやってきたのを、ファーカスは思い出した。夜明け前に彼のトレーラーハウスの外でバックするトラックのビーッ-ビーッ-ビーッという音に、二日酔いの朝何度も起こされたものだ。

「よし」ケイツは言った。「あんたがかけた番号は覚えたからあとで調べる。だが相手がだれか、かなり確信があるよ」

「女房に家へ帰るって電話してたんだ」ファーカスは嘘をついた。

「おれがこの前ここにいたとき、あんたは寂しい独り身で、だれでもいいから釣りあげようとしていたがな」ケイツは笑った。「あんたみたいな負け犬と結婚するようなばかはいないさ、ファーカス」

「なあ、おれは――」

大男がベルトの後ろに差していたなにかに手をのばし、ファーカスに近づこうとした。ファーカスは両腕を上げて身を守ろうとした。

そのとき、ケイツが切迫した口調で「ローリー」と注意した。

ローリーはファーカスから半メートルほどのところで足を止め、ファーカスは薄く目を開けた。ローリーは武器をとるのをやめ、ズボンを引っ張りあげようとしているふりをした。

トゥエルヴ・スリープ郡保安官事務所のSUVがメイン・ストリートをやってきた。〈ストックマンズ・バー〉の前で速度を落とし、運転しているのはレスター・スパイヴァクだとファーカスは見てとった。スパイヴァクは最近保安官代理に任命された。エドガー・ジェス・ボナーの後釜で、へま《ボナー》という不運な名前の彼はもっと給料のいい仕事を見つけてノースダコタへ移っていった。

このときほど、スパイヴァク保安官代理を見てファーカスがうれしかったことはない。スパイヴァクは、助手席側の窓から歩道にいる三人を横目で観察していた。

旧友におやすみのあいさつをするかのように、ケイツはファーカスの肩をたたいた。

そしてローリーにささやいた。「昔なじみのファーカスをお見送りしたら、戻ってビールの残りを片づけよう」

ファーカスにはこう言った。「おまわりさんに手を振って、なにも問題ないとわかってもらえ」

ファーカスは言われたとおりにした。

スパイヴァクは手を振りかえし、SUVは速度を上げると遠ざかっていった。

入口のドアを開けながら、ケイツはファーカスに告げた。「あんたが考えるより早く、また会うことになる」

ファーカスの手は激しく震えていたので、車のイグニションにキーを差しこんで走りだすまで、三十秒はかかった。

山の中へ、ダラス・ケイツから遠いところへ消えるのが、待ちきれなかった。

3

自宅の正面へ緑色のフォードF－150ピックアップをつけてエンジンを切ったとき、ジョーはまだiPadの画面で目撃したことに動揺していた。

眼下の森の情景がエンドレステープのように脳裏をよぎりつづけている。空港でのリード保安官とのブリーフィングのあいだでさえ、木の背後から白い人影が現れて逃げていき、黒い画面に星形模様が光るのが、目に焼きついて離れなかった。下界にいたのがデイヴ・ファーカスで、森の中を移動していた三人がだれかを殺害したという確信はない、と彼はリードに報告した。だが、そうだったにちがいないと感じられた。

それとは別に落ち着かないのは、自宅についている明かりが居間とルーシーの寝室だけだということだ。いま、寂しく見える。娘たちがみんな家にいたとき山道を車で上っていくと、彼の家は暗い川の蒸気船のように夜の中で明るく灯っていた。

あれは、今年の春ワイオミング大学を卒業した二十三歳のシェリダンが一時帰宅していたときだ。それに二十歳のエイプリルはまだ家にいて、そのあと彼女はパウエルのノースウェスト・カレッジに入学した。

シェリダンは卒業後〝ひと休み〟するために、ワイオミング州サラトガ郊外の高級リゾート牧場で接客の仕事を始めた。ジョーもメアリーベスも〝ひと休み〟がどういう意味なのかよくわからなかったが、シェリダン自身もはっきりしないのではないか、とジョーは思っていた。とはいえ、長時間労働と客からのときには理不尽な要求をものともせず、彼女は仕事を楽しんでいるようだった。その牧場の客たちは文明から離れた場所での乗馬やフライフィッシング、山や渓谷へのハイキングのために、一泊千五百ドル以上支払うのだ。あたしは人格形成期にそういうアクティビティを楽しんで、一セントだって払わなかったのにね、とシェリダンは冗談を言った。

エイプリルはカレッジのブレークアウェイローピング専門のロデオ・チームの奨学金に応募し、しかも取得して、家族を驚かせた。ブレークアウェイローピングとは、カーフローピング（馬上から逃げる子牛にロープを投げて捕え、足三本を縛る時間を競う）をもう少しやさしくした競技だ——乗り手は子牛にロープをかけるが、地面に倒したり縛ったりしない。地元のウェスタンウエアの店で働いてためた金で、エイプリルは優秀なローピング用の馬を買っており、いまはワイオミング、モンタナ、アイダホ、ノースダコタ、サウスダコタの各州でカレッジ・ロデオに出場している。

十八歳でサドルストリング・ハイスクールの最終学年のルーシーは、七ヵ月後にジョーとメアリーベスをからっぽの巣に残して、やはり家を出る予定だ。三人の娘の中でルーシーがいちばん繊細で直観力があり、まだ家にいる最後の子どもであることに当惑しているらしかった。まるで、自分がいるせいで両親が人生の次のステージへ進めないかのように。彼女も姉たちを追って、早く外の世界へ出たいと思っている。喜んではいないにしても、メアリーベスはこの未来を受けいれていた。自分とルーシーとの関係は、長女と次女が家を出て以来どんどん親密になっており、ルーシーがいなくなったらひどく寂しくなる、とメアリーベスはジョーに語っていた。

ジョーはドアを開けて車を降りた。セスナに一緒に乗せてもらえなかったので気分を害しているにちがいない愛犬のラブラドール、デイジーは居間でおすわりをしていたが、窓ごしに彼を見て興奮し、その息でガラスが曇った。

「たいへんな夜だったでしょ？」メアリーベスが言った。ジョーは玄関の間でブーツと上着をぬいで、〈ステットソン〉のカウボーイハットを山を下にして棚に置いた。

「ああ」

彼女は書類と三つ穴のバインダーが山積みになったダイニングテーブルの前にすわっていた。スウェットに着替えており、金髪はポニーテールにまとめていた。しゃれたメガネをかけた彼女は驚くほど若く見えた。スウェットパンツに干し草が何本かついていたので、もう馬たちの餌《えさ》やりは終えたのをジョーは知った。

「今晩は帰りにチキン・バケットを買ってきたの。まだたくさん冷蔵庫に残っているわ。あしたのランチ用にあなたが要るかと思って」

「ありがとう」ジョーはフライドチキンが好物だった。「遅くまで仕事しているんだね」

メアリーベスはすわりなおし、グラスの赤ワインを一口飲んだ。「しかたがないのよ。昼間はずっと、自分の仕事をしようとしても、建設会社の人たちとの打ち合わせや、彼らにも建設させまいとする役人たちとの交渉があって」

ジョーはうなずいてキャビネットを開け、バーボンの瓶の首をつかんだ。トゥエルヴ・スリープ郡図書館の館長として、メアリーベスは通常業務に加え、夏に郡の投票で可決された債券発行による資金での新図書館建設のまとめ役もやらなくてはならない。新図書館は彼女が何年も重ねてきた努力のたまものだった。新しい図書館が必要だと、地元住民を説得してきたのだ。二回失敗したが、ついに債券発行は可決され、いま彼女は期日どおりに予算の枠内で図書館を完成させるために全力をつくすのが、有権者たちへの義務だと感じている。

「ちょっと片づけるわね」メアリーベスはテーブルの上の書類を脇に寄せようとした。

「大丈夫だよ」氷を入れたグラスにバーボンをつぎながら、ジョーは答えた。そして冷蔵庫のチキン・バケットの中から腿《もも》を一本とってかじった。メアリーベスは注意深いまなざしで彼を見ていた。

「ほんとうに？　シンクの前でチキンをかじってバーボンを飲むのがあなたの夕食？　そんなのってあり？」

冗談めかした口調だったが、ユーモアはあまり感じられなかった。

「独身時代をなつかしんでいるんだ」

「バーボンを買う余裕はなかったでしょう」

「たしかに」

「さあ、話して。デイヴ・ファーカスの居場所はわかったの？」

「たぶんね」

「だったら、それはいい知らせね」

「じつは違うんだ」


セスナでの捜索と赤外線装置を通じて目撃したことをジョーが話すと、メアリーベスは悲しそうにかぶりを振って立ちあがり、二杯目の赤ワインをついだ。二杯目を飲むことはめったにないのを、彼は知っていた。自分と同じように、彼女も動揺しているのだ。

「セスナが上を旋回していたせいで、犯人たちが彼を見つけたと思うの？」

「そう考えるとたまらないんだ。『おまえたちが追っている男はここにいるぞ』って書かれたバナーをぶらさげていたようなものだよ」

「自分を責めないで。だれかが彼を追っているなんて、あなたには知りようがなかった、そうでしょう？　それに、映ったのがデイヴ・ファーカスだったという確証はないわ」

「ああ。でもだれであれ人間だった。おれはただすわって見ているしかなかった。なんだか自分が……卑劣に思える。見てはいけないものを見てしまったような。一人の人生の最後の数秒間をね」

メアリーベスは身震いして、ワインをもう一口飲んだ。危険な状況のど真ん中に何度も現れるという不思議な能力のあるファーカスを、彼女は〝ビッグホーン山脈のカメレオンマン（いたるところに居合わせる人物）〟と評したことがある。彼女の夫と同じだ。

「だれがやったのかわかっているでしょ？」

「それはわからない」

メアリーベスは身を乗りだして声を低めた。廊下の先の寝室でルーシーが眠っており、娘には聞かせたくないからだ。

「ダラス・ケイツよ」

「彼が第一容疑者だ」

「逮捕された？」

「いや。逮捕されると保証はできない」

「法執行官の殻《から》をぬいで、自分で考えて。少し前にダラス・ケイツが出所したのはわかっている。彼がまた姿を現すのをわたしたちは待っていた。恐れていたというほうが正しいわね。すると、おとといの晩デイヴ・ファーカスから町でダラスを見かけたという伝言があった。

たぶんダラスもデイヴを見て、あなたに連絡したと思った。そこで口を封じるために仲間二人と彼を追った」

ジョーはうなずいた。

「ダラスにはなんでもできるし、きっとわたしたちを狙ってくるのはわかっているわ。あした、マイク・リードにダラスと仲間を見つけて逮捕するように話さなきゃだめよ」

「そんな単純にはいかないよ」ジョーは言った。

「それは知っている。証拠と相当の根拠が必要なのよね。これだけ長く法執行官と暮らしてきたんだから、そのくらいは学んだわ。でも、わたしたち内心ではだれがやったか、なぜやったかわかっている、そうでしょ？　わたしたちみんなにとってさらに悪い状況になる前に、未然に防がないと」

「未然に防ぐってなにを？」廊下からルーシーの声がした。「ダラス・ケイツが町に戻ってきたことに関係ある？」

ジョーとメアリーベスは顔を見あわせた。

一年半前、エイプリルは頭を殴られてサドルストリング郊外の郡道に置き去りにされた。すぐに疑われたのは地元のロデオ・チャンピオンであるダラス・ケイツで、エイプリルは彼と駆け落ちしてロデオ・サーキットをまわっていた。ダラスの両親のエルドンとブレンダは息子の無実を証明しようと奮闘した。ダラスがロデオ・チャンピオンであることとその名声に特別な敬意を払うよう、地域社会の説得にかかったときと同様の熱意をこめて。

とくにブレンダは、ケイツ一家が地域社会からクズ白人としてずっと見下されてきたと感じており、サドルストリングが町の入口に〈プロフェッショナル・ロデオ・カウボーイ協会のブル・ライディング・チャンピオン、ダラス・ケイツのホームタウン〉という看板を立てようとしないことに憤《いきどお》っていた。

ジョーがブレンダの裁判で証言したのは一年以上前で、そして彼女が落ちた地下室の床に倒れているのを見たのはそれより数ヵ月前だ。彼女の上になっていた夫のエルドンは死にかけていた。

落下で首の骨が折れたせいで、ブレンダの両腕は体の脇に投げだされ、両脚は動かずななめになっていた。花柄のゆったりしたドレスはめくれあがって太く白い腿がのぞき、手をのばして裾を引っ張ることも彼女にはできなかった。首から下の感覚がなかったのだ。

暗闇を刺し貫いてくる彼女の荒々しい憎しみの目はジョーを捉え、口もとが嘲《あざけ》りにゆがんだ。そのとき背筋を走った戦慄や、ブレンダのこれ以上はない屈辱《くつじょく》を目《ま》の当たりにしたうしろめたさを、彼は決して忘れないだろう。あのときはきっと、彼女は夫と長男ブルとともに死んでしまいたいと願ったはずだ。ダラスもまた死んだと考えていたにちがいない。

ブレンダにとって最悪のシナリオが現実となり、彼女は完全に意識がある状態でそれを体験した。ジョーにはその責任が――彼女の考えでは――あるだけでなく、彼は自分の恥辱の目撃者だった。

家族の男たちが――ブレンダ自身も――郡の住民たちを何十年も敵にまわしてきた事実は、ブレンダにはどうでもよかった。エルドンは清掃業で客たちをだまし、不当な料金を請求してきたし、仕事を続けられたのはほかに競争相手がいなかったからだ。エルドンとブルは、地域の大物狙いのアウトフィッターたちからも反感を買っていた。二人はよその狩猟キャンプを荒らしたり、他人が仕留めた大物のエルクを自分の客や自分たちのものだと主張したり、だれがどこで狩りをするかについてのガイド同士の取り決めを無視したりしていた。

ブルと次男のティンバーは、同級生を脅迫したり警察といざこざを起こしたりしながら育った。じっさい、ティンバーはダラスより前にカージャックで州刑務所に送られた。

ダラス自身はハイスクールで転入生の女生徒に性的暴行を働いた疑いをかけられたが、逮捕はされなかった。女生徒はレイプされて郡道の脇に置き去りにされていた――エイプリルの身に起きたことと似ていた。

二十年以上にわたって、トゥエルヴ・スリープ郡で悪事が起きると、どの法執行官もまずこう思った。ケイツの息子のだれかがかかわっているにちがいない。

エイプリルのけがはダラスがやったとジョーは確信していたが、彼女の持ちものの一部がティルデン・カドモアという異端者のサバイバリストの敷地で見つかった。カドモアには獲物を狙って車でハイウェイを流していた前歴があった。エイプリルは人工的昏睡状態で入院していたため、事件について話すことはできなかった。

あらゆる証拠がダラスとは別の容疑者を――犯行当時はロデオで負ったけがの療養のためケイツ家にいたとダラスは主張していた――カドモアを示していた。カドモアは逮捕され、裁判で罪を告白するかと思われたが、判決の前に独房で首を吊ってしまった。

証拠はカドモアの有罪を示していたにもかかわらず、ジョーはケイツ一家の敷地を偵察に行った。彼の捜査が連鎖反応を引きおこし、その結果ダラスの二人の兄ブルとティンバー、父親のエルドンが死んだ。ジョーは正当防衛でブルを殺し、ティンバーはビリングズの病院のバルコニーから落ちて――もしくは投げ落とされて――命を落とした。いまは四肢麻痺《まひ》となったブレンダは、誘拐と殺人共謀の罪でラスクのワイオミング州女性センターで終身刑に服している。

ジョーに重傷を負わせられたダラス・ケイツは、郡検事長ダルシー・シャルクが起訴できた唯一の容疑で有罪となった。大型狩猟動物の無益な殺生《せっしょう》五件。つまり、ビッグホーン山脈のふもとにある一家の敷地付近で、五頭のエルクを雪の中で冷酷に死に至らしめた容疑だ。

ワイオミング州狩猟漁業局が定める23-3-107項では、無益な殺生は第一級の軽罪で、高額の罰金、犯罪に使われた車両と武器の没収、狩猟許可証の取り消しが言い渡されることが多い。だが、ダラスがジョーに報復を誓ったあと、彼を町から追いはらおうと、ダルシー・シャルクはローリンズの刑務所での服役を主張した。ヒューイット判事も彼女に同意し、ダラスに二年から四年の刑を言い渡した。

彼は一年と半月、服役した。

ここしばらく、ジョー、メアリーベス、三人の娘、トゥエルヴ・スリープ郡の法執行機関は、ダラス・ケイツの帰還を警戒していた。

ダラスがいた場合に備えて、ジョーは釣り人や狩猟キャンプに近づくときいつも以上に用心した。メアリーベスのためにスミス&ウェッソン・エアウェイト三八口径リボルバーを買って持ち歩かせ、娘たち全員に辛子《からし》スプレーを携行させた。メアリーベスとダルシー・シャルクはよく一緒に乗馬をしていたが、この一年二人は射撃場へも通うようになった。ダルシーも銃を買ったからだ。

〈サドルストリング・ラウンドアップ〉の編集長T・クリータス・グラットは、規模縮小と人好きのしない性格のせいで、国中のもっと大きな新聞での脚光を浴びる仕事を次々と失った皮肉っぽい男だが、ケイツ帰還の可能性に飛びついた。検事長による〝不当な求刑〟に疑問を呈《てい》し、〈ダラス・ケイツは復讐のために戻ってくるか?〉と題した社説を書いた。

そしていま、どうやらダラスは戻ってきたらしい。

ジョーはケイツ一家との悪循環の引き金を引き、その環《わ》はまだ閉じていない。彼はよくそのことを考え、ダラスの有罪を信じていたために自分がとった行動の一部を問いなおした。

ブレンダ自身さえ息子の有罪を信じていた。彼は過去にも罪を逃れていたからで、ブレンダは牝《めす》のグリズリーが子を守るような一途な激しさでダラスを守ろうとした。

生き残ったケイツ家の人間にとって結末がどれほど破滅的なものになるか、まったく予測できなかったことはジョーを苦しめた。あれ以来ずいぶん時間がたったが、眠れない夜が何度もある。

彼はダラスの立場になって考えようとした。だれかが父親と兄たちの死と母親の身体障害に深いかかわりがあるとしたら、自分ならどうするだろう？　しかも、ロデオ・チャンピオンとしてのキャリアに終止符を打つけがを負わせられたら？

ダラスが復讐したがる理由を、ジョーは理解できた。

それが問題だった。

「ダラス・ケイツが戻ってきたって、どこで聞いたの？」メアリーベスはルーシーに尋ねた。

「フェイスブックで見た。だれかが車で郡道を走ってる彼を見た気がするって」

ルーシーは美しい若い女性に成長し、それは疑いようもなかった。ルーシーがそばを通るとき男たちが二度見したりまじまじ見つめたりするのに気づくたびに、ジョーは心配だった。もっとも、彼女自身は気に留めていなかった。しなやかな体つきで金髪のルーシーは、ジョーの考えでは周囲のほとんどの人々から過小評価されてきた。彼女の人格の深みと他人への共感力を、彼らは知らないのだ。強情な姉二人の下で育ち、もの静かで人の話をよく聴き、中心から離れた場所で活動してきた。メアリーベスを含めて家族一人一人がどうしているか、だれよりもよくわかっていた。目立たないことによって生きのびるすべを習得したのだ、とジョーは思っていた。ハイスクールで学園祭の女王《ホームカミング・クイーン》に選ばれて当惑していた事実が、ルーシーについて多くを物語っている。

「いま、ダラスのことを話していたのよ」メアリーベスは言った。「戻ってきた証拠はないけれど、間違いないと思う」

メアリーベスはジョーに向きなおった。「だから、彼を逮捕してもらわないと」

「まず優先するべきことがある」ジョーは答えた。「この前、おれたちみんながダラスは有罪だと考えて、ほかには目もくれず彼を追及しただろう。明白な悪人を見過ごしていた」

「これからどうなるの?」ルーシーは聞いた。「なにかやるかもしれないからってだけで、彼を捕まえるわけにいかないのはわかってる」

「おまえが正しい。だが、彼は今晩すでに犯罪をおかしたかもしれないんだ」

ジョーはセスナ上で目撃したことをかいつまんで話した。

「あしたの朝いちばんで保安官たちに会って、デイヴ・ファーカスの遺体を探しに山へ入るんだ。少なくとも遺体は彼のはずだ、とおれたちは考えている。そこから捜査を進める」

「それはきっとダラス・ケイツにつながる」メアリーベスは言った。「そうしたらダラスは逮捕されて、生涯ここへは帰ってこられない」

ルーシーはうなずいたが、納得してはいなかった。

「シェリダンとエイプリルにメッセージを送っておくね。彼がそのへんにいるかもしれないって、二人に知らせておくべきでしょ」

「いい考えね」メアリーベスは賛成した。

「かならず辛子スプレーを手近に置いておくんだぞ」くりかえしそう注意されているので、娘たちは途中からジョーにかわって続きを言えるほどだった。

寝支度をしているとき、メアリーベスはバスルームで顔を洗いながらジョーに言った。

「ときどき、あなたが彼に同情しているんじゃないかと感じることがあるの」

「だれに？　ダラス？」

「彼に決まっているでしょう？」

四時半に起きて、六時には指揮指令本部でリード保安官と会わなければならないので、ジョーは翌朝着る服の用意をしていた。山の中は寒いはずだ。

「あんなふうにならなければよかったのに、とは思うよ」

「もう変えられないことよ。ダラスは失ったものを捨て去る決断だってできたはずだわ。そもそもブレンダがなにをしでかしたか考えて、あなたじゃなくて母親を責めるべきだし、刑務所で信仰にめざめて、許して忘れることを学ぶべきだった。たとえダラスがそうならなくても、あなたのせいじゃない——彼自身のせいよ」

ジョーはベッドに腰を下ろした。メアリーベスは正しい、いつもそうだ。

「なぜダラスがあんなふうか、なんとなくわかるんだ。ブレンダ・ケイツみたいな母親に育てられたら、自分もああなったかもしれない。だが、おれの家族に指一本でも触れてみろ、たちまち西部流の始末をつけてやる。ダラス・ケイツは終わりだ」

「そしてこの町のだれも、それに対して文句はないわ」

ジョーは顔をそむけた。彼女が正しいのはわかっている。用心してかからなければならないことも。

だがなにをおいても、自分が間違いなく正しい側にいることを確かめなければならない。

4

雪は午前半ばに降りはじめた。木々のあいだを降りしきり、枝に当たると、晩春の雪のように溶けて水滴になったが、まだ松葉の散り敷いた森の地面に積もってはいなかった。

ジョーは馬のトビーの手綱を引き、小さな牧草地で止まると下りた。服が濡れる前に雨具を着たかった。雨具を広げるときにトビーが怯えないのはわかっていたが、連れてきたほかのよく知らない馬たちはパニックに駆られないともかぎらない。けがをしたり立往生したりしたハンターに対応してきた長年の経験から、コートを広げたり馬用毛布のボタンを留めたりするだけで、すでにびくついている馬が駆けだして逃げてしまうことがあるのを、ジョーは知っていた。急な動きが——場合によっては木に引っかかったビニール袋一つでも——狙われている、走れ！——という馬の本能に火をつけてしまうのだ。

ほかの乗り手たちも一人また一人と馬を止めて、ジョーと同じようにした。捜索チームは六人の男と七頭の馬で構成されている。乗り手のいない馬は、保安官助手の一人が引いている。

チームには、保安官代理のレスター・スパイヴァク、保安官助手のジャスティン・ウッズとライアン・ステックが加わっている。ステックは大学とワイオミング州警察学校を卒業したばかりの新人だ。郡の鑑識官で、おそらくこれまで一度も馬に乗ったことのないゲイリー・ノーウッドも同行している。そしてコットン・アンダーソンは、狩り仲間デイヴ・ファーカスの生きている姿を最後に見たのは自分なのだから、と主張して一行に加わった。

スパイヴァクはペンシルヴェニア州東部での同じ職務から移ってきたのだが、向こうではもっと大きな保安官事務所で主任捜査官を任されていた。がっちりした体格で仕事熱心で、耳ざわりな東部訛《なま》りがあった。西部山岳地帯で暮らすようになってあまり長くないが、スパイヴァクがすぐになじんだことにジョーは感心していた。ペンシルヴェニア州東部も田舎で狩りがさかんだから、移住は思っていたよりすんなりいった、とスパイヴァクは言っていた。妻と娘と一緒に町の外の家に住み、老馬二頭も購入していた。訛りによる声の金属的な響きは少しずつ消え、ほとばしるようにしゃべりだすのは興奮したときだけだった。

スパイヴァクはリード保安官によって捜索救助チームの指揮官に任命されたが、森の中でどのルートをとるか、どう進むかについての判断は、ジョーにゆだねられた。スパイヴァクはこのあたりの山のことをよくわかっているわけではないからだ。チームの第一の目的は、民間航空パトロールが前夜GPS装置で特定した場所まで馬で行き、犯罪現場を保全して遺体を回収すること。

第二の目的は、最初の冬の嵐が襲ってくる前に山から出ること。

第二の目的達成には、すでに失敗していた。

リード保安官はキャンプ場の指揮指令本部に残った。保安官に立候補していた数年前、一発の銃弾によってリードは障害を負い、脚の機能を失った。すべての職務と責任をきちんと果たしており、リードが車椅子と特別あつらえのヴァンを使って仕事をしていることを忘れさせるほどだったが、彼が馬に乗って森を捜索するのは非現実的だし、一行のペースをひどく遅らせる結果になるだろう。

そうはせず、リードはスパイヴァクとウッズと無線で連絡をとり、森を進むチームの位置をピクニックテーブルに広げた地形図で追跡していた。また、嵐が早く来たら引きかえすように命じていた。チーム全員の命を危険にさらしたくはないからだ。

「こんなこと、あんたたちがどうしてできるのかわからない」ノーウッドがジョーにぼやいた。「尻は痛いし、腿の内側がひりひりする」

鑑識官は馬から下りると、頭を下げて両ひざに手をあてた。下馬したとき、手綱を濡れた草の上に落としてしまっていた。

ジョーは手をのばして拾いあげた。「馬に乗ったのは初めて?」

「最初で最後だよ、言わせてもらえば」

「まだ帰りにも乗らなくちゃならないぞ」

「思い出させてくれてありがとう」ノーウッドはうなった。

けもの道に戻って、ジョーはコットン・アンダーソンと並んで進めるようにトビーの歩調を少し速めた。アンダーソンは六十代初めで白く分厚い口ひげをはやし、その口ひげには雪のしずくが光っている。カウボーイハットの広いつばをドラマ『ロンサム・ダブ』のガス・マックレー風に折り曲げており、〈カーハート〉のジャケットから赤い絹のバンダナがのぞいている。アンダーソンとは、ずっと前に彼が生息地保全スタンプ（切手に似たもので、ハンターは購入を義務づけられ、売上げはあいだった。

野生動物の生息地を守るために使われる）を取得せずに釣りをしていたとき、ジョーが違反切符を渡した程度のつき

「で、どうしてはぐれてしまったんだ？」吹雪《ふぶき》の中で馬に乗るのがどれほどつらいか、ちょっと話したあとで、ジョーは尋ねた。

「デイヴのことか？」

「ああ。一緒に狩りをするものだと思っていたが」

コットン・アンダーソンはため息をついた。「いつもはそうなんだ。ふつうなら、大きな木立を選んで、エルクが飛びだしてきた場合に備えて一人が見張りに立ったあと、もう一人が木立を歩いて抜ける。でなければ、二人で岩場に腰を落ち着けて、獲物が餌を食べに草原へ出てこないか双眼鏡で見張る」

「だが、今回は違った。どうしたんだ？」

コットンは警戒するようにこちらを見て答えなかった。ジョーはその表情を知っていた。ジョーが車で家に乗りつけてドアをノックし、「なぜおれが来たかわかっているだろう」と告げたときの、容疑者の表情だ。

ジョーに真実を打ち明けるか、話をでっちあげるか、コットンは考えていた。

しまいに、こう言った。「おれたちはファーカスを探してるんだよな？　いまは彼を見つけることに集中しよう。エルク狩りをしてるんじゃないし、あんたもパトロール中じゃない、

だろ？」

ジョーは微笑を抑えた。「パトロール中じゃないが、つねに勤務中だ。あんたが自白したらおれがこの場で違反切符を渡すかどうか、聞いているのか？」

「ああ、そんなところだ」

「どれほど悪質かによるな」

「許可証なしで釣りをした知事を逮捕したことがあったんじゃなかったか？」

「ああ」

「じゃあ、その話はほんとうだったんだな」

「そうだ」

コットンは考えてからやっと答えた。「おれたちのキャンプの場所を知ってるだろう？サウス・フォークの川岸なんだが？」

「知っていると思う。大きな花崗岩《かこうがん》のそばの空き地で、炉が二つあって、木に獲物用の棒が固定してある？」

ビールの空き缶が散らばっていることや割れたガラスが地面に踏みつけられていることは、言わずにおいた。ジョーは不潔なキャンプが大嫌いだった。ファーカスは、どんな状況でも必要最低限のことしかしないので有名だった。

コットンは言った。「ああ、そこだ。とりたてたいした場所じゃない。ファーカスはガイドだったときにそこを使ってたんだ。だけどすばらしいのは、五十メートルぐらいそばまで車で乗りつけられるから、テントやクーラーボックスを降ろして運んでいけるんだよ。それにだれにも邪魔されたことがない」

キャンプにクーラーボックスを置くと熊やほかの捕食動物を呼びよせる。食料は、キャンプから少なくとも百メートル離れた木の、地面から少なくとも三メートル上に吊るしておくことになっている。ところがファーカスは怠け者だっただけでなく、昔の流儀にこだわる男だった。そもそも現れないようにするよりも、近づいてきた熊を撃ちたがるほうだ。

ジョーは言いたいことを呑みこんでうながした。「続けろ」

「おれに違反切符を切らないな?」

「あんたがしたことによる」

「そいつは公正じゃないぞ」

「おれの基準では公正だ」

コットンは目玉をぎょろりとまわして、不満そうに鼻から息を吐いた。コットンにとってファーカスは狩りのパートナーとしておあつらえ向きだったろう、とジョーは思った。二人は同類だ。

「わかった、あのな、キャンプの場所に乗りつけて上を見たら、すぐそこの木立の中に牝のエルクと子がいたんだよ。すぐそこにだ!　それがどれほどすごいことか、わかるだろう。

車から降りてライフルに装塡《そうてん》なんかしてたら、ぜったいに逃げちまう。そこでおれはこいつをとりだした」――コットンはベルトの拳銃のホルスターをたたいた――「で、牝を撃った」

ジョーはかぶりを振った。コルトM1911四五口径をエルク狩りに使用し、しかも車内から発砲するのは、規則違反だ。

「わかってる、わかってるさ」ジョーがなにか言う前にコットンはさえぎった。「車から降りてライフルを使うべきだった。だって、命中したあと牝は逃げちまったんだから。拳銃じゃ、仕留めるだけの威力がなかった」

ジョーが無言のままだったので、コットンは不安になって早口で続けた。

「手負いのエルクがいるのはわかっていたが、倒れるまでどのくらい遠くへ行ったかはわからなかった。

だからいつもみたいにファーカスのテント設営を手伝わないで、おれはライフルを持って牝の追跡にかかったんだ。少しだけど血の跡があったんでそれを八時間たどっていったが、結局エルクは見つからなかった」

ジョーは相手を見つめ、コットンは視線をそらしたままだった。

「この話をするのはほんとうにいやなんだ。あんたが違反切符を切るからじゃない、おれがとんでもなくばかだったからだ。動物を傷つけておいて、それが見つからずじまいなんて耐えられない。あの晩エルクの追跡をあきらめるのはいやでたまらなかったが、もう暗くなりはじめていたんで、引きかえしたよ。ようやくキャンプに戻ってみると、ファーカスがいなかった、保安官に話したとおりだ。彼はそのうち現れるだろうと思ってた。ステーキだのなんだの、みんな放りっぱなしだったからな。ところが、帰ってこなかった」

「キャンプに戻ってファーカスがいないのに気づいたのは何時ごろだ？」ジョーは尋ねた。

コットンはのけぞって空を見た。「暗くなる一時間ぐらい前だった。だから五時半ぐらいだろう」

「翌朝、ファーカスを探しにいったのか？」

コットンは肩をすくめた。「キャンプの周囲をまわったんだが、それほど遠くまでは行かなかった。だって、ファーカスがどっちの方向へ行ったのかわからなかったんだぞ。自分も迷子にはなりたくなかったし、彼が戻ってきた場合に備えてキャンプからあまり離れたくなかった。で、とうとう通報したってわけだ」

「死んだエルクの居場所はわかったのか？」

コットンは両手に目を落とした。「いや」

「そこにほかの人間がいたことを示すようなものを見聞きしなかったか？」

「午後の遅い時間に別の車の音を聞いたと思う。おれが牝のエルクを探しに出てから七時間後ぐらいだ――だから四時か四時半ごろだな。だが、その車がキャンプに近づいてくるのか遠ざかっていくのかはわからなかった。一度も見なかったから」

ジョーは尋ねた。「ファーカスは前の晩にバーで聞いたことについて、なにか言っていなかったか？」

「わかってくれよ、おれたちはほとんど話すひまがなかったんだ。ファーカスは朝六時におれの家へ来て、そのあとそれぞれの車でここまで上ってきた。あの朝は、ろくに話さなかったよ。キャンプに着いたとたん、おれはあの牝を撃ってあとを追っていった。それ以来、ファーカスを見てもいなければ話してもいないんだ。最後に彼がおれになんて言ったと思う？」

「なんて言ったんだ？」

「あのな、まず一人でキャンプを設営するはめになったんで、おれをなじった。それから、『コットン、このばか野郎が、あのエルクの尻を撃ちやがって。ジョー・ピケットが知ったら締めあげられるぞ』って」

「彼の言ったとおりだ。だが、これが終わるまでお預けにしておこう」

コットンはうめいた。「この口を閉じてるべきだったな」

「いいや。あんたはその牝のエルクを殺すべきだった。そして逃がして苦しませて死なせるべきじゃなかったし、エルクの子を一人ぼっちにするべきじゃなかった」

「おれが気にしてないとでも思うのか？」コットンは言った。こちらに向けた相手の目が濡れているのを見て、ジョーは驚いた。「狩りの相棒を置き去りにしたのに胸を張っていられるとでも？」

ジョーは答えなかった。

「ファーカスは正しかった」コットンは言った。「あんたはほんとうに手きびしくもなれるんだな」

「コットンによると、あの日の午後四時か四時半ごろ、このあたりで別の車の音を聞いたそうだ」トビーの歩調をゆるめたので保安官代理が追いついてきたとき、ジョーは言った。コットンは小声でぼやきながら前方を進んでいる。

「コットンは保安官にはその話をしていないんじゃないかな」スパイヴァクは言った。「われわれが知っておくべき重要な情報だよな？」

「ああ」

二人は馬を並べ、スパイヴァクはジョーに身を寄せると低い声で尋ねた。

「コットンが事件に関係していると思うか？」

ジョーは首を横に振った。「とにかく彼はファーカスよりも間抜けだと思う。もっと怠け者でもある。話していたとおり、コットンは手負いのエルクを見つけようとしていたんだろう。キャンプの設営をしなくてすむしな」

「四時半か」スパイヴァクはつぶやいた。「だとすると、そのときにダラス・ケイツがファーカスを襲いにきたと考えられるな。それに、ファーカスとコットンが車を置いた場所にケイツが駐車して、逃げ道をふさごうとしたとも考えられる。だから、ケイツは徒歩でエルク・キャンプに近づいてファーカスと対決し、ファーカスは逃げだしたんだろう」

「かもしれない」ジョーは言った。「五時半に帰り着いたとき、ファーカスはいなかったとコットンは言っていた」

「そして日が暮れたのは、ええと？　六時半か？」

「ああ。正確には六時四十一分だ」

スパイヴァクが目を向けると、ジョーは言った。「時刻を記録しているんだ。日没から三十分過ぎたあとで大型狩猟動物を狩るのは違法だから」

「ああ、なるほど。これで、われわれにはたたき台になる基本的な時間表ができた。哀れなファーカスのやつ、その夜と翌日ずっと追われていたにちがいない。ゆうべまでやつらは彼を見つけられなかった、それでいくつかのことがはっきりする。

まず、ケイツはそこまで時間をかけてもどうしてもファーカスを見つける気だった。本気なんだ。二つ目に、何年もここで狩りをしてきて一帯をよく知っている男を徹夜で追跡できるほど、ケイツはこの山々に通じていたってことだ」

ジョーはうなずいて、続きを待った。

スパイヴァクはがっちりしたあごをしてひげをきれいに剃《そ》っており、何時間も馬に乗ったあとでも制服はぴんとして清潔そうだ。たとえ別の職業についていても、警官のように見える男だ、とジョーは思った。教会に通い、地域社会にも溶けこみつつある。この保安官代理の十二歳になる娘ケイトリンは、体操の天才選手と言われている。レスター・スパイヴァクと妻は週末に体操競技会へ連れていき、娘はたいてい優勝した。スパイヴァクは誰彼なしに、ケイトリンにはオリンピック選手になる才能があると話している。もし、娘をエリート選手の強化キャンプに行かせてやる方法があれば、と――だが、彼の給料ではむりだった。トゥエルヴ・スリープ郡の多くの住民と同じく、リード保安官が引退したらスパイヴァクがあとを継ぐだろう、とジョーは考えていた。

「なあ、こんどのことにはおれにも一部責任があるんだ」スパイヴァクは言った。

「どうして?」

「狩りに行く前の晩、ファーカスが〈ストックマンズ・バー〉の外にいるのを見たんだよ。パトロール中に通りかかったら、彼が男二人と店の外に立っていた。いま思えば、一人はダラス・ケイツだった。もう一人はだれだったのかわからない」

ジョーは興味を引かれた。

スパイヴァクはため息をついた。「この仕事を長くやっていると、ときには勘が働くことがある、わかるだろう。最初におれが三人を見たとき、彼らは歩道にかたまって立っていた――だから、親しい友人同士か、けんかが始まろうとしているか、どちらかだと思った。ファーカスの立ちかたから、けんかだとぴんときた。いまにも殴られそうで身構えた様子だったんだ。

だが、車で近づくと、ケイツともう一人の大男はファーカスから離れて、ファーカスはこっちを向くと、なんでもないとでもいうように手を振った。友だちなんだ、みたいに。おれは車を止めて話を聞くべきだったんだ。でも連中はそうする理由を与えなかったし、部下が相当な根拠もなく罪もない市民につきまとうのを、リード保安官はいやがる。だが、もし話を聞いていたら、はっきりとダラス・ケイツの身元確認をして彼が戻ってきたとわかったんだ。そうしていたら、彼はびびって翌日ファーカスを襲わなかったかもしれない」

「それはあんたの責任じゃないよ」ジョーは慰めた。

「わかっている。だが、ぱっと見たときなにかあるなと感じたんだ。追及するべきだった」

ジョーもスパイヴァクがそうしてくれていたら、と思ったが、すでに責任を感じている相手をこれ以上追いつめたくなかった。

「ワンダ・ステイシーと話したよ」スパイヴァクは続けた。「バック・ティンバーマンが〈ストックマンズ・バー〉の店の業務をまかせるのに雇った女だ。悪いのを選んだものだが、二人のあいだのことだから。とにかく、ワンダはもう一度見たらケイツだとはっきりわかると言った。一緒にいたほかの二人の男の特徴についてはあんまりな。一人は鼻に折れた跡のある大男で、もう一人はイタチみたいだったそうだ。それに女も一人いたが、腕にあったタトゥー以外、ワンダはよく見なかった」

「いまのが、ケイツと一緒だった二人の男の特徴に関する彼女のせいいっぱいの説明か？」ジョーは聞いた。「折れたことのある鼻とイタチ？」

スパイヴァクは鼻を鳴らした。「ワンダは、ダラス・ケイツ以外には関心がなかったんじゃないかな」

「なるほど。彼が一部の女性にそういう効果を及ぼすのは、知っているよ」

「そうだろうね」

「どうやらケイツだけが地元民だったらしいな、でなければワンダはもっとほかの三人のことも話せたはずだ。そこは興味深い点だ」

「たぶんダラスは助っ人を集めたんだ。彼はずっと人気があった、ハイスクール時代から。カリスマ性のあるくそったれってわけだ」

ジョーはうなった。

「で、三日前ケイツと仲間がファーカスと〈ストックマンズ・バー〉にいたのはわかった。そこであいつらがなにかたくらんでいるのをファーカスは洩れ聞いたんだな、彼があんたに残したメッセージからすると。それが犯行の動機なんじゃないか」

スパイヴァクの馬が前に出かかっていた。ジョーは舌を鳴らしてトビーにもう少し速くとうながした。

そして尋ねた。「男二人と女一人がダラス・ケイツと一緒だったというワンダの話だが、四人同時に店に入ってきたのか、それとも中で落ちあったのか、どっちなんだ?」

「ワンダの話の印象だと、四人同時に店に来て、ファーカスが帰ったあと一緒に出たようだ。でも、あとで彼女に確認してみる」

ジョーはうなずいたが、なにも言わなかった。

「ほかのだれかに危害を加える前にあのちくしょうどもを見つけないと」スパイヴァクは勢いこんだ口調になった。「ダラス・ケイツはこの郡の善良な人々にとって癌《がん》みたいなものだ。周囲のだれにでも悪意を向けるクズ白人一家の出なんだ。ダラス・ケイツみたいなきたならしいやつがうろついている場所で、おれのかわいい娘を育てたくはないよ」

スパイヴァクの激しさに、ジョーは驚いた。これほど感情的になった彼を見るのは初めてだった。

「あまり性急に行動しないようにしよう」ジョーはなだめた。「この前起きたことを考えてみろ」

「この前起きたのは、ケイツ一家が宣戦布告して負けたってことだ。それはあんたがいちばんよく知っているだろう?」

スパイヴァクは鞍《くら》の上で身を乗りだし、ジョーの顔をじっと見つめた。「だれよりも、ケイツ一家のせいでひどい目に遭ったじゃないか」

「ああ」

「ローリンズの刑務所に送られる前にダラスがなんと言ったか、みんな知っている。いつかここへ戻ってきてカタをつけてやるってな。そしてどうやら、やつはおっぱじめたようだ」

「今回はきちんと進めようじゃないか」ジョーは言った。「おれが言いたいのは、証拠がないなら、彼を追いつめる方向には流されたくないってことだ。彼が刑務所で一年ちょっとしか過ごさずにもう出てきた理由は、おれたちがあまりにも長いあいだ間違った方向へ突進してしまったからだ。ダラスは頭がいい。エルドンじゃなく、ブレンダに似ている。彼は手ごわいだろう、そしてやすやすとおれたちを間違った方向へ誘導して失敗させる。とにかく、もしかしたら、ほんとうにもしかしたらだが、事件の背後にいるのは彼じゃないかもしれないという事実に対して、しっかりと目を向けてことに当たろう」

スパイヴァクは傷ついた驚きの表情でジョーを見た。

「ダラスとファーカスがなにを話していたのか、おれたちは知らない」ジョーは言った。「ダラスが彼を追ってここへ来たのかどうかも、ダラスが彼を追いつめて殺したのかどうかもわからない。撃ち殺されたのをおれが画面で見た人物がファーカスだったかどうかさえ、さだかじゃないんだ。だから、おれたちが唯一やれるのはダラス・ケイツを葬《ほうむ》り去ることだと決めつける前に、いま話したことをはっきりさせる必要があると思う」

「なにを言っているんだ?」スパイヴァクはあきらかに気を悪くしていた。

「視野を広く持たなければならないと言っているだけだ。ケイツが犯人だとおれたちは仮定している。だが、もしそうじゃなかったら？　おれは二ヵ月間密猟グループを追ってきたが、まったく進展がないんだ。もしファーカスがなにかを目撃して、密猟者たちがそれに気づき、彼を襲ったとしたら？」

スパイヴァクはかぶりを振った。「ジョー、証拠があるなら、筋道の立ったどんな推論もおれは受けいれるさ。一人の人間を標的にするために、ここにいるわけじゃない。おれは悪徳警官じゃないし、自分を正義と見なす男でもない」

「よかった」

「あんたがそうほのめかしたのが残念だよ。おれは、いままでわかっていることにあてはまる論理的な推理を導きだそうとしているだけだ」

「わかっていることはあまり多くはないよ、レスター」

「全員が共通認識を持たなければ」スパイヴァクは言った。「おれの捜索救助隊に、おれのやることなすことすべてに疑問をぶつけるような人間にいてほしくない」

「わかっている」

「ほんとうに、ジョー？」

ジョーが答える前に、スパイヴァクの無線が鳴った。リード保安官が彼らの位置を知らせるように求めていた。

この機をとらえて、ジョーは手綱を絞《しぼ》り、スパイヴァクの馬を先に行かせた。それからトビーをスパイヴァクの後ろの位置に戻した。

話はじゅうぶんした、と思った。


激しい降雪の中、五、六百メートル前方の木の上を三羽のカラスが旋回しているのをジョーは見た。カラスがいるということは、なにかが死んでいるということだ。こうやって、彼は長年狩猟動物の死骸をたくさん見つけてきた。

スパイヴァクに呼びかけ、鞍上《あんじょう》で身を乗りだしてカラスたちを指さした。スパイヴァクは携帯型GPS装置で座標をクロスチェックした。

「ここだ」彼はジョーとほかのメンバーに示した。

ジョーは緊張が高まるのを感じ、自分の武器を確かめた。四〇口径グロックは上着の下だ。必要なら出せるように下側のボタン二つをはずした。レミントン870ウィングマスター一二番径ショットガンは、鞍の銃ケースにある。


遺体は雪の上に手足を広げてあおむけになっていた。あたりには、金属的な血の臭いと内臓の麝香《じゃこう》のような臭いが立ちこめていた。騎馬隊が現れると、カラスたちは真っ赤なくちばしに肉片をくわえて遺体の上からばたばたと飛び去った。

捕食動物が遺体を荒らしており、顔を含めて柔らかい組織はほとんどなくなっていた。だが、ファーカスのアウトフィッター・ブーツにジョーは気づいた。そしてステック保安官助手が、デイヴ・ファーカスの身分証とカード形式の食料切符、現金二十八ドルが入った財布を見つけた。

「ファーカスだ、間違いない」コットン・アンダーソンは声を詰まらせながら言った。

現場の写真を撮って立入禁止のテープで囲うようスパイヴァクが命じ、ノーウッドは遺体のそばにしゃがんで予備的な検死を始めた。そのかんにジョーはトビーをつないでおき、自分たちが来た方向へ木立の中を戻っていった。

雪がマツの枝のあいだをしんしんと降りつづき、森に静寂をもたらしている。スパイヴァクやほかの男たちの声だけが甲高い不協和音となって聞こえてくる。友だちをこんな目に遭わせたちくしょうどもを殺してやる、とコットンが空に向かって叫んでいる。

ジョーは背をかがめて朝食を吐いた。目がちくちくした。

ファーカスは独特な存在で、たいていはジョーの悩みの種だった。だが、彼は自分の身を危険にさらしてジョーに電話し、洩れ聞いたことについてメッセージを残してくれたのだ。たとえ行動を起こすに足るだけの情報を伝えてくれなかったとしても、それは賞賛に値する無私の行為だ、とジョーは思った。

ゆうべ、赤外線装置に熱源を感知されるまで、ファーカスは逃げまわっていた。いま、彼はただの冷たい肉塊《にくかい》となってしまった。

袖口で口もとを拭きながら現場に戻ると、スパイヴァクが無線でリード保安官と話しているのが聞こえた。

「ええ、九十九パーセント間違いなく彼です」スパイヴァクは言った。「ノーウッドがいま仕事にかかっているところで……はい、遺体袋に収容して山から下ろす前に、徹底的に捜索します。現場は保存して写真を撮りましたが、この雪で状況は急激に悪化しています。いまの時点でまさしく西部的な犯行現場ですよ。タイヤ痕や足跡を見つけるにはすでに雪が積もりすぎていて……了解しました」スパイヴァクは無線を切った。

リード保安官が全郡に対して、ダラス・ケイツと身元不明の男二人女一人を緊急手配した、とスパイヴァクは告げた。

ジョーはかがんでノーウッドとステック保安官助手に手を貸し、遺体をノーウッドが地面に広げておいた遺体袋に入れた。遺体に触れるのは通常避けなければならないのだが、森の中の場合は、さらに捕食動物に荒らされたり、熊やクーガーに引きずっていかれたりする前に運びだすのが肝要だ。ジョーは目を向けずに手の感触で作業した。ブーツの中のファーカスの足は硬くなっていた。

遺体が発見された小さな空き地の反対側の木立から、スパイヴァクが叫ぶ声がした。降雪があまりにもひどくて、ジョーには保安官代理の姿が見えなかった。

「ここに真鍮《しんちゅう》がある」スパイヴァクの言っているのは空薬莢のことだ。「あちこちに散らばっている。ここでやつらは彼を待ち伏せしたんだ。ノーウッド、こっちへ来い。雪に埋もれてしまう前に空薬莢を回収しよう」

「悪い、あとは頼むよ」ノーウッドは立ちあがった。キットの箱から青い医療用手袋二組を出すと、ジョーとステックに放った。遺体はまだ半分しか袋に入っていない。遺体の穴からはみでた内臓が雪の上を這っている。「その内臓を全部袋に押しこんでジッパーを閉めてくれ」

「吐きそうだ」ステックが言った。

ジョーは背後の森をあごで示した。「そこの木立の中に格好の場所がある……」

近寄ってきたスパイヴァクがステックに言った。「ああ、遺体のことは心配するな。おれは何度も経験しているから、もう気分が悪くなったりしない。そこをどいて、空薬莢やほかの見つかる証拠をなんでも集めるんだ」

ステックは立つといそいそと離れていった。

スパイヴァクはジョーを、それから遺体を見た。「おれ一人で大丈夫だよ」

「ほんとうに？」

スパイヴァクはうなずいた。ぞっとする仕事を始める前に、ジョーが立ち去るのを待っているようだ。

ジョーはうなずきかえした。ありがたかった。

だが、スパイヴァクが喜んで引き継ぎたがっているようなのが、奇妙に感じられた。

5

その日の午後の遅い時間、ランドール・リューティはログハウスの南西角の近くに背中をつけて、まっすぐ前を見ていた。五発装塡のサヴェージ一七口径ボルトアクション・ライフルは、右脚の横に銃口を下にして持っている。

ツーバイフォーの板で組み立てられた、波形金属屋根の粗末な差しかけ小屋の向こうで、まわりに木のないベンチに雪がふわふわと舞っている。ヤマヨモギの先端に雪が積もって、彼が若いころを過ごしたテキサス州へイル郡の花咲く綿畑のようだ。一瞬、リューティはプレインヴューの町へ戻った気がした。テキサス州内の北へ細長くのびている地域のど真ん中にあり、つまりへんぴなど田舎だ。

ここはど田舎という点ではあそこと似たようなものだが、はるかに北だしはるかに標高が高い。そしてここにあるのは雪で、綿ではない。

うねるように続くヤマヨモギの大地の上、雪を降らせている厚い嵐雲の下には、青い山々が密集しており、頂上は雲に隠れている。山並みは暗く、あの上もくそ寒くてきっともっと雪がばんばん降っているのだろう。

あの山々に二度と戻らずにすむなら、リューティは望むところだった。山というのは遠くからか、絵の中で見るのがいちばんだともうわかっている。じっさい入ってみると、山は自然のままできびしく、彼を食べてしまう動物たちもいる。

このへんの町がみんな平地にあるのはもっともだ。

人間は山には住めない、とランドール・リューティは悟っていた。

彼はログハウスの角に少しずつ近づき、ゆっくりと慎重に向こう側をのぞいた。

プロングホーンの小さな群れが百メートル弱のところにいる。今日の午後でいまがもっとも近い。牝七頭と大きな牡一頭。牡はハーレムを支配し、頭をわずかに動かすことで群れを誘導している。まるで、リューティのほうへスローモーションで移動させているかのようだ。

この二時間、リューティはずっとプロングホーンを観察し、彼らが餌を食《は》みながら近づいてくるのを見守っていた。忍耐力との闘いで、彼はライフルを構えていちかばちか撃ってみようかと思ったが、はずして脅かすのはいやだった。プロングホーンが走るのを見たことがあり、めっぽう足が速いのだ。世界で二番目に足が速い哺乳類だと聞いていて、彼はそう信じていた。

リューティの狙いは牡だが、うまく仕留められそうなのが牝だけならそれでもいい。腹がへっていて新鮮な肉がほしかったので、あまりこだわっていなかった。

家の中で見つけたガンケースにあった一七口径ライフルは害獣駆除用で、大型狩猟動物向きではないとリューティは知っていた。とはいえ、弾丸は二二口径より小さくても弾道がよりフラットで弾速も速く、もっと遠くまで正確に狙える。ちゃんと命中させれば——頭に——プロングホーンを倒せる。

群れが近づいてくるのをやめたので、彼はとまどった。まるで自分がここにいるのを知っているみたいじゃないか、と思った。牡がこちらに目を向けたとき、リューティは横顔を見られないようにログハウスの側面に背中をつけた。

ケイツ家の無人の地所に車で乗り入れたときのリューティの第一印象は、とんでもない場所にあるということだった。故郷では、小さな農場は川のそばか水場の近くにあり、強烈な太陽から守ってくれるオークの木立に囲まれていた。

自宅と付属の建物を建てるとき、ダラスの父親が木の一本もないヤマヨモギだらけの丘の鞍部《あんぶ》のど真ん中を選んだなんて、ばかげたことに思えた。とくに、山脈に続く峡谷地帯の斜面に、ビャクシンとムレスズメが生えた深い涸《か》れ谷がいくつも見えているというのに。

どうして好きこのんで、こんな人里離れた、あまりにもむきだしで不毛な場所に建てたのだろう? 風をさえぎるものはなにもなく、太陽は屋根と前庭に容赦なく照りつけている。

だが、プロングホーンの群れが餌を食みながら近づいてくるのを何時間も見たあと、リューティは理解した。プロングホーンにこちらからこっそり忍び寄る方法はない。車で近づいたり行く手をさえぎるのはむりだ。顔を上げれば、群れは一・五キロ四方をすべて見渡せるのだから。隠れるために密生した茂みの中に留まっていたテキサスの野生のシチメンチョウや野生化したブタと比べ、プロングホーンは正反対のことをしている。彼らは開けた場所にいることを好む。そこなら、近づく者がいればかならず気づく。

エルドン・ケイツも同じことを考えたにちがいない。


ランドール・リューティは身長百六十八センチで強靭なやせ型、赤毛の髪を短く刈り、うっすら生えた不精ひげは不本意なピンク色になりつつある。灰色の目、先端がとがった長く細い鼻、しゃくれたあごのせいで横顔がイタチっぽいと言われることがある。ワイオミング州立刑務所ではこっそりそう呼ばれていた――ウィーゼル《イタチ》と――だが、面と向かって言われたことは一度もない。

ロックスプリングズの酒場でリューティをイタチと呼んだ愚かなメキシコ人は、相手がビール瓶の首をつかんで割り、ぎざぎざの端でこちらの顔を切り裂いて倒したあともやめなかったとき、ばかなまねをしたと気づいた。リューティは四人がかりでメキシコ人から引き離された。だが、その前にバケツ一杯ほどの血が流れ、警官が呼ばれた。

警官たちは彼の車を探してマリファナと、サクラメントのバイカーたちに渡すはずだった銃を見つけ、それでもうアウトだった。ランドール・リューティの運び屋としての初仕事はみじめな失敗に終わった。なにもかも、州間高速八〇号線沿いでもう一杯ビールを飲もうと車を止めた自分のせいだった。

ペドロ・モレノの顔をぐちゃぐちゃにしてやったことに後悔はない——やつはデートドラッグの売人だった——だが、ロックスプリングズに寄ったことは後悔していた。おかげでワイオミング州立刑務所へ行くはめになったからだ。

ロックスプリングズ。あのくそいまいましい町には二度と行くものか。へまをしたり単語の綴《つづ》りを間違ったりしないと信用していた同房者に彫ってもらった、背中の刑務所タトゥーの一つは〈くたばれロックスプリングズ〉だった。

プロングホーンを仕留めそこねたら、食料品庫にあった二年前の〈ディンティ・ムーア〉のシチューと缶詰のインゲンをまた食べることになる。

新鮮な赤肉を、それもたっぷりと食べたくてたまらなかった。テキサスでは、ステーキはミディアムかウェルダンで注文していた。だが、刑務所で二年半まずそうな色の加工食品を食べたあとでは、ほぼレアの血のしたたるような肉に飢《う》えていた。五百グラム近いTボーンステーキにかぶりつき、骨を脇によけて脂《あぶら》っこい赤い汁を皿からピチャピチャと舐《な》める夢をよく見たものだ。

いまこそチャンスだ。

リューティはその場を離れてログハウスの裏側を進んだ。群れとのあいだにログハウスをはさみ、そのあと前庭の自然の傾斜を使って隠れれば、もっと近くから撃てるはずだ。こちらからプロングホーンが見えないなら、向こうからもこちらは見えない。中のプレイステーション2からの薄っぺらなデジタル音の銃声が――たぶんまた〈グランド・セフト・オート〉のゲームだ――プロングホーンたちに聞こえないように、しゃがみこんでアヒルのように歩く自分の姿が見えないように、彼は祈った。

匂いを嗅ぎつけられるだろうか？　それはわからなかった。故郷にはいなかったから、プロングホーンのことはあまりよく知らない。だれかが――おそらくダラス――肉はヤギに似て口当たりがやわらかいと言っていた。リューティはヤギの肉を食べたことはないが、味わってみたいものだと思った。

両腕でライフルを抱え、雑草だらけの前庭を低くなって横切った。端に着くと、ライフルの安全装置をはずしてゆっくり立ちあがった。

プロングホーンは遠ざかっていた。二百メートルぐらい離れている。

リューティは悪態をついてライフルを構えた。塗装のはげたスコープの十字線を、牡の枝角の真ん中の頭部に合わせた。その瞬間、なにか来るのを感じたかのように牡は足を止め、こちらを向いた。だが、走りだしはしなかった。

リューティは息を吸ってライフルのポリマーフレームの銃床に顔を寄せた。ポリマーフレームには水滴がついており、スコープのレンズは少し曇っていた。彼は引き金を絞った——そのとき、バンという音とともに網戸が開き、ローリー・クロスが家から出てきた。たちまちプロングホーンの群れは飛ぶように逃げていった。クロスは〈グランド・セフト・オート〉のゲームを終えたらしい。

リューティはとにかく発砲し、鋭い銃声はたちまちヤマヨモギの平原に吸いこまれていった。弾がどこに当たったのか、リューティにはまったくわからなかった。

「いったいなにをしてやがるんだ?」クロスは笑った。彼の笑い声は大きい。大きな男だからだ。

リューティは顔を紅潮させ、まだ遠くにプロングホーンの尻の白い楕円形が見える北東を向いて、立ちつくした。

「なにをしているように見える? 食料を調達しようとしているんだ。なのにおまえがドアを乱暴に開けたせいで怯えて逃げちまった」

クロスはリューティから走り去る群れに視線を移し、またリューティに戻した。

「ダラスがもうじき町で食料品を仕入れて戻ってくるよ。だれにも気づかれずに町に出入りする方法を知っているって言っていたからな」

「どうしてそんなことができるんだ？」リューティは聞いた。

「さあな、だけどダラスはダラスさ」

リューティにはクロスの言いたいことがわかった。ダラスはほかの人間ができないやりかたで、ものごとをやってのけるのだ。より型破りに、より簡単にやったように見せる。

「それに、とにかくプロングホーンはくそみたいにまずいぞ」クロスは大声で言った。

「どうして知っている？」

「聞いたんだ。いつだって走っているんで、アドレナリンの分泌腺がでかい。アドレナリンは肉の質を落として、くそみたいな味にする」

「おれが聞いたのとは違う」

「おまえは間違ったことを聞いたんだ」

「ダラスはヤギみたいな味だと言っていた」

「ヤギ？」クロスはまた笑った。「ヤギだと？　だれがヤギなんか食いたがるよ？」

「おれは食いたい。あの缶詰のシチューは刑務所のメシと変わらない。もうあれとはおさらばしたはずだ」

「言っただろう。ダラスが本物の食いものを持ってくるって。今晩は宴会だぜ」

「もし持ってこなかったら？」リューティは尋ねた。ローリー・クロスはたしかにでかいが、一七口径を眉間《みけん》に命中させたらドライモルタルの袋みたいにどさっとぶっ倒れるだろう。「持ってこなかったら、シチューを食うのさ。さあ、中へ入ったらどうだ？　ダラスが言ったことを聞いたろう。外を歩きまわるなとさ。地元の田舎者がおれたちを見て、おまわりを呼ぶといけないからって」

ダラスは彼らに警告していた。地元の警官は腐りきっていて、昔からケイツ一家全員を目の敵《かたき》にしている。いつでも好きなときに兄のブルとティンバーを引っ張って、過剰反応させようとけしかけていた。残念なことに、兄たちは過剰反応しがちだった。

ダラスは話した。警察は浄化槽から浄化槽へとトラックで移動するエルドンに嫌がらせをし、母親のブレンダにさえテールライトがついていないと言って車を止めさせた、と。ライトはついていなかったが、トゥエルヴ・スリープ郡のほかの住民が止められたことはなかった。ブレンダは違反切符を切られた。

自分たちの唯一の罪はDUI（酒気帯び運転）ならぬDWC——ケイツのくせに運転《ドライビング・ホワイル・ケイツ》——だ、とかつて家族は言いあっていた。

だから、もしケイツ一家の敷地に何者かが入りこんでいるという情報があれば、警察は急襲をかける理由をでっちあげるだろう。ダラスはそんなことを望まないし、だれも望まない。

リューティはため息をつくと、家のほうへ歩きだしながらクロスに言った。「出入りするたびに網戸を乱暴に閉めるのはやめろ」

「はいよ、母さん」

「うるせえ、ローリー」

クロスはまた笑った。「なあ、シンクの下の洗剤の後ろに安物のウィスキーが隠してあるのを見つけたんだ。〈エイシェント・エイジ〉とかいうやつ。おやじさんがブレンダから隠していて、二人がいなくなったあとずっとあそこにあったんだ」

リューティは足を止めた。「ウィスキーだと？」

「ああ、そうさ」

「なんでもっと早く言わないんだ？」

「いま言ったじゃないか」クロスはきびすを返して家の中へ入った。そして乱暴に網戸を閉めた。

ライフルを握る手に力が入るのをリューティは感じた。

山から戻ったあと、リューティは古いケイツ家の廊下をうろうろして各部屋に入ってみた。一年半、ここは無人だったのだ。

廊下の壁にあった古い色褪《いろあ》せた家族写真でわかったことがある。写真の九割はロデオで全米をまわるダラスのものだった。サドル・ブロンコの競技中のダラス、鞍やバックルを獲得するダラス、ハイスクール時代にレスリング州大会の優勝リボンを掲げるダラス。後ろにブルとティンバーも写っているものは二、三枚で、エルドンが写っているのは家族全員がそろっている一枚だけで、ブレンダの横にぎごちなく立っている。

リューティはブレンダの写真をじっと眺めた。鉄灰色の短い髪にパーマをかけ、顔は角ばっている。レンズが長方形のメタルフレームのメガネをかけている写真もあるが、口紅もつけていないし化粧もしていない。どっしりした腰つきで花柄のドレスを着た、どこにでもいそうな女だ。脚と足首は太く、丈夫な作業用の革靴をはいている。ダラスが言っていたような人間——ある種の天才——にはまったく見えなかった。しかし、目は別だ。ブレンダの目は、表面のすぐ下にある深い自覚と怒りを暗示する激しさで、カメラをにらんでいる。だが、リューティが額《がく》の安ガラスに手を置いてそうしたように、両人差し指で彼女の目をおおえば、ただの地味で太りすぎの不器量な女だ。

五日前、ダラスは玄関のドアを開錠し、彼らを中に入れて案内した。そしてリューティにはブルの寝室、ローリーには両親の部屋をあてがった。憤りを抑えきれないダラスが自分の育った家を郡が荒れ放題にしていると罵っているあいだ、リューティは後ろで黙っていた。

配管は壊れ、固定電話はつながらず、冷蔵庫も冷凍庫もわざわざ中身を出してくれた者はおらず、廊下の洗濯物入れはネズミにかじられたよごれた服でいまだにいっぱいだった。キッチンとバスルームの床はネズミの糞《ふん》だらけで、尿の悪臭がする居間のソファで野良猫たちが眠っていた。

そればかりか、地元の住民が押し入って壁にスプレーペンキで落書きをしていた。〈ケイツ一家はゴミらしく燃えちまえ〉〈地獄でくたばれ、ブレンダ〉〈殺人鬼ファミリー〉。

ダラスは震えながら立ちつくして両こぶしを握りしめ、家に入ってこれをやったやつを見つけたらバラバラにしてやると罵っていた。

ダラスの心の底深くに沈む屈辱に満ちた怒りを、リューティは感じた。こんなことをだれかがおふくろとおやじの家にしたら自分も同じように感じるかもしれない。だが、リューティは父親を憎んでいたし、いいようにされている母親を軽蔑していた。おやじが自分を殴ってクローゼットに閉じこめたとき、知らんぷりをしていたのだ。それでも、ちゃんとした人間に囲まれて育っていたら、ダラスの憤怒《ふんぬ》と蹂躙された感覚がわかっただろう。

刑務所に入れられた最初の日、リューティと同じ27－Aの房になったのはローリー・クロスと、ジャクソン出身のジェイソン・ピンダーというめめしいオタク風の男だった。リューティを感心させ、また怖気づかせるために、昼食のあとローリーは廊下でピンダーをめちゃくちゃにたたきのめし、けがをして血を流している彼を置き去りにした。ピンダーが医務室から出てきたとき、ローリーは彼の頭をもう声が出なくなるまで房の軽量コンクリートブロックの壁に打ちつけた。

自分は手を出されるつもりはないし、この棟でいちばんの大男で獰猛《どうもう》な捕食者だから、リューティをほかの捕食者どもから守ってやれる、とローリーははっきり示した。リューティをさらに強力に守ってやれるから、おれの女になったらどうだ、とローリーはほのめかしたが、でっちあげられた狩猟法違反でダラスが同じ房を割りあてられたあと、彼の脅しが実行されることはなかった。

そのとき、三人の絆が結ばれた。ヒスパニック、インディアン、黒人が大多数の囚人の中にいる、迫害された労働者階級の白人三人。ところが、三人のうちの一人は完璧な腕立て伏せを五十回、腹筋運動を二百回できるロデオ・スターだった。矯正官たちでさえ、ダラスのサインをほしがった。

だれがリーダーかは、二日目には明瞭になった。

ダラスが語った話はすごかった。そして彼の提案もすごかった。

刑期が短く釈放の日どりが同じようなものだったので、三人はもっとも警備が手薄な棟に収容されていた。ローリー・クロスが最初に出所した。約束どおり、彼はローリンズの近くに留まってあとの二人を待った。次にダラス、そして一週間後にリューティが釈放された。二人を待っていたあいだ、小売りチェーンの〈トラクター・サプライ〉や〈ウォルマート〉で最低賃金の仕事につき、短期間安モーテルのフロント係もやった、とローリーは言っていた。

ローリーが服役したのは、七月四日の独立記念日パレードの折の、ランダーの警官たちへの傷害事件が理由だった。リューティはローリーの話をさんざん聞かされ、数を半分以下にすれば正確な内容を把握できることがわかった。

それはともかく、ローリーによると彼はワイオミング州東部のトリントンで育ち、ハイスクールでは一時有望なディフェンシブ・ラインバッカーとして期待されていた。ありとあらゆる大学のスカウトが（一人か二人だとリューティは思っていた）ローリーに目をつけていたが、それも試合がとっくに終わったあとに敵の選手二人（一人だとリューティは思っていた）の胸を彼がスパイクシューズで踏みつけ、ヘルメットをかぶった頭を何度も蹴《け》りつけるまでだった。二人のうちの一人の母親が一部始終を録画してユーチューブに上げ、それは一気に拡散して視聴回数は何百万（リューティの解釈では何千）にも達した。そういうわけで、ローリーは追放された（それはたぶんほんとうだ）。

道路建設会社で四年（二年半）過ごしたあと、ローリーは車でフレモント郡へ行って土地測量チームの仕事の面接を受けた。残念ながら着いたのは金曜日の夜遅くで、チームの主任とは話せなかった。土曜日が独立記念日で、バーでビールを一、二本（九本）飲んだあと、パレードを見にいくことにした。外に出たとたん、ガールスカウトの平台型トレーラーから投げられた硬いキャンディ一個が彼の目に当たった。

右目——ライフル射撃とビリヤードで使う目——を失明するかもしれないと思い、驚き怒ったローリーは歩道の上のキャンディを見つけ、しゃくにさわるガールスカウトに勢いよく投げつけた。キャンディは小さな金髪の少女の額《ひたい》にはねかえり、少女はバランスを崩してトレーラーから道路に落ちた。パレードに付き添っていた警官二人が少女に駆け寄り、歩道に集まっていた人々から怒りのささやき声が上がった。少女はかすり傷であることがわかった——「チビが大げさに騒いだんだ」ローリーは言った——だが、群衆はみな金切り声を上げてキャンディを投げつけた悪人の彼を指さした。

なにがあったのか、ローリーは二人の警官に説明しようとした。これは正当防衛で、自分は右目を失明していたかもしれないんだ、と。そのときさらに別の警官二人が現れ（つまり計二人）、一人がスタンガンで彼の脇腹を突いた。五万ボルト（つまり一万ボルト——それでもたいへんだ）の電流にローリーはいきりたち、四人の警官のうち三人（二人のうち一人）を病院送りにした結果、フレモント郡の拘置所へ入れられ、そのあと三年から五年の刑（これは正しい）でローリンズの刑務所へ送られた。

そこでローリーはランドール・リューティとダラス・ケイツに出会い、二人をギャングや古株の囚人から守ることになった、というわけだ。

リューティは一七口径ライフルをソファの上に置き、ローリーがキッチンテーブルで〈エイシェント・エイジ〉を飲んでいるのを見た。半分近くがなくなっていた。

「もうそんなに飲んだのか?」リューティはプラスティックカップの山から一つをとって椅子を引いた。

「いいや。殺される前にエルドンが飲んでいたんだろうよ」

リューティはスリーフィンガー分を注いだ。「氷があったらな」

電気はとっくに止められていたので、ダラスはガレージの予備の発電機をなんとか動くようにしていたが、冷蔵庫のフリーザーの製氷皿に水を入れることをだれも思いつかなかったのだ。

ローリーは言った。「ダラスが気づいて一袋買ってくるかもしれない」

「ああ、もしかしたらな」

小さく一口飲むと、酒はリューティの舌を焼くようだった。ふたたびアルコールの酔いに慣れるのはたいへんだった。あの晩〈ストックマンズ・バー〉でもそうだった。だが、慣れるだけの価値はある。

「あまり上等なウィスキーじゃないな?」彼はローリーに言った。

「少しの水か〈セブンアップ〉で割れよ、そうすると悪くない味になる」

「やってみる」リューティはテーブルの上の温まった〈セブンアップ〉の缶に手をのばした。

もう一度飲んでみて、顔をしかめた。「少しはましだけどな。彼から連絡はあったか?」

ローリーはテーブルの上の安いプリペイド携帯をあごで示した。「ない」

ダラスはコンビニで二台買った——一台は自分用、もう一台は二人用——そして二十五ドル分の通話料をチャージした。

「緊急でなければかけてくるなと言っていたよな。氷は緊急じゃないだろう」ローリーは言った。

リューティはグラスを干した。そしてさらにウィスキーと〈セブンアップ〉を入れた。

「二度目はさっきよりましだ」リューティは言った。

「なんでもそうだ」ローリーはうなずいた。

「どういう意味だ？」

「女のことを考えていた」

「そうか」

三杯目を飲んでいたとき携帯が光った。非通知番号からだった。

リューティとローリーは視線を交わし、しまいにリューティがとって通話ボタンを押した。

「もしもし」腹から声を出してテキサス訛りを消そうとした。

「おれだ」ダラスだった。その声には緊張感があり、リューティははっとした。

「彼か？」ローリーが聞いた。

リューティはうなずいた。

「いま地元の田舎警官二人がケツについている」ダラスは言った。「やつらはライトをつけていないが、後ろから近づいてくる」

「あんたはどこなんだ?」

「買物を終えてウィンチェスター・ハイウェイを走っていて、あと三キロぐらいで降りて砂利道に入る」

「まけないのか?」

「やってみてもいない。そんなことをしたら、捕まえる口実を与えることになる」

「そうだな」

「ほら、来たぞ」

リューティは相手の背後でサイレンが一回、続いて二回鳴るのを聞いた。

「きっと今晩は帰れない」ダラスの口調は冷静だった。「おまえたち、どうするかわかっているな。携帯に登録されている番号にかけて、なにがあったか伝えろ。そして、さっさとそこからずらかるんだ」

リューティはテーブルの向こうでローリーが蒼白になっているのを見た。会話が聞こえたにちがいない。

「だれが盗聴しているかわかったものじゃないから、これ以上は言わない。どこへ行ってなにをするかはわかっているな。今晩やつらはそっちへ行くと思う」

「なにをするかはわかっている」リューティは答えた。

サイレンの音が大きくなってダラスの声はほとんど聞きとれず、こちらの声が届いているかどうかリューティにはわからなかった。

「あのくそったれのスパイヴァクだ」ダラスは叫んだ。「車を脇に寄せて止めろと言っている」

「くそったれ」ローリーがくりかえした。

「携帯の電源は入れておけよ」リューティはダラスに言った。「わかったか?」

「わかった」ダラスは答えた。

音はこもっていたが、携帯はまだ通じていて相手側の様子はわかった。リューティはスピーカーのボタンを探してオンにし、自分とローリーのあいだのテーブルの上に置いた。

ダラスが言うのが聞こえた。「なんのご用でしょう、ぼんくら《ボーンヘッド》保安官助手?」

「スパイヴァクだ。両手はハンドルに置いたまま、動かすな」

「了解。おれを止めたのにはなにか理由でも? 制限速度は守っていたし、交通規則にはすべて注意して従っていましたよ」

「なぜ止めたかはわかっているはずだ、ダラス。右手を下げてエンジンを止めろ。そのあとキーを渡せ」

「どうして――」

「ごちゃごちゃ言わずにさっさとしろ」

「はい」

リューティは人差し指を唇にあて、ローリーに黙っていろと警告した。そしてもう片方の人差し指で携帯のマイクをオフにした。ローリーがおとなしくしているとは信じられなかったからだ。

おそらくエンジンだろう、背後の雑音が静かになった。そのあとキーの束がガチャガチャいう音。

「これでいいですか」

「次はゆっくりと車から降りろ」

「その銃をおれに向けている必要はないでしょう。なにも悪いことはしていないし、なんでも言われたとおりにしている」

「車から降りやがれ。さあ」

「とにかく落ち着いて、冷静になりましょうよ。左手をハンドルから離してドアのハンドルをつかみます。右手はハンドルに置いています」

「だれに話しているんだ？」

「べつに」

三人目の男の切迫した声がした。「助手席になにかあります。銃かもしれない」

「携帯だ」リューティは口の動きだけで言った。

「ただの携帯だよ、あほうどもが」ローリーがどなった。リューティはマイクをオフにしてよかったと思った。

ガラスが砕ける音と殴打する音がした。ダラスはうめいて言った。「携帯です。ちくしょう、携帯だってば。なぜ車の窓を壊したんだ？　なぜ殴る？」

通話は切れた。

「あのブタども」ローリーは言った。「なにもしていないのに検挙した、ダラスが思っていたとおりだ」

「次はここへ来るぞ」リューティは動揺していた。

「あいつら、ぶっ殺してやる」ローリーは叫んだ。

「落ち着け、計画を思い出すんだ。だれか来る前にここをきれいにして、必要なものだけ持ってずらかろう」

「なにできれいにするんだよ？」

「シンクの下にクリーナーと漂白剤があっただろう？」

ローリーはうなずいた。

「あらゆる表面、とダラスは言っていた。ドアノブとハンドルも忘れるな」

「不公平だぞ」テーブルの向こうで腰を上げたローリーは不満を洩らした。

「先にやってろ」リューティは答えた。「おれは電話をかける」


連絡先を携帯の画面に出した。登録されているのは一つだけで、エリアコードは307だった。ワイオミング州内の番号だ。名前はなかった。

ローリーが大急ぎでカウンターを拭いているのを横目に、リューティはその番号にかけた。十何回も呼びだしたがボイスメールには切り替わらない。どのくらい待てばいいのかリューティにはわからなかった。

ようやく相手が出た。「はい？」

ごく低い女の声だった。リューティは驚いた。

「ランドール・リューティです」

「その名前は知らない」女の声はほとんど聞きとれないほどだった。なにか理由があって小声で話しているのだろう。

女は尋ねた。「伝言があるの？」

「あなたはだれです？」

「それを聞いてもむだ。伝言があるの？」

リューティはローリーに目を上げた。彼は黙々と冷蔵庫の表面にクリーナーを吹きかけていた。

「ええ。ローリーはなんの助けにもならない。伝言があると思います。さっき、おまわりがダラス・ケイツを捕まえました。わかっているのはそれだけです」

「伝えておく」彼女は言い、電話を切った。

「なんだよ、どういうことだよ」リューティは携帯をポケットにしまった。

小屋の中の二〇一二年型ポラリス・レンジャー500の荷台に持ちものと銃を放りこみ、二人以上が横に並べる座席に乗りこんだ。ローリーは忘れずに〈エイシェント・エイジ〉を持ちだし袋に入れていた。オフロード車の運転はほとんどしたことがないので、リューティは助手席に乗るほうがよかった。

じっさい、ダラスが二人にこれを見せて試乗させるまで、一度も乗ったことがなかった。

「地図は持ってるな?」エンジンをかけながらローリーが尋ねた。青い煙が小屋の中に立ちこめた。

リューティはひざの上に地形図を広げてうなずいた。

ポラリスはうなりを上げて小屋を出ると、プロングホーンが餌を食んでいたヤマヨモギの野原を突っ切った。

ローリーは速度を上げ、ポラリスは丈の高い茂みを突進した。ローリーが左へ急カーブを切ったとき、リューティはつかまってATVから振り落とされないようにした。

雪がちらほらと舞い、刻一刻と寒く暗くなっていく。最初の丘の上に着いたとき、ダラスがしるしをつけておいた地図をよく見られるように、ローリーは速度を落として止まった。

「いまいるのはここだと思う」リューティは地図を指さした。「このまま西へ進むんだ」

「ああ。そっちは山だぞ」ローリーは皮肉った。

リューティはまたそこへ上っていきたくはなかった。

彼は振りむき、どれほど遠くまで来たか悟って驚いた。ケイツ家の建物は白い海の中の小さな黒い点々になっていた。

「げっ。見ろよ」

ローリーも振りむいた。

はるかかなたに、ウィンチェスター・ハイウェイをやってくる赤と青のライトの点滅が見えた。ケイツ家へ向かう曲がり角でライトの速度はゆっくりになった。

「きわどかったな」ローリーは言った。「まぬけどもがうじゃうじゃ来やがった」

「ATVのライトを消せ。こっちを見られたくない」

「どうってことないさ」ローリーはシフトレバーに手をのばした。「あいつらがこっちを見ようと思いつく前に、おれたちはとっくにずらかっている」

二人は丘を越え、反対側へ猛スピードで下っていった。

6

その夜、パウエルにあるノースウェスト・カレッジの狭いキャンパスから三ブロック離れた、寝室二つのみすぼらしい貸し家で、エイプリル・ピケットはデスクの前にすわって残りもののチキンスープを飲みほしていた。そして、ヴォルテールというフランス人が書いた小説『カンディード』に興味を持とうと真剣に努力していた。一年生の英語のクラスで割りあてられた本だ。最初の五ページを七回読んだあとでも、理解できなかった。楽しめる作品だと教授は言っていたが、まだクスリとも笑えない。

むりやり読まされた本のすべてがつまらなかったというわけではない。たとえば、ヘミングウェイの『老人と海』は漁の話だからよかった。パパも好きかもしれないとエイプリルは思った。だが、ウォルト・ホイットマンの『草の葉』には怒りのあまり震えそうになった。これを読むのにかけた長い時間、それがあれば馬の手入れとか、投げ縄とか、ロデオ・チームの仲間と出かけるとか、有意義なことができたのに。この作家がアメリカを愛していないように思えるというのではない――愛しているし、それはいい――だが、あまりにも非現実的で誇張された愛しかたなので、彼女はうんざりした。

自分は、姉のシェリダンやママやパパみたいな生まれついての読書家ではない——さらに言えばルーシーと比べても。もっといい時間の使いかたがあるし、本にはすぐ退屈してしまう。それに、ほかのみんなと同じことをするのは性に合わなかった。とはいえ、チームに留まるためには成績を落とさないようにやるべきことをやらなければならない。

ウォルト・ホイットマンで唯一記憶に残った好きな一行は、〝大いに抵抗し、できるだけ従うな〟だった。彼女はフェイスブックのプロフィールにその一行を加え、タトゥー向きだと思った。

その言葉はエイプリルに語りかけてきた。ウォルト・ホイットマンのほかの部分はどうでもよかった。

このコミュニティ・カレッジ（地域住民に教育を提供するために公費で運営される二年制の大学）入学はジョイ・バノンの考えだった。ジョイの考えはだいたいそうなのだが、結果的に正しかった。

エイプリルと同じく、ジョイもサドルストリングの〈ウエルトンズ・ウェスタン・ウエア〉で販売員と棚出し係として長期間アルバイトをしてきた。エイプリルはハイスクール十一年生から働きはじめ、ジョイはもう少しあとからだった。

しばらくは、楽しい仕事だった。〈ウェルトンズ〉は郡のカウボーイ界の非公式の中心地で、エイプリルはそこのお姫さまだった。広告に出ている衣料品の宣伝のために訪れるロデオ・カウボーイたちに会えたし、四割引きでおしゃれな服を買うことができた。エイプリルは商品知識が豊富で親しみやすく、最新の流行を知っていた――〈ミスミー〉〈ラングラーのウィメンズ・オーラ〉〈ロックンロールカウガール〉〈クルエルガール〉〈カウガールタフ〉――ただし、客がいやなやつでなければ、だ。そのときは手荒くあしらった。

彼女が初めてダラス・ケイツに会ったのは〈ウェルトンズ〉だった。それ以前にもっとも彼に近づいたのは、〈ダラス・ケイツお薦め〉のシャツとジーンズを着た等身大の段ボール製ディスプレーだった。

彼は年上でハンサムで魅力的で、かすかに危険な香りを漂わせていて、エイプリルはたちまち惹かれた。女の尻ばかり追いかけている男という評判はさておき、愛想がよくエイプリルには礼儀正しかった。その夜のロデオの最前列のチケットをくれて、彼はサドル・ブロンコ・ライディングで勝ち、そのあと彼女を誘いだして不謹慎なことはなにもしなかった。当時、そうされたとしてもたいして抵抗はしなかっただろう。

本物のデート――その意味をエイプリルはわかっていた――に行く前に、きみのご両親にあいさつしたいとまで言ってくれて、彼女は驚いた。

自分が好きな相手に対してパパがあれほどきびしい態度をとったのは、あのとき初めて見た。たしかに、パパは何人かの男の子に「おれにはショットガンとシャベルとじゅうぶんな土地がある」といういつものばかげた警告をしていたが、ダラスに対しては本気だったし個人的に含むものがあった。

そしてパパは正しかった。エイプリルはいまだにダラスと駆け落ちしたのを後悔している。とはいえ、彼とロデオ・サーキットをまわった最初の数ヵ月はものすごくわくわくしたし、刺激的だった。都会のすてきなホテルに二人で滞在したし、ほかのカウボーイたちとモーテルにも泊まった。

ところが、ダラスと一緒にいるということは、ほかのロデオ・グルーピー――バックルバニー――と彼を共有するということで、彼にはあらゆるところに女がいるようだった。エイプリルは冷静に対処することを求められたが、彼女はそうはせず、ダラスとどなりあいのけんかになってロデオ界隈《かいわい》で噂が広まった。

その後、彼はエイプリルを車から放りだして路上に置き去りにした。

そしてあの事件が起きた。

エイプリルがようやくアルバイトに復帰したとき、ジョイはまだいたが、〈ウェルトンズ〉で働く魅力はもうなくなっていた。自分はダラス・ケイツと駆け落ちした女として永遠に記憶されるのだ、と彼女は知り、ほかの従業員や客がひそひそささやきあっては指さすことに気づいた。

エイプリルは学校でとくにジョイと親しくはなかった。エイプリルと違って、ジョイは勤勉で、男の子のことばかり考えているわけではない地元の牧場育ちだった。エイプリルよりやせていて器量も劣っており、超おしゃれな〈クルエルガール〉のジーンズをはいて歩いていても、カウボーイたちは振りむかなかった。ジョイが情熱をそそいでいるのは馬だった。エイプリルの知るかぎり、ジョイと同じくらい馬を愛しているのはママだけだ。だから、エイプリルは一度も馬に興味を持ったことはない。

〝大いに抵抗し、できるだけ従うな〟

店に客がいなかった土曜日の午後遅く、ジョイはエイプリルに言った。「あたしたちを見て」

「あたしたちがどうしたの?」

ジョイは両手でぐるっと店全体を示した。「あたしたちはここで長い時間を過ごして同じことをしている。服とブーツが入荷しては売れていく。ここに留まっていたら、この先ずっと最低賃金で働いて、いまやっていることをずっと続けるのよ」

「だから?」

「だから、これが一生やりたいこと? 服とブーツを売ることが?」

エイプリルは肩をすくめたが、もちろん違うと思った。

ジョイはカウンターの奥へまわって、カレッジ・ブレークアウェイ・ローピングのウェブサイトを開いた。エイプリルは興味を引かれた。

「馬には乗れるけど、投げ縄のことはなにも知らない」

「そうなのよ」ジョイは言った。「だれも知らない。でも、パウエルのノースウェスト・カレッジに勤めている叔母がいるの。叔母の話だと、カレッジのロデオ・チームが援助資金を得るためには女子の競技会に参加しないとだめなんだって。そこで、カレッジはこれを始めたわけ。馬に八千ドルもつぎこまなくていいからバレル・レーシング（馬で三つの樽をまわるタイムを競う）より楽だし、だれにでもできる。カレッジはなんとかして女子チームを作ろうとしていて、いまのところ馬に乗れればだれでも入れてくれるって」

「だれでも？」エイプリルは聞いた。「あたしたちでも？」

「叔母の話じゃそうよ」

エイプリルは監督と一緒にポーズをとる現在のロデオ・チームの写真を見た。「ロデオ・カウボーイにはもううんざりってとこだけど……」

「ほんとに？」

「どうかな……」

ジョイは牧場の馬を持っていた。二人が一緒にコミュニティ・カレッジへ行くなら、父親は喜んで一頭をエイプリルに貸してくれるはずだという。

うまくいった、とエイプリルは考えていた。彼女とジョイは順調で、先週はキャスパー・カレッジ・ロデオで三位と四位だった。新人にしてはすばらしい成績だ。自分がうまくロープを投げられるとわかって驚いたし、子牛相手は楽なので競技も好きになった。

新しい環境で確かな活動場所となってくれたチームも気に入り、一緒に地域を旅して大会に出た。言うまでもなく、チームのカウボーイの半数がエイプリルに恋をしたが、彼女は見向きもしなかった。たとえ悔やみきれないことがあったにしても、エイプリルは大リーグにいたのだ。ここの気の毒な男の子たちはわかっていない。

パウエル、学生生活、ロデオ・チームを楽しんでいる理由の一つは、だれも彼女がこういう進路を選ぶと思っていなかったということだ。意固地な性格は生まれつきだった。かつて、ママからの進学の提案はすべて拒否した。なぜなら、受けいれたら自分の考えじゃないみたいだからだ。エイプリルはそういうところが頑固で、自分でもわかっていた。

エイプリルがノースウェスト・カレッジを志望してロデオの奨学金を得たことに、両親が大喜びしたのもわかっていた。それでも、いまのところやめる気はなかった。彼女が家を飛びだして巡回ショーの芸人かなにかになっていたとしても、両親は驚かなかったはずだ。ところがエイプリルはコミュニティ・カレッジに進学した――それにはパパもママも驚いた。

これからなにか起きるのではと二人は思っている。それはエイプリルも同じだった。だがいまのところ、やめる理由はなかった。

ジョイは一緒に暮らすにはいい相手だった。めったに男の子を家に呼ばないし、料理はうまいし、話のわかるルームメイトだった。あれこれ要求したり、おしゃべりがすぎたり、大げさでヒステリックなふるまいをしたりすることもなかった。

そして実際的だった。使っていない食事用カウンターの上にすべてのアルコール飲料をまとめておくのは、ジョイのアイディアだった。そうすれば、ロデオ・チームの監督が突然現れても、あちこち走りまわって集めることなく、缶や瓶をうまく配置されたごみ箱に一気に捨てられる。

ジョイがときどきエイプリルの服を黙って借りることを除けば、二人は仲よくやっていた。彼女が自分のと似た服やブーツをお揃いみたいにたくさん持っていることにはいらついたが、それは二人ともほぼすべてを同じ店、つまり〈ウェルトンズ〉で買っているからだ。そのことと、ジョイが家族で唯一の娘で全部がわがものである状態に慣れていることも、エイプリルは気にさわった。自分は二人の姉妹の存在と、そこから生じる争いすべてに耐えてきた。だから、持ちものを守り、縄張り維持のために闘うことには慣れていた。

とはいえ、クローゼットでなにか探したときにジョイがすでに持っていってしまったことに気づくと、むっとした。

しかし、これまで経験してきたトラウマからすれば、服を無断で着られるのは、ときに腹がたってもそれほどひどいことではない。

その事実を思い出させるかのように、ロデオ・チームのジャケットが見当たらないのを憤《いきどお》っていたときにルーシーから連絡があり、ダラス・ケイツが出所したことを知らされた。

いつか来るとはわかっていても、決して望んでいなかった日だ。

ダラスのピックアップから降ろされて以来会っていないが、よかれあしかれ――あしかれ、がほとんど――彼はエイプリルの心の一部を占めていた。しばらくは楽しかったし、一時は彼を愛していると信じていた。そのあとの出来事にもかかわらず、完全に忘れ去るのはむずかしかった。ダラスも彼女を愛していると言った――たぶんほかの二十人の女の子と同様に――だが、やはりその言葉はうれしかったし、あの瞬間は本気なのだと信じていた。一時間後のことなんて、だれにわかる？

でも、じっさいに別れを告げる機会はなかった。

有罪判決を受けて刑務所に送られたあと、ダラスから連絡はいっさいなかった。刑務所でパソコンを使えるのかどうか知らないが、メール一本もＳＮＳのポスト一件もなかった。手紙さえ来なかった。

家族と自分に起きたことに対して、ダラスが彼女を責めているのか、あるいは過去を乗りこえたのか、それはわからない。でも、彼がパパや法執行機関のほかの人たちを脅《おど》したのはわかっている。

こういったことをエイプリルはさんざん考えたが、ダラスが服役中であるかぎり、脇に押しやっておけた。彼が出所したいまは向かいあわなければならない。

彼はまた会おうとするだろうか？　もしそうなら、彼女をとりもどしたいのか、あるいは傷つけたいのか？　ダラスならどちらも余裕でできる。彼女のことを父親の、ケイツ一家を壊滅させた父親の同類、裏切り者とみなしているだろうか？

邪悪な家族がほとんどいなくなり、服役を終えたいま、彼が違う人間になっていればとエイプリルは願っていた。だが、そんなふうにうまくいくとは思えなかった。ダラスはずっと母親によって無条件に甘やかされ、守られてきた。母親は刑務所にいるのだから、彼は新しい世界に出てきたわけだ。ダラスの中に、あの古い世界はどのくらい残っているだろう？

ルーシーは、パパが娘たち全員に渡した辛子《からし》スプレーを持っているようにと、念を押すメッセージを送ってきた。

シェリダンは辛子スプレーをバックパックに入れているが、エイプリルはばかばかしいと思っていた。彼女のスプレーの横には、ロデオ・チームのカウボーイから借りた九ミリ・セミオートが入れてあるのだ。

『カンディード』の六ページ目を読んでいたとき、玄関の鍵を開ける音がした。ジョイは学内の聖書研究グループに参加していて、週に一度会合に出る。

「ただいま」ドアを閉めてからジョイは声をかけた。

「おかえり」

「会合で余ったサンドイッチを少し持って帰ってきたけど」

「ありがとう、いまいらない。スープを飲んだから」エイプリルは答えた。

「そう」

ジョイがキッチンで動きまわる音がした。そのとき、ドアベルが鳴った。

「出るわ」ジョイは叫んだ。

少し間があった。ジョイが玄関ドアののぞき穴から外をうかがっている様子をエイプリルは思い浮かべた。

「まだハロウィーンだと思ってる子どもかな」ジョイは言った。「ねえ、ピザを頼んだ？」

「頼んでない」

「なんだろ」

ジョイは解錠してドアを開けた。

「いたずらかお菓子か《トリック・オア・トリート》」女の声がした。

ジョイは言った。「どうも。ピザは頼んでないけど」

「いたずらかお菓子か《トリック・オア・トリート》」

「本気なの？　それにはちょっと遅くない？」

女の声が尋ねた。「あなたがエイプリル・ピケット？」

エイプリルは読むのをやめた。知らない声だし、来客の予定はない。

「どうして聞くの？」ジョイは不審そうだった。

玄関ドアが乱暴に押し開けられ、ジョイは悲鳴を上げた。突然、バタッという音と足音が響いた。

戦慄《せんりつ》が電流のように全身を貫き、エイプリルは銃をとろうと椅子から飛びだしたが、バックパックを居間に置いてきてしまったのを思い出した。ジョイの悲鳴が唐突に止み、エイプリルは首筋の毛が逆立つのを感じた。

寝室から廊下へ駆けだし、角をまわった。

ジョイはもがきながらあおむけに床に倒れていた。黒っぽいフード付きパーカを着た女がほかは目に入らない様子でルームメイトの上にまたがり、前かがみになっている。フードのせいでエイプリルに女の顔は見えない。

二人はもみあっており、エイプリルはナイフの刃がジョイの首の横に半分突き刺さっているのを見た。闖入者《ちんにゅうしゃ》は体重を前にかけて、さらに刃を押しこもうとしている。ジョイは両手で相手の腕をつかみ、ナイフを深く刺させまいとしている。二人の力は互角で、ジョイにできたのは襲撃者の袖を押しあげて細く白い前腕をさらしたことぐらいだ。

横の床には開いたピザの箱と、もみあいではずれたらしい〝お化けのキャスパー〟のハロウィーンのプラスティック製マスクが落ちている。

テーブルの上にエイプリルのバックパックがあるのが見えたが、そこまで行くにはジョイと襲撃者の横を通らなければならない。

エイプリルは「やめて！」と叫んだ。ジョイにのしかかっていた女はぎょっとして動きを止め、目を上げた。顔の長いやつれた女で、薄い唇《くちびる》はめくれあがって小さな黄色い歯の上の列がのぞいている。フードの端で顔のほとんどは隠れているが、女が視線をそむける前にエイプリルは薄緑の目の片方を見つめた。その目と、前腕を手の甲《こう》まで切れ目なくおおっている多色のタトゥーが、エイプリルの脳裏に焼きついた。

女はさっと飛びのくとナイフを抜いた。ジョイは両手で首の傷を押さえた。指のあいだから鮮血がどくどくとあふれた。

エイプリルは古いリクライニングチェアのクッションを踏み台にして、テーブルとバックパックに向かって跳躍した。だが、九ミリをとりだしたときには女は開いた玄関ドアから逃げ去っていた。歩道から外の道路へ向かう足音を、エイプリルは聞いた。

女を追うよりも、彼女は銃を置いてジョイのそばにひざまずいた。友人は大きく目を見開いていた。これほど怯えているジョイを見たのは初めてだった。

話すことはできなくても、ジョイの目はこう尋ねているようだった。ど、う、し、て？　あの女は、だ、れ？

エイプリルは片手をジョイの両手の上に添えて、出血を止めようとした。もう片方の手でポケットの携帯を出した。全身が震えていたので911を呼びだすのに苦労した。

「大丈夫」彼女はジョイに言った。「大丈夫よ……」

通信指令係が出た。視線を下げたエイプリルは、ジョイが自分のロデオ・チームのジャケットを着ているのに気づいた。

左胸のあたりに、〈エイプリル〉と描かれたジャケットを。

7

ダラス・ケイツ追跡と逮捕の様子を、ジョーは州が運用する法執行機関連絡システムを通じてピックアップの無線で聞いていた。夕暮れの峡谷地帯をパトロール中で援護に駆けつけるには遠すぎたし、いずれにしても彼の介入は望まれても必要とされてもいない。リード保安官もダルシー・シャルク郡検事長も――プロらしい流儀で――そこは明確にしていた。自分たちが殺人事件捜査に全面的な責任を負い、ファーカスの遺体が見つかったあとジョーはもうかかわるべきではないと言明した。ジョーとケイツ一家のあいだにある個人的な敵意と過去のいきさつを考えれば、ジョーは傍観しているほうがものごとがすっきり進む、とダルシーは告げていた。彼女はすでに裁判の下準備にかかっており、よけいな悶着《もんちゃく》の種は願いさげなのだ。

ジョーは納得して、供述を終えたあとの午後をエルク狩りのハンターたちと話して過ごした。雪が降ったせいで群れが高地の森から下りてきたので、彼らは興奮してうれしそうだった。エルク・キャンプに吊るされた六頭の死骸《しがい》をジョーは検分した。ハンターたちの許可証をすべて調べ、警告も違反切符も出していなかった。

話したハンターたちはこの二日間近くの山で起きた出来事に気づいていなかったが、何人かは行方不明になったエルク・ハンターについてジョーに尋ねた。彼らは、家族のために冬用の肉を確保する倫理にかなったスポーツマンだった。

ジョーは彼らに敬意を払っており、一緒に過ごすのが好きだった。

そのあと通信指令係から連絡があり、隣接した土地管理局の地所で二人の男が白のＳＵＶから降りてきて、大きな群れの中のプロングホーン三頭を撃ち殺した、とサンダーヘッド牧場のカウボーイが通報してきたと伝えた。発砲者たちがヤマヨモギの茂みを横切っていき、荷台に死骸を積むと、〝まるで車を盗んだみたいに〟走り去るのを、そのカウボーイは双眼鏡で見ていたという。

ジョーは通報のあった場所へ行き、湯気をたてているはらわたの山三つを発見したが、密猟グループの手がかりはなに一つなかった。

いらだちを抱えて峡谷地帯へ戻ったあとで、通信指令係、通報者、リード、スパイヴァクのやりとりを無線で傍受したのだった。

通信指令係は言った。「通報者は〈ヴァレー・フーズ〉のレジ係。電話がつながっていて、彼女はダラス・ケイツの特徴と一致する男が店内で食料品をカートに満載していると言っています」

「彼は一人なのか？」スパイヴァクが尋ねた。

「一人です」

ということは、まったく一人で来たのか、仲間が店の外の車の中で待っているかだ、とジョーは思った。

「われわれが彼を探していると、なぜレジ係は知っていたんだ？」スパイヴァクは尋ねた。

「緊急手配のことを聞いていたんです。ああ、彼女、わたしの妹なの」

「了解。店へ向かう」

小さな町でニュースがどれほど早く広まるものか、ジョーはあらためて悟った。ケイツ一家のだれかが関係していれば、とくにだ。

二、三分で、スパイヴァクは見慣れない古い型の四駆のダッジが食料品店の駐車場に止まっているのを見つけた、と報告してきた。彼は車のナンバーの確認を要請した。

その車はエルドン・オスカー・ケイツ――ダラスの父親――の登録になっており、ナンバープレートは失効している、と通信指令係が答えたとき、ジョーはは っとした。そしてテールライトが壊れていた。

それはもっともだった。一年半のあいだ、毎年の更新料を払って、ナンバープレートに小さな金属製のステッカーを貼る人間はケイツ家にはいなかった。古いピックアップと自分が結びつけられないのを期待して、ダラスは町へやってきたのだ。

スパイヴァクは応援を求め、ステック保安官助手が現場に到着した。しかし、店内のケイツと対決するのを避けるため、後方で待機した。二人はダラスが武装していると考えており、ほかの買い物客や従業員を危険にさらしたくなかったのだ。

パトカーを食料品店の横の草むらの陰に止め、待っているとダラスが袋をいくつも抱えて出てきた。一人だった。彼はダッジの荷台に袋を積んであたりをうかがったが、あきらかにスパイヴァクたちが見えていなかった。そのあと町から出て州道を自宅のほうへ向かった。

スパイヴァクはダッジを見失わないように追跡したが、リード保安官が相手を停止させる許可を出すのを待った。

「あのくそったれは前にいます」スパイヴァクは報告した。

「気をつけろ」リードは注意した。「彼は武装していて危険だと思ってかかれ」

「州道で捕まえますか、それとも自宅で?」

「州道だ。一人で車に乗っているんだし、自宅では仲間が彼を待っているだろう。そいつらもきっと武装している。仲間は急いで捕まえなくてもいい。ケイツを留置したあとで、彼らを抑えるんだ」

「了解」

ジョーは見晴らしのいい場所にピックアップを止めて、スポッティングスコープで眼下の峡谷地帯を眺めた。雪は止み、青空が出ていた。柔らかなベージュと灰色のヤマヨモギにおおわれた大地を、夕日がドラマティックで鮮《あざ》やかな光景に変えている。曇り空の下では見えなかったプロングホーンの群れがいくつも、いまは標識のように目立っている。狩猟キャンプのたき火やランタンが深い影の中で光っている。

レンズを通して見ているものに、ジョーは集中できなかった。そのとき法執行機関連絡システムの無線が鳴り、スパイヴァクがリード保安官に報告するのが聞こえた。「ダラス・ケイツの身柄を確保。手錠をかけて、車の後部座席に乗せました」

ジョーは目を閉じ、ほっと安堵の息を吐いた。

スパイヴァクは言った。「続きがあります。彼の車の座席の下で二二三口径（五・五六ミリ）スミス＆ウェッソンM＆P15ライフルを見つけました。臭いを嗅いでみたら、最近発砲されている。ファーカスの遺体にあった弾とこのライフルのものを照合できますよ」

「ほんとうか」リードは言った。

「車の床のマットには乾いた土と松葉がついていて、けさわれわれが歩いた山の感じと似ています。断定はできませんが、ドアパネルの内側に血みたいなしみもある。血だらけの手袋をしたまま乗りこんでドアを閉めたような感じですね」

「よし、よくやった」リードはねぎらった。「だが、忘れるな。いまのところ彼を起訴できる罪は期限切れのナンバープレートと壊れたテールライトだけだ」

スパイヴァクははっきりと聞こえるため息をついた。

「今回はなにもかもきちんとやる必要がある」リードは強調した。「一歩ずつだ。車の中のほかのものには触れるな。彼のピックアップをロックして封鎖し、牽引トラックが来るまで動かすなよ。そのピックアップは犯行現場なんだ、確保して鑑識が調べおわるまでだれも中に入れるんじゃない」

「はい、保安官」

「そこにいろ。おれは事務所のほかの連中を呼んでそっちに合流する。途中でヒューイット判事の家に寄って、ケイツの地所の捜索令状に署名してもらう。仲間を逮捕して全員連行する準備をしておかないと」

「了解」

「しっかり目を離さず、引き続き報告してくれ」

車椅子でオフィスを出て〈ステットソン〉のカウボーイハットをかぶる保安官の姿を、ジョーは思い浮かべた。むっつりしたダラス・ケイツが、スパイヴァクの車の後部座席にだらりとした姿勢ですわっているのも目に浮かんだ。

ダラスは計算違いをした、とジョーは思った。さっさと郡から逃げだすか、見つからない場所に隠れるべきだったのだ。

ところが、彼は家族の家へ戻り、どうやら仲間も一緒に連れてきたようだ。

ほとんどの犯罪者はあまり頭がよくないことを、ジョーはあらためて思った。だから犯罪者なのだ。

しかし、ダラス・ケイツは？

ジョーはヘッドライトをつけて見張り場所からピックアップを発進させ、古い轍《わだち》の道を照らしだした。スパイヴァクとリードのやりとりから十五分が経過していた。もうリードは特注のヴァンに乗りこんですぐ近くのヒューイット判事の家に寄り、捜索令状に署名してもらって、スパイヴァク、ステックと合流するために州道を走っているころだ。

前方の轍の道を野ウサギが駆けおりていく。野ウサギは左へ行くと見せて右へ寄ったりしたが、ずっと真ん前を走っている。

リードは呼びだし一回で電話に出た。

「彼を捕まえたよ、ジョー」

「無線で全部聞いていた。期限切れのナンバープレートでどのくらい留置できるんだ？」

「せいぜい一晩だな。軽罪なのはわかっているが、まずは手始めだ」

「じゃあ、彼は抵抗しなかったのか？」

「スパイヴァクの話では、少し文句を言ったが協力的だったそうだ。反抗してもいいことはない、とわかっているんだろう」

保安官がなにを言いたいか、ジョーにはぴんときた。保安官助手たちは、どんなささいな挑発であっても、ダラス・ケイツをこてんぱんにやっつけたくてしかたがないのだろう。ケイツはそれをよく知っている。

「彼はなにか言ったか？」

「まだ尋問していないんだ。スパイヴァクの車の後部座席にいたあいだ、やきもきする時間はあった。事務所に戻るまで正式な取り調べはしない。ライフルのこと、聞いただろう？」

「ああ」

「殺害現場で見つけた薬莢《やっきょう》は二二三口径だった。空薬莢とこのライフルの弾を照合して一致すれば……」

ジョーはうなずいた。「所持していたのはそのライフルだけか？」

「そのようだ。ピックアップや自宅の徹底的な捜索はこれからだからな。複数の仮釈放条件違反でも間違いなく起訴できるよ」リードはつけくわえた。「火器や酒を所持していてはいけないんだ。店の従業員は、食料品と酒六本をダラスが買ったと話している。だから結論としては、逮捕容疑を固めるにはじゅうぶんな時間、留置できるよ。ダルシーに話をしにいくが、保釈金額がどうにもならないところまで、容疑を増やしたいものだ。彼を野放しにしたくない」

〝容疑を増やしたい〟という言いかたに、ジョーは眉《まゆ》をひそめた。無線ではなく携帯で話していてよかった、と思った。民間人が警察無線を傍受していたらまずい。

「彼の仲間はどうするんだ？」

「自宅を包囲しておとなしく出てこいと命じる。ダラスが留置されたと伝えるよ。出てきたら、彼らを別々の車に乗せて離しておく」

「どういう根拠で？」ジョーは尋ねた。

「なんだ——あんたはダルシーか？」

「興味があるだけだよ」

「なにか見つけるさ」保安官は答えた。

つまり、リードは尋問で危険なスクイズプレーをやるつもりなのだ。ダルシーも承知しているにちがいない、そうでなければリードはやらないはずだ。スクイズプレーでは、容疑者たちはそれぞれが個別の予備尋問を受ける前に、たがいの話をすりあわせるチャンスがない。

不公平といってもいい。容疑者たちが完全に無実だとしても——それは疑わしいが——三人の人間が過去数日間の自分たちの居場所について、こまかい点まで正確にまったく同じ話をするのはほぼ不可能だ。このことを、ジョーは自分自身の家族の体験から知っていた。たとえば郡の品評会への外出やなにかの言い争いといった、娘たち全員がそこにいた出来事のあとで、なにがあったか三人とも違う話をするだろう。同じときに同じ場所に全員がいたとしても、だ。

複数の容疑者の尋問でも同様だ。間違いや省略があるだろう。リードの部下たちは調書を比べ、見つけた不一致を箇条書きにしてそれぞれの容疑者のもとへ戻り、前の日に全員がどこにいたかについて仲間はまったく違う話をしていて、おまえの関与を示唆《しさ》しているぞ、とほのめかす。

拘束している人間の一人——あるいは全員——を取引に応じさせたり、仲間を密告させたりするのが目的だ。最初に仲間を売った人間がもっとも寛容な扱いを受けるし、証言と引き換えに刑事訴追を免除されることさえあるかもしれない、と思わせる。

これをやるならすばやくやらなければならない。ダラスと仲間が弁護士を要求して、尋問を中断させる前に。トゥエルヴ・スリープ郡に公選弁護人は三人もいないし——デュエイン・パターソン一人だけ——別の郡から弁護人を選ぶには時間がかかる。時間がかかるのと手続きが面倒なのは法執行機関側の問題で、そのあいだそれぞれ独房に収容されている人間たちはプレッシャーを感じ、はっきりとは言われないものの、仲間が警察に密告しているのではないかと疑いつづけることになる。

だから、簡単に容疑が固まる可能性がある。

そう考えるとジョーは落ち着かない気持ちになった。

「マイク、今回の件だが、見かけどおりスムーズに解決に向かっているのか？」

一拍間を置いてから、リードは尋ねた。「つまりどういうことだ、ジョー？」

「おれもよくわからないんだ」

「捜査がうまくいっている、そういうことだよ」リードはむきになって答えた。「この郡のだれかにさらに危害を加える前に、ダラス・ケイツを片づけられるかもしれないってことだ。あんたこそ、だれよりもそれを望んでいるんじゃないのか」

「望んでいないとは言っていない」

「そうだろう。じゃあ、もう切らないと。チームと合流してケイツ家へ向かう」

「気をつけろよ。そして、どうなったか教えてくれ」ジョーは携帯を切った。

捜査の進展に水を差してしまったことにうしろめたさを感じた。なんといっても、ダラス・ケイツと仲間たちにとどめを刺せるかもしれないのだ。

まるでネズミの死骸を捨てようとしているかのように、携帯を体から離して持ったメアリーベスが家から出て迎えたとき、ジョーは悪いことが起きたのを察した。

ピックアップから降りかけたときに、彼女は言った。「エイプリルと話しているところよ。あの子、いまパウエルの病院にいる。向こうの警察がそばについているわ。借りている家で、だれかがエイプリルの目の前でジョイを刺した」

ジョーは冷たい手でぎゅっと心臓をつかまれたような気がした。「なんだって?」

「今晩だれかが来てジョイがドアを開けたら、襲われた。エイプリルは犯人を見たけれど、その女は逃げてしまったって」

「女? いまエイプリルと電話がつながっているのか?」

メアリーベスは「エイプリル、パパよ」と言って、携帯をジョーに渡した。

「エイプリル、ジョイの容体は?」

「運ばれたときには生きてた」エイプリルは答えた。ショック状態らしく、声がぼんやりしていた。「血がいっぱい出て、ジョイはしゃべれなかった。いま集中治療室に入ってる。あ、あ、あたし、病院て大嫌い」

「なにがあったのか教えてくれ」

エイプリルは襲撃の様子をもう一度話した。ドアがノックされてから、携帯で911を呼びだすまでの出来事を。聞きながら、ジョーは顔をゆがめた。メアリーベスと肩を並べて、ピックアップから家の玄関の間へ歩いていった。メアリーベスはエイプリルの言葉を横で聞こうと、ぴったりと彼に寄り添っていた。

「襲撃者がだれかはわからないんだな?」ジョーは尋ねた。

「わからない。あの女が学生かどうかなら——そうは思わない。一度も見たことがないって、かなり確信があるの。もっと年上に見えた」

「どのくらいの年齢だ?」

「さあ」エイプリルの声はかすれていた。「三十ぐらいかな……」

メアリーベスが、せかさないでとジョーに合図した。彼は口調をやわらげた。「もう一度その女を見たら、わかりそうか?」

「それは警官にも聞かれた。たぶん、て答えたけど。フード付きパーカを着てたから、顔がちゃんと見えなかったの。あたしより背が高くて、すごくやせてた。歯ははっきり見たし、腕のインクも見た」

「インク?」

「タトゥーよ。長袖着てるみたいに手の甲まであった」

ジョーとメアリーベスは視線を交わした。あの晩ダラス・ケイツと一緒にいた女はフード付きパーカを着て腕にタトゥーを入れていたと、〈ストックマンズ・バー〉のワンダがスパイヴァクに話していた。だが、どういうことなのかさっぱりわからない。

「警察があの女を探してるとこ」エイプリルは言った。「まだ見つかってないと思う。車で来たのか歩いてきたのかもわからないの。外で車のエンジンがかかる音がしなかったかって警察に質問されたけど、あたしは聞かなかったと思う。だってジョイが床で血だらけになってて……」

「もういいよ、エイプリル」ジョーは言った。「おまえは正しいことをした。きっと、女は警察がパウエルで捕まえる。大きな街じゃないからな」

「まにあうように銃をとれなかった」エイプリルは言った。

「銃を持っているのか？」ジョーは聞いた。

「あの子、銃を持っているの？」メアリーベスがくりかえした。

「ダラスが出所したってわかったとき、辛子スプレーより強力なものがいるって思ったのよ」エイプリルはふてぶてしく言い放った。この子のふてぶてしさは一流だ、とジョーは思った。

そのとき彼のポケットで携帯が振動した。出してみると、リードからだった。

「別の電話が入った」ジョーはエイプリルに言った。「お母さんにかわるよ。銃のことはお母さんに説明してくれ」

彼はメアリーベスに携帯を返して、その場から離れた。

「来たのが遅すぎたようだ」リードの声はいかにも残念そうだった。「まあ、仲間にはそれほど執着していなかったがな。明かりはついていて、家じゅう散らかりほうだいだよ。前にここへ来たことがある保安官助手が、小屋からATVが一台なくなっているかもしれないと言っているが、はっきりしない」

「行き先はまったく見当がつかないのか？」ジョーは尋ねた。

「まだだ。それにもう暗すぎてタイヤ痕もたどれない。二、三人をここに残して、あしたの朝いちばんにまた来るよ。やつらがATVを使ったなら、遠くへは行けないはずだ。だが、ATVなら山の中のどこにでも入りこめた」

「わかった。そこにいたのが二人なのか三人なのかは？」

「ちょっと待て」

保安官が送話口をおおって、何人いたのか確認できたかどうか尋ねているのが聞こえた。

低いやりとりのあと、リードはまたジョーとの通話に戻ってため息をついた。「結論としては、はっきりしない。ベッド三つに寝た形跡があったが、三人から六人まで考えられる。二人で一つ使ったかもしれないからな。わからないぞ——もっと多い可能性だってある。表面の指紋とシーツのDNAを採取するが、結果が出るまで少しかかるだろう」

「ワンダがスパイヴァクに話していた女のことだが。そこに女がいた形跡は？」

「現時点では不明だ。なぜだ？」

ジョーはパウエルで起きた襲撃事件の概略を話した。

「襲撃者の狙いは自分だった、とエイプリルは考えている。そしてジョイはエイプリルのジャケットを着てドアを開けたんだ」

「なんてことだ。ジョイは気の毒に。とてもいい子だよな？　ダン・バノンは知っているのか？」

「わからない」ジョーは答えた。「さっき起きたばかりなんだ」

「なんてことだ」リードはくりかえした。「待っていてくれ。仲間の女の居所を知っているかどうか、ダラスに聞くから」


十分後、メアリーベスがまだエイプリルと電話しているときに、ジョーの携帯が光った。ふたたびリードからだった。

「あのくそったれは、バーで一緒だった女についてはなにも知らないと言っている」保安官はうんざりした口調だった。「ダラスの話では、あの晩どこかの女がつきまとってきたが、名前はまったく聞いていないそうだ。自分に夢中になる女はいつだっていて、たいして気にしていないとさ。まるでロック・スターきどりだ。女を知らないというのは嘘だと思うが、まだ証明はできていない」

ジョーはひそかに悪態をついた。

「仲間はどこへ行ったのかと聞いたよ」リードは続けた。「それもまったく知らない、とやつは主張している。自分はボスじゃないし、彼らの意思で出ていったんだろう、とダラスは言い張っている」

「仲間の名前は聞いたか？」

「やつは用心深い。刑務所で出会って、だいたい同じころ釈放されたそうだ。彼らのことはよく知らないし、刑務所でのあだ名だけで本名さえ知らないと言っている」

「あだ名とは？」

「ブルータスとウィーゼル《イタチ》」

ジョーは大きく息を吸って鼻から吐きだした。仲間が逮捕されていなければ、話す必要はないとダラスにはわかっているのだ。

「もう一度やつにどこへ行ったのか聞いた」リードは言った。「そうしたら、ただ肩をすくめて、ハロウィーンのトリック-オア-トリートにでも出かけたんだろう、とさ」

「彼がそう言ったのか？　その言葉を？　トリック-オア-トリートと？」ジョーは歯をくいしばって尋ねた。

聞き耳を立てていたメアリーベスが大きく目を見開き、携帯を耳から離した。

エイプリルの甲高《かんだか》い声がジョーにも聞こえた。「トリック-オア-トリートがどうしたの？」

第二部

いかにやすやすと殺人は露見することか！

——シェイクスピア『タイタス・アンドロニカス』

8

「検察はワイオミング州猟区管理官ジョー・ピケットを召喚いたします」二日後、治安判事ティルデン・ムートンを前にした小さなテーブルの検察側席から、郡検事長ダルシー・シャルクは告げた。

ジョーは彼女の後ろの最前列で、リード保安官とスパイヴァク保安官代理にはさまれてすわっていた。ジョーと同じく二人も制服姿だった。トゥエルヴ・スリープ郡庁舎の最古の棟にある狭い倉庫のような部屋には、じっさいの法廷にあるベンチではなく、みすぼらしい折りたたみ式の椅子が二列並べられていた。

ジョーは立ちあがって椅子のあいだを通り、腰高のスイングドアを開けてムートンの裁判官席の隣にある証人席へ向かった。

ダラス・ケイツの予備審問が始まっていた。前夜、ダラスは正式に逮捕され、デイヴ・ファーカスに対する第一級殺人罪で起訴された。治安判事を前にした手続きの目的は、ヒューイット判事の法廷にケイツを送りこむだけの相当な根拠があるかどうか、確認することだ。

ムートンはまだ町でいちばん大きな飼料店を営んでいた。自分はもう引退したと言っていたが、ハイスクールのチームのスポンサーになったり、賞をとった4Hクラブ（農村青年教育機関）の早期去勢牛や子羊を買ったり、五月にトゥエルヴ・スリープ川が氾濫《はんらん》したときに、自分の従業員の労働力ばかりか砂袋を何百も提供したりすることにかけては、いまだに郡で最大の貢献者の一人だった。狭い部屋にすわる前から、ムートン治安判事が検察官の言い分すべてを、ろくに検討もせず認めることを、ジョーは知っていた。この非常勤の仕事で、彼は二十年近くそうしてきたのだ。

ワイオミング州北部でもっとも長く務めている治安判事の一人であることをムートンは楽しんでいるし、裁判官席にすわれるあいだはずっとこの仕事を続けられることを知っている。そして、地元の法執行機関に逆らったり反感を持たれたりしないかぎり、彼は裁判官席にすわっていられるのだ。

ムートンは背が低くでっぷりとしており、太った少し愚かな小男のビジネスマン――つまり彼自身――の風刺漫画じみてきた。腹がせりだすにつれてベルトを締める位置は上がっているので、いまバックルは胸のちょっとだけ下にある。丸顔はますます丸くなっている。ゴーグルのように分厚いメガネをかけており、強調して話すときにだけはずして顔の前で振る。

被告人席の前を通ったとき、ジョーはダラスの視線が自分にそそがれるのを感じた。ダラスは背に〈トゥエルヴ・スリープ郡拘置所〉と描かれたオレンジ色のジャンプスーツを着ていた。手首は手錠で拘束され、〈クロックス〉をはいた足もテーブルの下で足かせをかけられている。ダラスの隣には、公選弁護人のデュエイン・パターソンがすわっている。パターソンは二サイズは大きそうなぶかぶかのグレーのスーツを着て、法律用箋《ようせん》に書かれたメモを読んでいる。

パターソンは苦労の多い仕事についたおとなしい男で、法廷ではいつも相手側に圧倒されている。ジョーは彼に同情した。おそらく、パターソンはけさ初めてダラスに会ったばかりなのに、殺人事件の裁判で代理人を務めることになった。パターソンと被告人は不利な立場にあり、それは法執行機関の望むところだった。

リードとスパイヴァク以外に、法廷には二人の傍聴人がいた。〈サドルストリング・ラウンドアップ〉の編集人T・クリータス・グラットは通路の向こう側の一列目にすわり、ひざの上にメモ帳を開いている。読書用メガネは鼻の先にずれ、軽蔑するように口もとをとがらせている。別の席には、編み棒を動かしてブランケットかなにかを編んでいる年配の女がいる。

郡で開かれるあらゆる審理をこの女が傍聴しているのを、ジョーは知っていた——彼女の趣味なのだ。グラットは新聞社のデスクの奥からめったに出てこない。そこで、州や地元の役人、教師、法執行官、そして国中の規模縮小中の新聞から解雇されたあげくに行き着いた、小さな地域社会の〝遅れた文化〟の中傷記事を執筆しているのだ。グラットは憎悪に満ちた男だった。ジョーは彼の美点をほとんど見つけられなかった。

「ジョー、宣誓の前にちょっと」ムートンが言った。ジョーはスイングドアの近くで立ち止まった。

ムートンはケイツのほうを向いて直接話しかけた。

「今日ここでおこなわれていることをあなたがちゃんと理解しているのを確認したい、ミスター・ケイツ。あなたを地方裁判所で重罪裁判にかけるだけの、相当な根拠があるかどうかを審理する場です。検察側は起訴状を読みあげ、その起訴状はミスター・パターソンにも渡されています。弁護人によれば、あなたはすべての起訴内容について無実を申し立てるとのことですが、間違いありませんか？」

「間違いないに決まってますよ、くそ」

「わたしの法廷では言葉に気をつけるように。では、無実を申し立てるのですね？」

「無実を申し立てます」

「そうですか。では、話をもとに戻しましょう。今日この場で相当な根拠ありと裁定が下れば、保釈金額が決定されるかどうかわかりません。あるいは、自己誓約にもとづいて重罪裁判まで釈放されるかもしれません。それはすべて理解していますか？」

ケイツは肩をすくめて理解していると伝えた。

「記録のために口頭で答えてください、ミスター・ケイツ」

「はい、裁判長。わたしは正当な手続きを踏まずに投獄されていることを理解しています」

「そのことはもうよろしい」ムートンは言った。「ジョー、ではこちらへ」

ダルシーは鮮やかな赤いドレスを着て、髪を後ろでまとめている。赤を着ているときの彼女は敵の血を求めていると、ジョーは知っていた。ムートン治安判事も知っているだろう。

ダルシーは入念に準備をする容赦のない検事だ。勝てると確信しなければ起訴せず、その方針は周囲の期待を実現するという予言に等しくなっていた。有罪獲得率は九十五パーセントを超えている。彼女が一本気であることも、ジョーは知っていた。経験上、完璧に立証できなければジョーは事件をダルシーのもとに持ちこまない。彼女は政治的なゲームもしないし、人をペテンにかけたりもしない。被告人に過剰な罪を科したのは一度だけで、一年半前ダラス・ケイツを刑務所に入れるために、倫理上許されるかぎりの多くの罪状を積みあげた。そのとき、ジョーは驚いた。そこまでして、ダルシーは被告人を刑務所送りにしたかったのだ。

いまふたたび、ダラスは法廷にいる。

予備審問でのダルシーのやりかたはシンプルかつ痛烈だ。検察側の主張をてきぱきと述べ、犯罪の時系列をあきらかにし、被疑者を明確に指摘し、被告人側は公判に備えるべきだと告げる。要点を簡素化するのを好み、論拠を確実にするためにできるだけ証人の数を絞《しぼ》る。

最初の証人はワンダ・ステイシーだとジョーは予想していた——ところが、ワンダは呼ばれなかった。彼女の発言が理解を得られないか、協力的でないことをダルシーは心配したのだろうか。じっさいの公判になるまで、ダルシーが証人の証言をとっておくこともよくあるのを、ジョーは知っていた。理由はなんにしろ、ダルシーはけさの審問をジョーの証言で始めた。

彼が宣誓をすませると、ダルシーは男っぽいおしゃれな角縁《つのぶち》のメガネをかけて、証人席のジョーを見た。名前と職業を述べてください、と彼女はジョーに言った。

「ジョー・ピケット、サドルストリング地区の猟区管理官です。バッジナンバー20です」

「バッジナンバー20が意味するところはなんですか?」

「ワイオミング州には五十人の猟区管理官がいます。もっとも先任権がある猟区管理官はナンバー1です。わたしの先任順位は二十番目ということです」

「では、あなたはこの仕事を長く続けて、経験豊富なのですね」

「はい」彼は答えながら、豊富すぎるかもしれないと思った。

民間航空パトロールに同行を要請された日のこと、彼が前方監視型赤外線装置で見たものについてダルシーは尋ね、次に翌日の捜索とファーカスの遺体発見について証言を求めた。ジョーはできるだけ簡潔かつ正直に答えた。

「ありがとうございました」ダルシーは腰を下ろした。

長い間が空いた。ジョーはパターソンが立ちあがるか、質問はないと言うのを待った。

だが、ジョーの証言が終わったのを聞いていなかったかのように、パターソンはまだうつむいてメモを読んでいる。ダラスはおもしろがっている表情で弁護人を眺めながら、こいつを見てくれよとでも言いたげに治安判事のほうを向いて眉を動かしてみせた。

殺人罪で告発されているというのに無謀だな、とジョーは思った。ダラスはまるで審問をまじめに受けとっていないかのようだ。ジョーにとってそれは危険信号だった。胸がずきんとうずくのを感じた。

そのときパターソンがようやく腰を上げ、ジョーにおはようございますとあいさつした。

「おはようございます」ジョーは答えた。

「あなたはずっとバッジナンバー20ではなかったですね?」

ジョーはすわりなおした。「ええ。お話ししたように、ナンバーは猟区管理官の勤務期間によって変わります。ですから、わたしが長く仕事を続ければ、ナンバーは小さい数になります」

「お聞きしたかったのはそのことではありません」パターソンはジョーと目を合わせようとしなかった。「数年前、不服従によってあなたはバッジナンバーを失いましたね?」

ジョーは頰が熱くなるのを感じた。「はい」

「じっさい、あなたのナンバーはしばらく48まで下がったのではありませんか?」

「はい」

「異議あり、裁判長」ダルシーはさっと立ちあがった。「これは予備審問です。証人を困らせる場ではありません」

「認めます」ムートンは驚いていた。そしてパターソンに尋ねた。「どうしたんだね、デュエイン?」

ムートンは法廷での適切な話しかたがいまだにできない、とジョーは思った。しかし彼のほうも、パターソンのほのめかしには当惑していた――たとえほんとうのことでも。

「失礼しました、裁判長」パターソンは言った。

「よろしい。礼儀正しく審理を進めましょう」

それに対して、ダラスはすわったまま向きを変え、大げさに見開いた目で廷内を見まわした。ここにいて自分をはめようとしている者全員をしっかり覚えておきたいかのように。

「ミスター・ピケット、デイヴ・ファーカスの捜索救助作戦に参加する前、あなたと被告人とのあいだにはいきさつがありましたね?」パターソンは尋ねた。

「いきさつ?」

「ダラス・ケイツとは敵対関係にあった。そうではありませんか?」

パターソンの目的をジョーは察した。「狩猟動物の無益な殺生《せっしょう》で逮捕しました。彼は起訴され、規則違反で懲役の判決を受けました」

「しかし、それとは別の件で、あなたは彼の家族と争いませんでしたか?」

「争いというのは適切な言葉ではありません」ジョーは答えた。

視界の隅で、ダルシーが立ちあがるのが見えた。

「この一連の質問には意味があるのでしょうか、裁判長?」彼女はムートンに尋ねた。予備審問で、しかも二回も、ダルシーが異議を唱えるのは初めてではないだろうか、とジョーは思った。

「さて、どうなんです?」ムートンはパターソンに聞いた。

「意味はあります、裁判長。事件の前から証人が被告人に敵意を抱いていることを明確にするのは重要です」

来たな、とジョーは思った。彼は治安判事に目を向けた。

パターソンの発言がまたもや自分の法廷を侮辱《ぶじょく》していると思ったらしく、ムートンは怒りの表情を浮かべていた。

「裁判長」ダルシーは反論した。「これはばかげています。証人は民間航空パトロールから捜索救助作戦に加わってほしいと要請されたのです。彼らに協力していたとき、証人はコンピューターの画面で識別不能の人影を見ました。そう証言しています。既述事項を確認するために証人は検察側の手助けをしているのであり、被疑者に対する主張はなにもしていませんん。それのどこが敵意を抱いていると見なされるのでしょうか?」

「もっともな指摘です」ムートンはすぐに同意した。そしてパターソンに言った。「その趣《しゅ》旨《し》での質問はもうじゅうぶんです、デュエイン。あなたにはほんとうに手を焼かされる。ほかになにかありますか？」

パターソンは下を向いて顔を真っ赤にした。かすかに横を向いてダラスと目を合わせたが、被告人は苦笑のようなものを浮かべてみせた。

そのとき、ダラスがパターソンをたきつけて自分を攻撃させるように仕向け、公選弁護人はしぶしぶ被告人の望みに従ったのだと、ジョーははっきり悟った。

「ミスター・パターソン？」ムートンはうながした。

パターソンはまたメモに目を落とした。ダラスは彼を見つめて目玉をぎょろっとまわした。

パターソンはジョーに聞いた。「赤外線装置を見ていたとき、被害者はデイヴィッド・M・ファーカスだと明確に識別できましたか？」

「いいえ。そのときはできませんでした」

「被疑者を明確に識別できましたか？」

「いいえ」

「だが、あなたは双方を当人だと考えた、そうですね？」

ダルシーはまた立ちあがったが、彼女が異議を唱える前にジョーは首を振って答えた。

「われわれはデイヴ・ファーカスという行方不明のハンターを探していました。ファーカスが最後に目撃された場所の近くで、一人の人間を赤外線装置で識別した。しかし、その人間がファーカスだとはっきり識別できたわけではありません。そして、あの晩の捜索時にダラス・ケイツという名前が挙がったとは思いません」

パターソンはメモから顔を上げてジョーを見た。さらに長い間が空いた。

「質問は以上です」ようやく彼は言った。

ダラスはかぶりを振ってにやにやした。いま起きたことが信じられないというふうに。

ムートンははずしたメガネをダラスに向けて言った。「被告人は、この審理が大がかりなジョークだとでも言いたげなふるまいを控えるように」

「たとえそうでも?」ダラスは尋ねた。

T・クリータス・グラットがくすくす笑い、ムートンは小槌《こづち》をたたいた。

「証人は下がってよろしい」ムートンはジョーに言った。

被告人席の前を通るとき、ダラスがどういうつもりなのか見抜こうと、ジョーは彼を凝視《ぎょうし》した。ダラスはしばし視線を返し、したりげに笑った。

ダルシーが告げた。「保安官代理レスター・スパイヴァクを召喚します」

ダルシーは、ファーカスの遺体を発見した日の経緯《けいい》と、予備的鑑識の結果について、スパイヴァクに話をさせた。

リードはジョーに身を寄せてささやいた。「ああくるとは思わなかったよ。まさかパターソンがな」

「パターソンの考えじゃないよ」ジョーもささやき声で答えた。

「ダラスはこれをジョークみたいに思っているようじゃないか。自分がなにに直面しているか、わかっているのかね？」

「わかっている。彼は頭がいい。だが、なにかたくらんでいるな」

「スパイヴァクに対してはどう出るつもりだろう？」

リードはすわりなおして腕を組み、首を振った。

ジョーは理解しかねた。治安判事による予備審問は検察側の主張を攻撃する場ではない。言語道断な主張なら別だが、今回は違う。パターソンがだれも予想だにしない戦略を考えているのでなければ、証言するジョーの信用性に疑問を呈《てい》するのは時間と労力のむだだ。パターソンは戦略にたけた弁護人とはいえない。しかも、審問の前に被告人と相談する時間は一時間もなかったはずだ。

パターソンではない。ダラスが自分で戦略を考えているのだ。

スパイヴァクの証言で、殺害現場にあった二二三口径の薬莢は〈アメリカン・イーグル〉社製で、ダラス・ケイツの車の座席の下から、〈アメリカン・イーグル〉社製二二三口径55グレインの弾薬の半分からになった箱を鑑識が見つけたことを、ジョーは知った。床のマットにあった血、運転席のドアの内側ハンドルにあった血のしみは、A型Rhプラスで、ファーカスの血液型と一致していた。

ライフル、弾薬、血液のサンプルはさらに確認をとるためにシャイアンの州法医学研究所へ送られた、とスパイヴァクは説明した。何発かはファーカスの体を貫通していて発見できなかったが、検死官が弾三発をとりだし、やはり法医学研究所へ送ったとのことだった。その弾は〈アメリカン・イーグル〉社の弾薬ばかりか、二二三口径の銃身の線条痕とも照合できる。それらの三発は遺体の比較的浅い場所で見つかり、つぶれてゆがんでいたが、じゅうぶん検査できる状態だと検死官は言っている。

検死官はまた、ファーカスの遺体から何十発もの散弾を見つけていた——大きさの規格はBBとダブルO《オー》——つまり、少なくともほかに二人の襲撃者からショットガンを浴びせられたということだ。

検察側の主張は強力だ、とジョーは思った。ダラスが裁判にかけられるころには、ダルシーはダラスの車から発見された血液のDNA鑑定の結果を入手しているはずだし、ライフルと弾薬の法医学的照合結果も出ているだろう。

スパイヴァクの反対尋問の前に、ムートンは昼食のために審理を休憩にした。

ジョーはストーブパイプから携帯とホルスターを返してもらった。ストーブパイプは元ロデオ・カウボーイの老人で、ロビーの金属探知機を担当している。

ジョーがメールをチェックしていたとき——郡東部でまた密猟の通報があり、例のグループのしわざと思われた——ダルシーが彼の肩をたたき、廊下の先へついてきてと身ぶりで示した。

「ドアを閉めて」彼女は言った。

ダルシーのオフィスは簡素だ。額《がく》入りの卒業証書と法学課程修了証明書のほかには、両親の写真と、自分とメアリーベスが馬に乗っている写真の二枚が飾ってあるだけだ。二人は冬のあいだ週に一度は一緒に乗馬をし、夏は毎日のように乗っていた。

「相手の考えはわからないけれど、まったくいらいらするわ」デスクをまわりこみ、靴を蹴《け》りぬいですわりながら、彼女は言った。「さっきのたわごとときたら、デュエインをずたずたにしてやる」

ジョーは肩をすくめた。「あれはダラスだよ」

「でもなぜ？　あなたに対抗しようとしているだけ？」

「おそらく」

「だったら、捜査と逮捕のときあなたを遠ざけておいたのは正解だったわね。さもなければ、被告人側はなにか陰謀をめぐらしていたはずよ。だけど、それはムートンには通じない。どうして向こうがいまそんなことをしようとしているのか、さっぱりわからないわ。わたしだったら、手の内を見せずに公判まで待つ」

ジョーはうなずいた。

小さな冷蔵庫からプラスティック容器をとりだしてデスクに置きながら、彼女は悪態をついていた。ダルシーはほぼ毎日自分のデスクで食事をとる。

「なぜワンダ・ステイシーを最初に呼ばなかったのか、不思議に思っていたんだが」ジョーは言った。

サラダの蓋《ふた》をとってから、ダルシーはさっと顔を上げた。「あなた、知らなかったの?」

「なにを?」

「ステイシーは失踪したの。仕事に現れず、だれも彼女の居所を知らない」

「なんだって?」

「彼女の車はなくなっていて、借りている家は急いで荷造りして出ていったような様子だった。ラスク在住の両親と友人たちに連絡してみたけれど、見つからない。マイクがあなたに話さなかった?」

「いや」

「たぶん、知っていると思ったのよ」

「こっちはいろいろあったんでね」ジョーは言った。

「そうよね! エイプリルはもう戻ってきたの?」

「ゆうべ帰宅したよ。だが、カレッジを休むのをいやがっている」

「あんなことがあったあとじゃ、彼女を手もとに置けてメアリーベスはほっとしているでしょう」

「ああ」

「ジョイ・バノンを襲った犯人についてて手がかりはなにも?」

「ない」

「ジョイはどんな様子?」

「まだ集中治療室だ。だが、最初よりも医師たちは完全な回復に楽観的になっている。ジョイの両親が付き添っていて、病状をこまめにメアリーベスに伝えてくれる。ジョイは意識をとりもどして、少ししゃべれるようになった」

「なにがあったか、質問に答えたの?」

「ジョイも犯人の女は知らないそうだ」

ダルシーはサラダの容器を彼のほうへ押してよこした。「少しどう?」

「ありがとう。ハンバーガーを食べにいくよ」

「そう言うと思った」ダルシーは微笑した。「あとでね」そしてつけくわえた。「彼ら、レスター・スパイヴァクにもなにか仕掛けてくるわよ」

町の端にある〈バーゴパードナー〉でダブルチーズバーガーを食べたあと、ジョーは車で郡庁舎へ戻るあいだにキャンベル郡の猟区管理官に電話した。

リック・イーウィグは若くまじめで、ダグラスの警察学校を出て二年しかたっていない。いまは機嫌が悪かった。

「また起きたって？」ジョーは尋ねた。

「ああ、くそ。けさ、電話でたたき起こされたんだ。町の南の牧場主の奥さんによると、犬を散歩させていたとき銃声が聞こえて、川の向こうのかなり離れたところに白のサバーバンが見えた。夫がだれにも狩猟許可を出していないのを知っていたので、彼女は直接おれにかけてきた。おれが来るのを待っていたあいだ、二人の男がシカの死骸をサバーバンの荷台に積んで走り去るのを、奥さんは見ていた。こっちは二十分遅かった」

「牡《おす》、それとも牝《めす》？」

「牝だったと彼女は思っている。角《つの》はなかったと」

これまでのパターンと合致する。

「奥さんは犯人たちをよく見たのか？」

「顔まではわからなかった。言ったように、かなり離れていたんだ」

「車のナンバープレートは？」

「やはり見えなかったそうだ。だが、あいつらは地元の住民にちがいない。さもなければ、長期間ここに滞在して見つけた動物を手当たりしだい撃ち、大物には興味がない金持ちか」

ジョーはイーウィグの意見に賛成だった。密猟者はワイオミング中心部の北側の広大な地形と道を、きわめてよく知っているようだ。

「いま、はらわたの山の前にいるんだ」イーウィグは続けた。「例によって、地面に薬莢はない。奥さんが見たと言っている場所の轍の道で、部分的だがはっきりしたタイヤ痕を採取できたと思う。写真を撮って、局の法医学研究所に送ったよ」

「おれにも送ってもらえるか?」

「もちろん」

「五つの郡に登録されている白のサバーバンのリストを手に入れる必要があるな。調べて絞りこんでみよう」

「要請を出しておくよ。まったく」イーウィグは嘆息《たんそく》した。「狩猟解禁まっさかりでそれだけで忙しいのに、このいまいましい密猟犯まで」

「ああ」

「そうだ、娘さんのルームメイトのこと聞いたけど……」

イーウィグに説明しているうちに郡庁舎の外の駐車場に着いたのでジョーは車を止め、通話を終えた。十二時五十五分だった。ムートン治安判事は一時ぴったりに審理を再開するだろう。

入口の階段を上っていたとき、携帯が鳴った。足を止めて、イーウィグが送ってくれたタイヤ痕の写真を開いた。タイヤのトレッドに刻まれた模様はすりへっている。つまり、ほぼ摩耗《まもう》したタイヤのサバーバンを探すということだ。

背後から、うなるようなエンジンの音と甲高いブレーキ音が聞こえた。だれかが急いでいるらしい。

ドアを開けながら振りかえると、JUSTISと記されたティートン郡のプレートをつけた、輝くブロンズ色のハマーH2が見えた。

助手席が開いて、オーストリッチのカウボーイブーツをはいた両脚、続いてひょろりとして背の高いマーカス・ハンドの全身が現れた。

ジャクソンホールの自宅のスタジオで撮られた全米ケーブルニュースに登場したときと、まったく同じに見えた。長い銀髪、いかつい幅広の顔、突き刺すような青の目、革の房飾りのついたバックスキンのジャケットから突きだした、パイ皿のように大きな両手。振りむいて車内からつばの平らな黒のカウボーイハットをとると、出陣だ！とでもいうような派手派手しい身ぶりでかぶった。

「やあ、ジョー、パーティ会場はここだな」ハンドは言った。「依頼人が待っている。ドアを開けたままにしてもらえるかな」

その場に凍りついていたので、ジョーはドアを開けたままでいた。ワイオミング州でもっとも悪名高い刑事弁護士の突然の登場だけが、理由ではなかった。

彼が驚いたいちばんの理由は、運転席にいる女だった。

ハンドが横を通って中へ入ったとき、ジョーは言った。「まさかとは思うが――」

「ああ、そのまさかだ」ハンドは答えた。「そして新たなミセス・ハンドはハンドルを握らせると恐るべき脅威だな。だが、きっときみは知っているだろう」

ジョーはドアと口を開けっぱなしにして立ち、轟音《ごうおん》とともに去るドライバーの優美な横顔をちらりと見た。

義母のミッシー、またの名をミッシー・ヴァンキューレン・ロングブレイク・オールデン。いまはどうやらハンドという名字も加わったらしい……彼女が町に戻ってきた。

肺《はい》の中の空気が押しつぶされたような気がした。ジョーは、図書館のメアリーベスにかけるために急いで携帯に手をのばした。

9

その日の遅い時間、太陽が沈み、強烈な夕日が樹間からさしこんで草の上にオレンジ色の鉄格子を描きだすころ、ランドール・リューティとローリー・クロスは、どちらが先にワンダ・ステイシーをやるか決めようと、刃渡り十五センチのハンティングナイフを持って小屋の外に立っていた。

「本気でやりたいのか？」クロスは、懸念というより挑戦の口調で聞いた。「おれはジャッ《マン》クナイフ投げ《ブリーペグ》で遊んで育ったんだぜ」

「ジャックナイフ投げ《マンブレティペグ》だよ」リューティは言った。「マンブレティだ。ジャックナイフ投げ《マンブレティペグ》。こっちが正しい」

「田舎くさい発音だ」

「どうでもいいけどな」

「どっちにしろ、おれが勝つ」

「おまえのほうが有利だ」リューティは苦々しい口調で答えた。「おれより足が長いからな」

「違いなんかないよ。有利でもなんでもない。さて、どっちが先に投げる？」

「おまえがナイフを持っているじゃないか」

「じゃあ、おれからだ」

二人はできるだけ足を開いて立ち、向かいあった。クロスは六十センチ以上低くなった。

「先に怖気づいたほうが負けだ」クロスは言った。「相手を傷つけたらそれも負けだ」

彼はナイフの先を持って右肩の上に引いて構えると、リューティの足のあいだに向かって投げた。刃が夕日にきらめき、リューティの左のブーツから少し離れた地面に刺さった。

リューティは息を吐き、右足はそのままで、左足をナイフに触れるところまで動かすと、クロスが次に投げられる範囲は狭まった。それからかがんでナイフの柄《え》をつかみ、地面から抜いた。

「おれの急所に当てるなよ」クロスは言った。「当てたら、女をちゃんとやれないからな。もちろん、おまえの頭をメロンみたいにぐしゃぐしゃにつぶしてやる」

「ハハ」リューティは軽蔑の笑いを洩《も》らした。彼はナイフの先ではなく柄を持って投げるほうが好きだった。すばやく投げると、ナイフはクロスのブーツとブーツの中間の草地に刺さった。

「くそ、いい一投だったじゃないか」クロスはうなるように言った。彼は右足をナイフの横まで動かした。

「こんな重いナイフを使わなくちゃならないのか?」リューティは聞いた。「だって、おれたち前はポケットナイフでやっていたんだ。こいつが刺さったら、足の指二本ぐらいやられるかもしれない」

「ゲームが始まったらナイフは変えられない」クロスは答えた。「それがルールだ」

「おまえは適当にルールを作りながらやっている」リューティは不平を鳴らした。

クロスは眉を上下に動かしてにやついた。彼のにやにや笑いは冷酷だった。だれかを傷つけたり危険をおかしたりするときにクロスが目を輝かせることを、リューティは知っていた。

クロスが投げたナイフは空中で回転し、リューティの右足から十センチあまりの地面に刺さった。

「そんなに力を入れて投げることはない、そうだろう」

「おまえは自分の流儀で投げろよ、おれは自分の流儀で投げる」クロスは言った。

リューティはかがんでナイフを抜いた。指がこわばり、呼吸が浅くなっていた。

古い狩猟小屋は、ダラスが話していたとおりの場所にあった。山を四分の三ほど上った地点の、垂直に筋模様が入った花崗岩《かこうがん》の壁の狭い裂け目を通る。草や枝が邪魔している裂け目を、彼らは暗闇の中押し通った。ＡＴＶを入れるにはぎりぎりの幅だった。

裂け目の向こうは、岩壁に囲まれた自然の円形競技場のようだった。古い丸太造りの狩猟小屋は北の壁を背にして建てられていた。じっさい、中に入ると小屋の奥はまさに岩の壁だった。造った人間――ダラスの父親、祖父、あるいは大叔父――は、花崗岩の壁に接する丸太を一本一本ぴったり合うように切ったのだ。

人里離れた場所だし、見えるかぎりどこにも道はない。携帯の電波はかろうじて届くが、途切れがちだ。

クロスはちゃんとした機械工で、到着の翌朝、ガソリンで動く旧式の発電機を稼働させた。

発電機は青い煙を吐き、タンブラー式の乾燥機の中の石のようなガラガラという音がしたので、二人は携帯の充電以外はあまり使わないようにした。

それがダラスの頑《がん》として譲らない点の一つだった。携帯をつねに充電して、次の指示の電話をいつでもとれるようにしておくこと。そして、登録されている一つの番号以外、だれにもかけないこと。

ケイツ一家は小屋にじゅうぶんな備品を置いていた。缶詰やフリーズドライの食料、ランタンの燃料、酒、弾薬がたっぷりとストックされていた。ダラスが話していた古い四輪駆動のウィリス・ジープはあるはずの場所にあった。トウヒの木立の奥に張られたタープの下に隠されていた。バッテリーは上がっていたが、充電するとジープは動いた。

リューティにとって、ここは若いころ聞いた片田舎のウィスキー密造者の話を思い出させた。彼らも人里離れた場所に隠れ家《が》を持ち、備品を蓄えて脱出用の車を隠していた。ケイツ一家のような大型狩猟動物の密猟者と、テキサスのウィスキー密造者には多くの共通点がある、とリューティは思った。

田舎の無法者たちは同じようなことを考えるらしい。

クロスはナイフを構えて投げた。ナイフの刃は、リューティの右足の甲の内側から五センチあまりの地面に半分ほど刺さった。

「くそ。いまのは失敗だった」クロスは言った。

リューティはうなずいた。「そうだな」

彼はナイフに触れるまで右足を動かした。それでも彼の足のあいだの空間は半メートルはある——大きな的だ。クロスの足のあいだは二十五センチぐらいしかない。

自分が有利だとリューティはわかっていた。だが、彼はクロスのナイフ投げが不安定なのが心配だった。大男は力まかせに投げて、どこに着地するかわかっていないようだ。

わざとそうしているのだろうか？　たてつづけに二回失敗して、リューティに疑いを抱かせ、けがをする前にゲームをやめようと言いださせるために？

リューティはかがんで地面からナイフを抜いた。肩ごしに小屋を一瞥《いちべつ》すると、すっかり暗い影に包まれていた。

彼女はあそこにいる。外でなにが起きているのかは知らない。自分が賞品の獲物になっているとは思ってもいない。

「女とは久しぶりだ」リューティは言った。

「どういう意味だ？」

「どういう意味だと思うんだよ？」

クロスは理解して、ゆっくりと笑みを浮かべた。「どっちが彼女をやるかナイフ投げで決めようとおれが言ったとき、おまえは彼女と寝ることだと思ったんだな」

リューティはとまどって首を振った。そして、彼も理解した。

「くそ、まさか？」

「それが指示だった」

「おい、そいつはほんとうにヤバいぞ」

「そうだな」クロスは言ったが、目は冷ややかだった。「それが上からの命令さ」

「おまえが彼女をやるって言ったとき、おれが思ったのは……」

「ああ、おまえがなんて思ったかわかるよ。まあ、やれるかもしれない。で、だれにも話さないようにしよう」

「それがいい」

「おれも賛成だ。じゃあ、本物の賞品をかけてゲームしようぜ。勝ったほうが先に彼女と寝て、負けたほうが引き金を引くんだ」

「決まりだ」リューティは負けたくなかった。何度か瀬戸際までいったが、女を殺したことはまだない。

リューティは投げ、ナイフはクロスの両足の真ん中に柄まで刺さった。またもや、彼は的の範囲を半分にした。クロスはため息をついて空を見上げてから、左足をナイフに触れるまで動かした。

こんどはクロスがびくびくしてやめようかと言いだしそうだ。

クロスは間を置き、目を細くしてリューティを見た。リューティは下を向いた。クロスは間違いなく彼の両足のあいだの真ん中を狙ってくる。うまくいけばゲームを引きのばせる。

「いいか?」クロスは聞いた。

リューティは大きく息を吸って目を閉じ、横を向いた。


昨夜、二人は〈ストックマンズ・バー〉の裏の路地で、ワンダ・ステイシーがシフトを終えるのを待っていた。クロスはウィリス・ジープを半ブロック離れた土産屋《みやげや》の裏に止めていた。そこからは、建物の真後ろにある従業員専用駐車場——無断駐車は撤去します——にあるワンダの錆《さび》の浮いた一九九九年型トヨタ・ランドクルーザーがよく見えた。彼女のトヨタのすぐ横には、バック・ティンバーマンの古いGMCピックアップが止まっていた。

午前二時の公式閉店時間よりも早く彼女は店を閉める、と二人は考えていたので、真夜中から居眠りしないようにして待機していた。十二時十五分に裏口が開いたとき、リューティは車のドアハンドルに手をのばしたが、のぞいた顔はワンダではなく長い銀色の口ひげをはやした年寄りの酔っぱらいだった。

酔っぱらいはドアから出ると自分の靴の上に吐き、よろよろと路地を遠ざかっていった。

「人騒がせなこった」クロスは言った。「どこかのじじいが飲み逃げしただけだ」それから彼は目を閉じ、リューティを見張りに残してうとうとしはじめた。

十五分後にバック・ティンバーマンがドアから出てきた。出口で立ち止まって両腕を上げて伸びをし、あくびをした。彼が足を引きずりながら自分のピックアップに戻って走り去るまで、長い時間がかかった。

彼女は一時二十分に出てきた。リューティはもう少しで見逃すところだった。ドアを開ける前にワンダはすべての照明を消していたので、彼には戸口に現れたその横顔が見えなかったのだ。彼女は突然外に立っていた。

ワンダがドアに鍵をかけるあいだに、リューティはクロスをつついて起こした。

「彼女だ」リューティはささやいた。

ジープはあまりにも古い型なので、ドアを開けると同時につく室内灯がなかった。クロスはハンティングナイフを抜き、右手で握った。リューティは、狩猟小屋の引き出しの中で見つけたハイ－ポイントの九ミリ拳銃を持ってきていた。ケチなセミオートだが、そこそこ使えるだろう。

二人の足音が砂利道に響き、店のドアに鍵をかけたあと車へ向かいかけたワンダは、男たちが歩いてくるのを認めた。

「近づかないで、くそったれ」左肩から提げた頑丈そうなバッグの横側に右手を突っこみ、声を引きつらせて追いはらおうとした。

「銃だ」リューティは叫んだ。

二人はワンダに襲いかかり、隠匿《いんとく》携帯できるバッグの秘密のポケットから彼女が銃を抜く前にタックルした。

地面に倒れた彼女は悲鳴を上げようと大きく息を吸ったが、クロスがあごを強く殴って気絶させた。腕の中の女の体がぐったりするのを、リューティは感じた。

「ここにいろ」ワンダから離れて、クロスは言った。「おれはジープをとってくる」

二人は彼女の手首と足首を銀色のダクトテープで縛りあげ、クロスは口と首にも三重にテープを巻いた。彼は楽しくてたまらない様子で、あとでリューティはワンダが窒息《ちっそく》しないようにテープの端をはがして鼻孔の下に貼りなおした。

リューティはバッグの中にランドクルーザーのキーとトーラス三八〇口径小型ピストルを見つけ、ピストルは自分のバックポケットに入れた。

ワンダ・ステイシーのランドクルーザーで、リューティは三ブロック離れた彼女のアパートまでクロスのあとをついていった。意識のない彼女をジープの床に残し、二人は2B号室へ階段を上った。中に入り、クローゼットや引き出しから適当な衣類を大きなダッフルバッグに詰め、バスルームにあったタンポンやヘアケア製品も入れた――大急ぎで出ていくなら彼女が持っていくであろうものを。

山へ向かう途中で、彼らは貯水池のダムの近くで止まり、リューティはトヨタを堤防から池に落とした。車は蒸気と泡を噴きながら沈み、消えた。

そのあとリューティはジープに乗り、クロスの運転でオフロードを進んだ。また古い狩猟小屋を見つけるのは最初のときよりたいへんで、二人は何時間もむだにして悪態をつき、夜明けにようやく見つけることができた。

ワンダを小屋の中へ引きずっていき、隅の床に放置して、それぞれが鉄枠のシングルベッドに服を着たまま倒れこんだ。

誘拐は疲れるとリューティは思った。


ナイフが突き刺さって左足を地面に釘付けにされた直後、リューティは氷のような冷たさ以外なにも感じなかった。しかし、目を開けて下を向き、ナイフがブーツの先端から突き立っているのを見たとき、激しい痛みが足から鼠径部《そけいぶ》へと電撃のように貫いた。

「おれの足先に突き刺しやがったな」リューティは歯を食いしばった。

「ごめん」小さな男の子の声を真似て、クロスは言った。

「くそ、いてえ」

「いま抜くよ」クロスは進み出て前かがみになった。

「やめろ！　さわるな、ばか」

「わかった、わかった」クロスは両手を上げてあとじさった。「あやまったじゃないか」

「おまえはわざとやったんだ」リューティは右ひざを立ててかがみこみながら、まばたきして涙をこらえた。

「なんでそんなことをおれがやる?」クロスは聞いた。

「おまえは邪悪なくそったれ野郎で、ただ、やりたかった、んだ!」リューティはどなった。

「落ち着けよ」

「足にナイフが刺さっているんだぞ」

「おれにも見える」クロスは言った。その言いかたになにかを感じてリューティが顔を上げると、クロスが笑いをこらえていた。

「こいつを抜いておまえののどをかき切ってやる」

「そうするにはおれを追いかけなくちゃならないよな。走るのは最初たいへんかもしれないぞ」クロスはくすくす笑いを抑えきれなくなっていた。

リューティは両手でナイフの柄を握り、目をそらして抜くと大声を上げた。刺さったときより抜いたときのほうが痛く、さらに傷を広げたようだ。

リューティのブーツはいま血で黒く染まり、ナイフによる革の裂け目から血はどくどくとあふれていた。

「だけど、おまえの勝ちじゃないか」クロスは言った。「そういうことだ」

リューティは空を仰いでふたたび叫んだ。いくらか気がまぎれる。

「小屋で救急箱を見た」クロスは言った。「中へ入るのに手を貸そうか、それともここへ持ってきてほしいか?」

「おれにさわるな。手を貸すな」リューティは血まみれのナイフの刃をクロスに向け、低い声で脅した。

「わかったよ。好きにしろ」

リューティは立ちあがりながらうめいた。痛みは心臓の鼓動と連動していた。

「こう考えたらどうだ」クロスは言った。「おまえが最初に彼女とやれるんだ」

「痛すぎる。ろくに歩けないんだぞ」

「そのくらいで本物のテクニシャンは引きさがらないだろう」クロスは笑った。

九ミリ拳銃をベルトに差していればクロスの顔を撃ち抜いてやれるのに、とリューティは思った。だが、ジープに置いてきてしまった。

小屋まで歩いていくには、盛大に足を引きずっていくしかない。左足にほとんど体重をかけられないからだ。目にはまだ涙が溜まっていた。

彼はよろめきながら小屋へ入り、土の床の上に銀色のダクトテープの切れ端が散らばっているのを見た。小屋の向こう側の窓が壊されていた。

「ちくしょう」彼はクロスに叫んだ。「女が逃げた!」

10

四十五キロほど離れたビッグホーン・ロードの小さな家で、ダルシー・シャルクとメアリーベス・ピケットは居間のソファで一日の出来事を振りかえりつつ、ワインを飲んでいた。エイプリルとルーシーはキッチンテーブルの前にすわって、様子をうかがっていた。カウンターの上に開いたピザの箱二つがあり、ジョーはペパロニを一切れとってかじりながら、氷の入ったグラスにバーボンをついだ。一時間弱のあいだに、もう二杯目だった。

エイプリルが横目で見た。「あたしも飲んでいい？」

「だめだ」

ルーシーはあきれたように目玉をぎょろりとまわした。「大人になるとそうなるの？　あらゆる問題をアルコールで解決するわけ？」

「まあ、そんなとこ」エイプリルは肩をすくめて答えた。

ジョーは微笑し、彼女に薄い水割りを作った。

「嘘でしょ」ジョーが姉の前にグラスを置くと、ルーシーは恐れをなしたふりをして言った。

「あたしはコークで割るほうが好き」エイプリルは言った。

「それは二つのうまい飲みものを損なうだけだ」ジョーは答え、これにはエイプリルもにやっとした。ジョーがメアリーベスのほうを見ると、彼女は一、杯、だ、け、よという表情を向け、彼はうなずいた。

「あたしも飲みたいな」ルーシーは言った。

「ぜったいにだめだ」

今日の午後の法廷でのシーンをメアリーベスに語るダルシーの大きくなった声が、居間から響いてきた。

マーカス・ハンドのあとからロビーを横切って小さな法廷へ入りながら、ジョーはまだハマーの運転席にいた人物に衝撃を受けていた。あまりにも驚いたので、携帯とガンベルトを渡さずに金属探知機を通りぬけ、その直後に気づいた。

アラームが鳴らなかったので、ジョーは足を止めて振りかえり、尋ねるようにストーブパイプを見た。

「くそ」ストーブパイプはうなった。「電源を入れるのを忘れてた」それからシッとジョーを追いはらい、「次のときにあんたを捕まえるよ。とにかくだれも撃たないでくれ」と言った。

ジョーはうなずいて法廷へ進み、リード保安官の隣の折りたたみ式の椅子にまたすわった。

スパイヴァクはもう証人席にいた。自分がだれかを撃つとしたら、ダラスなのか義母なのかわからないな、とジョーは思った。

「大丈夫か?」ジョーの顔色を見たリードがささやいた。

「いいや」

彼が説明する前に、ハンドが大股《おおまた》でドアから入ってくると、父親のような態度でダラスの肩をたたき、ムートン治安判事に向きあった。

「裁判長、わたしはマーカス・ハンドです」

弁護士の声は小さな部屋に響きわたった。

「あなたがだれかは知っています」ムートンは苦々しい口調で答えた。

「わたしの依頼人はあなたの前で文字どおり、また比喩的《ひゆてき》な意味でも拘束されています。手足は金属の椅子に拘束され、彼の自由はいまこの瞬間までの不適切で冷淡な弁護によって拘束されていました。裁判長、依頼人は自由を奪われるというきわめて現実的で悲劇的な可能性に直面しているのに、わたしたちはまだ相談もしておりません」

ダラスは顔を上げて弁護士に笑みを向けた。

では、彼が用意していた秘策はこれか、とジョーは思った。

たったいま侮辱したデュエイン・パターソンにハンドは言った。「きみの弁護はもうここでは不要だ。失せろ。あっちへ行け。消えろ」

アニメ以外でだれかが大声で「消えろ《スクラム》」と言ったのを、ジョーは初めて聞いた。パターソンが法律用箋をブリーフケースにしまって立ちあがるあいだ、その言葉は空中に漂っていた。首を振り振り部屋から出ていくとき、彼はダラスもハンドも見なかった。

ムートンは言った。「あなたはわたしの法廷にいるのであってテレビに出ているのではない、だからチャンネルを替えるわけにはいかないようだ」

ハンドはジョークに感心したようにわざとらしく笑った。「裁判長、ジャクソンホールからの長くうんざりする旅を経て、わたしはたったいまあなたの」――彼は自分が屋外便所にいることに気づいたかのようにもじもじして、あたりを見まわした――「法廷に着きました。この威厳ある場所に本件の弁護人として入るのはこれが初めてなわけですので、つつしんで審問の延期を要求いたします。そうすれば依頼人と面談し、わたしのような地方在住の弁護士が提供できる最善の法律的見解を示すことができますので」

ここでリードがジョーのほうに顔を寄せた。「ハンドの料金体系は二種類あるそうだ。〝無実のワイオミング州住民〟は一時間千五百ドル、〝州外のよそ者〟は一時間二千ドル」

ジョーはうなずいた。ほんとうだと知っていた。なぜなら、数年前ミッシーが五番目の夫アール・オールデンの殺害容疑をかけられたとき、ハンドは彼女を弁護したからだ。オールデンの遺体は風力タービンの回転するブレードに鎖で吊るされた状態で発見された。彼女は無罪になったが、じっさいは有罪だった。勝ったにもかかわらず、当時ミッシーはハンドの弁護料が高すぎるとこぼしていた。

どうやら、ミッシーは彼とくっついたらしい、とジョーは思った。もっとミッシーの手口に沿った言いかたをすれば、浪費できる金と結婚するために前の男を捨てたのだ。それと、必要になる場合に備えて、アメリカでもっとも成功している刑事弁護士の一人をそばに置いておくために。

「この審問を延期したいというのですか?」ムートンは顔を紅潮させて尋ねた。

「公平を期するためです、裁判長」ハンドは答えた。「依頼人はそれに値する――」

「あなたの依頼人はなにいにも値しない」ムートンはさえぎった。「彼と彼のクズ白人一家は、わたしの記憶にあるかぎり、この郡の汚点でした」

ジョーは横目でダルシーを見た。ムートンの発言に、彼女は恥ずかしそうだった。ジョーも同じ気持ちだった。クリータス・グラットをうかがうと、彼はメモ帳に猛烈な勢いで〝あなたの依頼人はなにいにも値しない〟と書きなぐっていた。

ハンドは言った。「法廷においてこれ以上差別的な発言はまずないでしょう。ましてやそれが治安判事の発言だとは。それがあなたのお気持ちなら、裁判長、審問を進める唯一の道はただちに辞退なさることです。そうすれば、すでに結果を決めてかかっていない別の裁判長の前で再開できる」

ジョーは目を閉じて嘆息した。

ムートンがつばを飛ばしそうな勢いで言いかえしたときも、ジョーは目を閉じたままだった。「あなたがた二人にはもうううんざりです。ヒューイット地区判事のもと第一級殺人の容疑で公判に付すため、ミスター・ケイツの再勾留を命じます。保釈金は百五十万ドルとします」

「とんでもない金額だ」ハンドは叫んだ。「裁判長は再考され、自己誓約にもとづいて依頼人を保釈されるべきでしょう──彼はプロのロデオ・チャンピオンとしてこの郡内では著名な人物です」

「そこが問題なのです」ムートンは答えた。

「異議あり！」ハンドの大声が響いた。「正気の沙汰ではない。無職の若い元ロデオ・チャンピオンに百五十万ドルですか？」

ムートンは視線を上げた。顔は真っ赤だった。「あなたを雇えるなら、彼は保釈金も払えるはずです」

ムートンはダルシーのほうを向いた。「司法官として、当然あなたも賛成でしょう」

彼女はテーブルにかがみこんで両手に顔を埋めた。

ムートンはまっすぐハンドを指さして言った。「あなたはなんにでも異議を申し立てるのをやめて、とんでもない弁護料を稼ぐ準備にかかったらどうですかな。ヒューイット判事はぐずぐずしませんよ。殺人事件の公判の日程を決めることに関しては、西部一早い判事です」

「しかし、適切な弁護をおこなうためにじゅうぶんな時間が必要です」ハンドは訴えた。

「それはわたしの関知するところではありません」ムートンはきっぱりと告げた。

「わたしはただ頭を抱えていた」ダルシーはメアリーベスに話していた。「なんと言えばいいかわからなかったの、マーカス・ハンドが正しかったから」

　メアリーベスはワインを一口飲んでかぶりを振った。「わからない。どうしてダラス・ケイツにマーカス・ハンドが雇えるの？」

「わたしも同じことを考えていた」ダルシーは二人のあいだのクッションを支えにしたワインの瓶に手をのばし、おかわりをついだ。すでに二本目なのをジョーは知っており、このペースは二人らしくない。大人は問題をアルコールで解決するというルーシーの発言は正しかった。

「ジョー、ロデオ・チャンピオンの稼ぎはどのくらい？」メアリーベスは尋ねた。

「たいしたことはないよ。ＮＢＡの選手並みとはとうていいかないだろう。ほとんどは試合をまわれるだけの賞金をもらう程度だ。旅費やエントリー料や医療費——すべては自分持ちだ」

　ロデオをやっていた男たち——そして女たち——を何人も彼は知っていた。賞金を貯《た》めて長持ちさせられる者はいなかった。彼らは何年も前に聞いた言葉を思い出させた。成功している牧場主にはかならず町で働く妻がいる。

ルーシーが携帯をタップして教えた。「去年、一位のカウボーイは三十万ドルの賞金を稼いだ。でも五十位の人は一万七千ドル」

「ダラスは三年続けてチャンピオンだった」エイプリルが言った。「彼が年間二十五万ドルは稼いでいたのを知ってる、耳を貸す人にはだれにでも話してたから。それに、彼にはジーンズやシャツの宣伝キャラクターの契約もあった」

「それはかなりのものよね」ルーシーは言った。

「流行に遅れないようにお金を遣《つか》ってたら違う」エイプリルは答えた。「彼はいつだって最新の車と最新の馬運車を持ってた。いつだっていちばん高い部屋に泊まってた」

彼女は悔やむように微笑した。「ダラスはほかのカウボーイたちみたいに気前がよかったことは一度もないの。彼らはなんでも与えあうし、できるときは手助けする。ダラスは違う。彼は自分にだけお金を遣うのよ。あたしはいつだってそれがいやでたまらなかった、もっとも彼と一緒にいたときは多少恩恵を受けてたけど」

「三十万ドル稼ぐトップだったのね」ダルシーは言った。「そこから旅費や税金やなにやかやを引く。だから十万ドルぐらいかしら。それに、一年半前のことでしょう。服役中は稼げなかった。だから、マーカス・ハンドを雇えるだけのお金はないはずよ」

「もしかしたらハンドは無料奉仕しているのかもよ？」メアリーベスは言った。

ダルシーは噴きだし、メアリーベスも笑いに加わった。

「ケイツ一家が銀行の隠し口座かなにかを持っていたとか?」メアリーベスは推測を口にした。

ダルシーは肩をすくめた。「さあね、でもどうかしら。どのみち、それはわたしの心配ごとではいちばん小さなやつ。わたしはハンドと彼のチームと闘わなくてはならないばかりか、ヒューイット判事はおそらく狩りの予定を優先して起訴認否手続きを二週間以内に定めるわ。ハンドはそのことで文句を言っていたけれど、わたしも同様よ。準備期間が足りない。

そしてクリータス・グラットが審問のことを新聞にどう書くか、見るのが待ちきれないわ。わたしは来年再選を控えていて、グラットは新聞を売らなくちゃならない。だから、わたしについて最悪の記事を書くのは目に見えている」

「グラットもいたの?」メアリーベスは聞いた。

「ええ。すっかり楽しんでいたようだった。彼はわたしたちの遅れた司法制度について、そして古なじみ同士のネットワークが郡を動かしていることについて、ご意見を開陳するでしょうよ。わたしがほんとうに頭にくるのは、今回彼の言い分は間違っていないだろうってこと」

「ムートンはいったいどうしちゃったの?」メアリーベスは尋ねた。

「わからない、でもマーカス・ハンドは人を挑発するすべを心得ているんだと思う」

「そして、重要なのにだれも触れたがらない問題がある」ルーシーがテーブルからつけくわえた。

ルーシーがそう言ったとき、だれも触れたがらない問題が運転するハマーH2が、大きなエンジン音とともに芝生の前庭のゲートに乗りつけた。

「来たわ」メアリーベスは言った。

エイプリルとルーシーは顔を見あわせた。ジョーはまたバーボンの瓶に手をのばした。

メアリーベスはエイプリル、ルーシー、ジョーに言った。「母が言うべきことは聞くつもりよ。礼儀正しく対応してから、出ていってもらう。結局のところ、わたしの母親であなたたちのおばあちゃんなんだから」

「彼女は悪魔よ」エイプリルは言った。

「わたしは帰るわ」ダルシーはソファの腕木を支えにして立ちあがった。「相手側の弁護人の奥さんに対して理性を保つには、ちょっと飲みすぎちゃったみたい」

「ここにいて」メアリーベスはきっぱりと告げた。

ダルシーはまた腰を下ろし、居心地の悪そうな視線をメアリーベスからジョーに向けた。

「おれが彼女を撃ったら、きみに自首するよ」ジョーはダルシーに言った。

「おもしろくない冗談よ、ジョー」メアリーベスは言った。

玄関に軽いノックがあり、ドアを開ける音が続いた。ミッシーはいつも、だれかが開けてくれるのを待たずに入ってくるのだ。

「メアリーベス、ハニー？　わたしよ」

メアリーベスはそっけない口調で答えた。「みんなここにいるわ」

ミッシーは暗い玄関の間から顔をのぞかせて部屋の入口に立った。ジョーは、巣から日のもとへ出てきたヘビを連想した。

六十代の終わりにさしかかっているにもかかわらず、ミッシーは美貌と若さを保ち、デザイナーズ・ブランドの服がよく似合っていた。小柄で、女優のような体つきをしている。しかるべき曲線を描く引きしまったスタイル、写真で映える大きな頭。磁器のように肌のなめらかなハート形の顔は――高い頰骨と真っ赤な口紅もあいまって――人目を引いた。この年齢なのに、白髪は一本も見当たらなかった。

「まあ驚いた、見てごらんなさい！」メアリーベス、エイプリル、ルーシーに視線を向けながら、ミッシーは完璧な白い歯をのぞかせて輝くような微笑を浮かべ、音楽的な口調で言った。「あなたたち、なんてきれいなの！　ほんとうに久しぶり、やっと会えてとてもうれしいわ」

ダルシーに気づくと、彼女の声は一オクターブ低くなった。「あなたはどなたかしら」

「こちらは友人のダルシー・シャルクよ」メアリーベスはまだソファから立ちあがっていなかった。

「はじめまして」ミッシーはあいさつした。

「彼女は郡検事長なの」

ミッシーの微笑の輝きは変わらなかったものの、目の光が翳《かげ》った。この前トゥエルヴ・スリープ郡検事長に会ったとき、ミッシーは彼女にラスクの女性刑務所へ送られそうになった。メアリーベスはわざと友人をこんなふうに紹介したにちがいない、とジョーは思った。

ミッシーはボクサーがジャブをかわすようにやりとりを軽く受け流すと、キッチンにいるジョーのほうを向いた。

「あいかわらずね、ジョー」ミッシーはさらに一オクターブ声を落とし、しかも口調は鉄条網並みにひねくれていた。

「ええ」彼は答えた。

それからミッシーはほがらかに告げた。「みんなそのままそこにいて。車の中に、みんなへの贈りものがあるの」

ミッシー・ヴァンキューレンは五人の夫と結婚、離婚して人生をステップアップしてきた。

どの場合も新しい夫は前の夫より金持ちだった。ジョーがこの前義母と接近遭遇したとき、彼女はプライベート・ジェットに乗って、暗殺組織を束ねる富豪ウルフガング・テンプルトンの隣にすわっていた。テンプルトンは、ワイオミング州ブラックヒルズの牧場を作戦本部にしており、FBI捜査官たちがその牧場を急襲したとき、ジェット機はすでに飛びたっていた。

テンプルトンの逃亡後、国際指名手配がかかったが、行方はつかめなかった。

四番目の夫バド・ロングブレイクの牧場で暮らしていたとき、ミッシーは何度となくメアリーベスに言っていた。あなたはジョーよりましな相手と結婚できたし、自分と同じようにステップアップするのはいまからでも遅くない、と。その後、五番目の夫の殺害容疑で裁判にかけられ、彼女はジョーの想像をはるかに超える卑劣さと狡猾《こうかつ》さの持ち主であることがわかった。

そしていま、六番目の夫を手に入れたわけだ。

ジョーはキッチンカウンターに寄りかかって、ミッシーが贈りものを渡すのを眺めていた。エイプリルは銀の飾り鋲《びょう》のついた馬用の頭絡《とうらく》、ルーシーはマックブック・エアをもらった。エイプリルとルーシーはもちろん気に入って行儀よくお礼を言ったが、ミッシーが帰るまで贈りものは脇に置いたままだった。本心とは違っても、自分たちは大喜びしてはいないと祖母に示す、娘たちなりのやりかたなのだ、とジョーは感じた。

「それで、シェリダンはどこ?」ミッシーは尋ねた。

「牧場で働いている」ジョーは答えた。

ミッシーは顔をしかめ、失望したように首を振った。シェリダンのいる牧場はミッシーの知りあいが行きそうなセレブ相手の場所であることを、説明する必要はないとジョーは考えた。

「これをあの子に渡してくれる?」ミッシーはエンドテーブルの上に包装した贈りものを置いた。「ルーシーのと同じようなパソコンよ」

「ありがとう。かならず渡すようにしますよ」

「そしてわたしのすばらしい娘には」ミッシーはくるりと振りむいて、小さな箱をメアリーベスに渡した。ダイヤモンドのイヤリングだった。結婚指輪よりも四倍も大きな宝石がついていた。自分に対するあてつけだ、とジョーは察した。

「受けとれないわ」メアリーベスは返そうとした。

ミッシーは相手にしなかった。「お願い、このぐらいのことはさせてちょうだい。人生にはすてきなことが少しは必要よ」

これもあてつけだ。

メアリーベスはため息をつき、イヤリングをダルシーに見せた。ダルシーは目に浮かんだ驚嘆を悟られまいとしたが、完全には隠しおおせなかった。

「それからあなたに」ミッシーは茶色の袋に入った重く四角いものをジョーに渡した。彼が中をのぞくと、〈ジャックダニエル〉の瓶が入っていた。

「ああ、どうも」

「これがあなたのお気に入りの銘柄でしょ？」

「違います。それじゃ、テンプルトンに捨てられる前に、彼の情報をＦＢＩに売って司法取引をしたんですね？」

ミッシーはにっこりしたが目は冷ややかだった。「あのね、いまは孫娘たちと再会している楽しい時間なのよ――質問攻めにされるんじゃなくてね」

「質問は一つだけですよ」

彼女はジョーを無視して居間のほうへ向きなおった。そのとき、娘の夫に対する考えは一ミリも変わっていないと告げる、相手をひるませる視線をジョーに据え、しばしそのままでいた。

ジョーは、ミッシーが入ってきてから家の中の温度がじっさい十度下がったような気がした。それとも自分の想像にすぎないのだろうか？

二十分後、ダルシーが仕事を言い訳にして帰ったあと、ミッシーがメアリーベスと娘たちをつかまえて近況を話しているあいだ、ジョーは夕食の皿洗いをした。もう一杯酒をおかわりして瓶の残りを飲みほしていたが、ミッシーの前で〈ジャックダニエル〉を開けるまいと誓っていた。

彼女の話を聞くともなく聞きながら、心の中でずっと修正意見をくりかえしていた。

「マーカスとは八ヵ月前にジャクソンの国立野生生物美術館の資金集めパーティで出会ったのよ。わたしはとても落ちこんでいたの、そのときの交際相手がひどく精神的に不安定で、彼の仕事もおかしくなってしまっていた……」

ジョーはこの話をこう解釈した。

彼女は自分がウルフガング・テンプルトンに捨てられそうだと知った。それへの対抗手段はシャイアンのFBI支局のチャック・クーン特別捜査官に連絡して、ひそかに同棲中の有名な指名手配犯の居所を知っていると告げることだった。

「彼がわたしの弁護をしたのは数年前だけど、わたしたちはウマが合ったし、彼はすったもんだした離婚訴訟から立ち直ろうとしていたところだった。おたがいに最高のタイミングでめぐりあった、二艘の孤独な夜の舟同然だったわ……」

ジョーの解釈。

資金集めパーティでハンドがカクテルを七、八杯飲むあいだ、ミッシーは持ち前の魅力で彼を誘惑し、FBIとの司法取引で自分の代理人になることを承諾させた。ミッシーは国側の証人になり、ウルフガング・テンプルトンに不利な証言をするかわりに刑事免責を得て、逃亡犯を幇助、教唆した連邦犯罪容疑は取り下げられた。

「嵐のような求愛だったのよ……」

その晩彼女はハンドと寝た。署名するばかりの免責特権の取引書類を前にしなければ、二度と親密な関係の悦楽はないという暗黙の了解のもと、欲求不満の彼を放置した。

「彼はわたしの魂の伴侶なの……」

前の五人の夫（五人半だ、テンプルトンを入れれば）が魂の伴侶だったのと同じように。

「わたしたち、おたがいを必要としている。ジャクソンの郊外の特別な区域――〈ティートン・シャドーズ〉というところ――にある、美しい田舎風の邸宅に住んでいるのよ。グランド・ティートン山脈がよく見えるの、みんなに来て景色を楽しんでほしいわ」

ゲート付きの孤立した住宅地に住む彼女は退屈で落ち着かず、寂しがっている。まわりには引退した富豪たちと若く美しい妻たちしかおらず、妻たちはすらりとした脚と豊満な胸の持ち主で、毎朝ミッシーがミッシーらしく見えるためにバスルームでどれだけ長い時間を過ごしているか、まったく知らない。そんな彼女たちに、ミッシーは憤慨している。

「自分だけの場所を持てて、落ち着いて人生を考える時間ができたわ。人が望めるあらゆる利点に恵まれていると思うのだけれど、やはり心にはぽっかり穴が開いているのよ。その穴を満たせるのは家族だけ。わたし、あなたたちが恋しくてたまらないの」

結局、少しは真実も含まれているのかもしれない。ミッシーもようやく来し方を考えて、丸くなってきたのかもしれない。そうでなかったら、なぜ訪ねてきたのだ?

自分は彼女にきびしく接しすぎたのかもしれない。

ただし、ミッシーはミッシーだ。メアリーベスにどうしているのかと近況を尋ねてきたことはないし、仕事について聞いてきたこともない。みずから姿を消して接触を絶っていた数年間、誕生日にもクリスマスにも娘たちが元気かどうか気にかける言葉はなかった。

ミッシーの話がどう受けとめられているか見ようと、ジョーは様子をうかがった。メアリーベスは心底からは信じていない様子だった。長話に、ときおり「そう」とつぶやくだけだった。

携帯が光って画面を見たとき、メアリーベスはほっとした顔になった。

「シェリダンよ」彼女はすばやく立ちあがってミッシーをソファに残したままにした。

メアリーベスは耳に携帯をあてて、居間とキッチンを通りぬけると裏口から外へ出た。母親から逃れる口実だと確信していたが――メアリーベスはあの女をだれよりもよく知っており、これ以上とりこまれることはない――ジョーは妻のあとをついていった。ミッシーが語ったことの一部でも彼女が信じているのか知りたかったし、シェリダンに元気かと聞きたかった。

だが、彼が裏口のドアを開けると、裏のポーチに立ちつくしているメアリーベスに阻《はば》まれた。彼女のボディランゲージは、なにかよくないことが起きたのを告げていた。

彼女が言った。「とにかく落ち着きなさい、ハニー」

「どうした？　なにがあった？」

メアリーベスは大きく目を見開き、顔色を失っていた。

彼女は携帯を下げて答えた。「シェリダンが言うには、今日の午後囲いで馬の世話をしていたら、牧場の関係者ではない女がいたんですって。女はシェリダンに近づいてきたけれど、ほかのカウボーイ二人が現れたので怯えて逃げていったそうよ」

ジョーは胃の腑《ふ》がぎゅっと縮まるのを感じた。

「女はフード付きパーカを着ていて、腕にタトゥーがあったって」

「あしたの朝いちばんでおれが行くと伝えてくれ」

「だめ」メアリーベスは言った。「いますぐ家に帰ってくるように伝えるわ。こんなことあってはならない。何者かが娘たちをつけまわしているのよ、計画を立てなくちゃ」

五分後、メアリーベスは携帯を持って家に入り、決然とした足どりで、パリとドバイの料理とホテルを比較しているミッシーのもとへ戻った。

「いまジョーとわたしで話しあったんだけど、結論が出た」メアリーベスは母親に言った。

「お母さんの家はゲート付きの住宅地なのね？」

「そうよ」ミッシーは驚いていた。

「警報装置もある？」

「あるわ」

「二十四時間警備体制？」

「もちろん。マーカスは用心しなくちゃならないの。彼は仕事で大勢の人たちを怒らせているから」

ルーシーが尋ねた。「ママ、どうしたの？」

「いまシェリダンが電話してきたの。エイプリルとジョイを襲った女を今日見たんですって」

ルーシーはぎょっとし、エイプリルは悪態をついた。

メアリーベスは母親に言った。「だから、シェリダンがあしたここへ着いたら、わたしたち訪ねていくわ」

「あ、あした？」

「ええ」メアリーベスはエイプリルとルーシーのびっくり顔を振りかえった。そしてミッシーに言った。「わたしたちが恋しくてたまらないんでしょう。だからしばらくお母さんと一緒に過ごして、心に開いた穴を埋めてあげる――少なくとも、女が捕まるまで。ジョーは裁判で証言を終えたらすぐに合流するわ」

ジョーはベルトに親指をかけて妻を見つめ、賞賛で胸がいっぱいになった。彼女はたいしたものだ。とくに、家族を守るという点にかけて。

ミッシーがつねに正しいわずかなことの一つは、メアリーベスが彼よりはるかにうまくやれるということだった。

「ジャクソンホール？」エイプリルは肩をすくめ、それは〝オーケー〟という意味だった。

「校長に電話しておくわ」メアリーベスはルーシーに言った。

「一つだけ条件があるの」ミッシーはキッチンの裏口近くの床に置かれた犬用の皿を横目で見た。「動物はだめよ。動物飼育可の家じゃないの。犬たちはここに置いていって」

自宅とサドルストリングをできるだけ早く出るために必要な手筈《てはず》を相談するあいだ、ミッシーはメアリーベスからルーシー、そしてエイプリルへと視線を移していた。少したじろいでいるようだ、とジョーは思い、ちょっぴりいい気分だった。

とうとう、ミッシーはすわっていたソファから立ちあがってため息をついた。「はっきりしているのは、これはあなたたち家族を守るためね、ジョーにはそれができないから」

メアリーベスは反論しようとしたが、ジョーは手を上げて制止した。妻が母親に夫を弁護するのは聞きたくなかった。

だが、痛いところを突かれた。ミッシーの言ったことは正しかったからだ。

11

ワンダ・ステイシーは岩棚《リムロック》で立往生していた。

一時間前に、自分でこういう状況に陥《おちい》ったのだ。その過《あやま》ちの大きさがだんだんとわかってきた。山を下る道を探して、細い筋《すじ》の走る岩尾根の端を歩いていたときだった。満月が行く手を照らし、花崗岩《かこうがん》をぼんやりした薄青に染めていた。空が乳色に見えるほどの満天の星の光もまた、あたりを照らしてくれた。

どこにいるのか、どこへ行こうとしているのかもわからなかった。ただ、なんとかして下山しなければならないことはわかっていた。

ワンダは山が好きではなく、そもそも一人で戸外にいるのがほんとうにいやだった。自分は人と一緒にいるのが好きな人間だと思っていた。〈ストックマンズ・バー〉のバーテンダーの仕事に応募したとき、バック・ティンバーマンにそう言ったし、それこそ店主が彼女を雇った理由だった。あと、彼女がすてきな胸をしていることも理由だ、とティンバーマンは話していた。

たとえほんとうでも、そういった発言はもはや不適切であるという常識がバックにはなかった。彼女の胸についてはとくにほんとうだとしてもだ。気にも留めないそぶりはしていても、ワンダは見られるのが好きだった。だが、年をとって体重が増えるにつけ、かつてのように男たちからぽかんと口を開けてみとれられることは少なくなっていた。自分に熱を上げていたデイヴ・ファーカスを冷たくあしらったことを思いかえすと、ワンダはうしろめたくなった。彼が死んでしまったのは気の毒だった。なんといっても、彼女が最後にデイヴとバーで会った二日後に殺されたのだから。ファーカスは愛すべき負け犬といったところだったが、半分ぐらいは真実らしいおもしろい冒険譚を語ってくれたし、飲んだくれだけがバーテンダーに示す深い好意を寄せてくれた。もう少しやさしくしてあげられたのに、とワンダは思い、彼が山で殺されるとわかっていたら、そうしていたはずだった。

上から眺めて、遠くの牧場のものらしいちらちらする光が見えたとき、そちらの方角に下ることにした。とにかく山を下り、谷間にあるあの牧場に助けを求めるのだ。そして、悪夢が終わったら家に帰って自分のベッドで眠るのだ。

これほどみじめな思いをしたのは初めてだった。空腹でのどが渇き、やつらに町から拉致《らち》されて乱暴に扱われたのと、逃げだしたあとさんざん歩いたのとで、体じゅうが痛かった。〈アリアット〉のファットベイビー・コレクションのカウボーイブーツがもちこたえてくれて、靴ずれもできずにすんだのがありがたかった。しかし、あたりは寒く、さらに寒くなるいっぽうだ。吐く息が白い。窓を押し開けたとき、コートを外に放ればよかった。

あの光ははるかかなただ。牧場はどのくらい遠いのかわからない。十キロ？　十五キロ？　距離を推測するのは前から苦手だった。

不運なことに、地形は彼女にとって不利だった。道を選びながら下ることはできず、崖に阻《はば》まれて山腹を迂回せざるをえなかった。じつのところ、崖に沿って歩いていると下るどころか若干上っていた。

どこかに、自然の割れ目があるようにワンダは祈った。見つけたら、そこを這いくだっていけばいい。

ウサギやマーモットがやぶや岩から飛びだしてくるたびに、寿命が縮む思いだった。そして、彼女の顔から一メートルほどの距離で、角《つの》のような耳毛の大ミミズクが木立の枝から夜空へ羽ばたいていったときには、おしっこを洩《も》らしそうなほど怖かった。

左側の高木限界《こうぼく》から細長い草むらがのびて右側の崖の半メートルほどの割れ目へ続いているのを見たとき、ワンダは安堵のため息をついた。月光を浴びた枯草は薄黄色だった。彼女は慎重に草を踏んで地面が硬いことを確かめてから、端までたどっていった。

月影の中、岩のあいだをくねくねと下って消えているけわしい小道を、草はおおっていた。ワンダはそこに長いあいだたたずんでいた。懐中電灯があれば——あるいは朝になっていれば——小道が山のふもとまで続いているかどうかわかるのに。

だが、背後の森から叫び声がして、太く低い声が応えるのが聞こえ、もう迷っているひまはないと悟った。誘拐犯二人が追跡してきている。見つかったらなにをされるかはわかりきっている。

だから生まれて初めて十字を切り、生まれて初めて祈りを唱えると、すわった姿勢になって細い小道をゆっくり下りはじめた。

草はすべりやすく、ワンダはブーツのヒールを土にめりこませて、なすすべもなくずり落ちていくのをくいとめようとした。立っていた場所から三メートル、そして六メートルと下っていった。なにかあったときにつかめる枝も根っこもなく、両側はなめらかな岩が続いているだけだ。しかし、とにかく進んでいる。逃げられている。

十メートル近く下りたところで、小道は細い岩棚でとぎれていた。岩棚に着いたとき、彼女はすべりおりるのをやめ、おぼつかない足で立ちあがった。片手で草をつかんで体を支え、身を乗りだした。崖の下からまた道が始まっているといいのだが。しかし、先には闇しかなかった。はるか下で、車ほどの大きさの頁岩《けつがん》の一枚岩が月光に照らしだされていた。いまいる場所と頁岩のあいだは、切りたった絶壁《ぜっぺき》だ。

これ以上は進めないし、来た道を上って戻ることもできない。けわしすぎるし、手がかりにするものもない。

岩棚《リムロック》で立往生という言いかたは、ハンターたちが使っているのを以前に聞いた。山岳地帯特有の状況で、救助されることもあれば死ぬこともある。
ワンダは目を閉じて「くそ」と罵《のの》った。
ここは、かつてのミス・サドルストリング・ロデオの死に場所じゃない、と思った。

ワンダは最初から山が嫌いだったわけではない。十二歳になるまで、ハイキングやキャンプやほかのアウトドア活動に対してはどっちつかずの気持ちだった。当時はおてんばな女の子で、馬が大好きで男の子には興味がなかった。あの八月、冷静で無口な父親が、自分と叔父のレスと一緒に釣りに行きたいか、と聞いたとき、彼女は行くと言った。なぜなら、もう忘れてしまったなにかが原因で母親とけんかしていたし、自分がいなくなることで母親に罰を与えてやりたかったからだ。
三人はレスのピックアップでビッグホーン山脈へ向かった。ワンダは真ん中の席にすわっていた。カーブの多い砂利道を走っていると、トゥエルヴ・スリープ・リヴァー・ヴァレーのすばらしい景観が見えた。木立の中は町より涼しいのが彼女はうれしかったし、父親といるのが楽しかった。レス叔父と同様、父親は上りのドライブで次から次へとビールの缶を空けていた。父親がおしっこをするためと、後部座席のクーラーボックスからもう二缶持ってくるために、レス叔父は道の途中で何度も停車した。父親がリラックスしてジョークを飛ばすのを見るのは初めてで、ワンダはひそかにほほえんだ。最初は、とてもいい雰囲気だと感じていた。

レス叔父はミッドウェストやキャスパーの近くの油田で働いていた。一度結婚して離婚し、二人の子連れの女性と再婚した。ワンダは結婚式で義理のいとこたちと会った。変わった子たちで、彼女は好きになれなかった。ワンダより一つ年上のジェイはSFとファンタジーにはまっていて、ずっと不気味な小説を読んだり、複雑な一人称視点シューティングゲームをしたりしていた。一つ年下のティナは甘やかされていてわがままで、自分の思いどおりにいかないと地面にころがって泣き叫んだ。レス叔父が子どもたちを家に置いてきてくれてよかった、とワンダは思った。

日陰のキャンプ場に着いたとき、父親とレス叔父はテントを立てて、たき火台のまわりにローンチェアを並べた。父親がフライの竿《さお》を出して釣り糸を結び、フライフィッシング用のベストと魚籠《びく》を身につけるのを、ワンダはうっとりしながら見ていた。釣りにいくことに興奮して、父親はまるで少年のようだった。家ではあまり見せない一面——幸せそうな一面。二人がキャンプ場の近くの川へ釣りに出かけたとき、ワンダは残ったが、一時間もたたないうちに後悔しはじめた。することがなにもない。

陽光の下へ出れば日に焼けてしまう。木陰に引っこめば、蚊《か》やアブに刺されてしまう。テントに入れば、暑くてたまらない。読むものも見るものもなく、野生の花々の蜜を吸うハチやほかの虫の低い羽音以外、聴くものもない。

べたべたする虫よけを体じゅうにスプレーしながら、完璧に快適な家があるのにどうして人はキャンプに行くんだろう、と思った。

父親と叔父は日暮れの前に戻り、それぞれが小さなブルックトラウト数尾を口にひもを通して持っていた。二人は鉄のスキレットで五百グラム近いベーコンの脂《あぶら》を溶かし、それから魚を――頭も尾もついたまま――じゅうじゅうはじける熱い脂の上に並べた。そのあいだワンダは見守りながらたじろいでいた。料理しながら、二人は笑ってジョークを飛ばし、さらにビールを浴びるほど飲んだ。

ワンダは小さな魚をなんとか二尾食べ、焼かれた白い目は見ないようにした。レス叔父はカリカリの尾やヒレも食べろと勧め、塩を振ればサクサクのポテトチップみたいだと言った。彼はてのひらいっぱいに丸まった黒焦げの尾をのせて彼女に近づいてきたが、つまずいて脚が柄《え》に引っかかり、スキレットは火の中に落ちてしまった。パッと炎と黒煙が上がり、最後の魚がたき火台の中に消えた。父親と叔父は、こんな愉快なことはないとでもいうように大笑いした。彼女はここまで酔っぱらった父親を見たことがなかった。

二人から逃れるためだけに、ワンダは早々に寝袋にもぐりこんだ。手足に土がつき、肌は防虫剤でべたべたしていた。それに歯も磨かなかったし顔も洗わなかった。ひどい気分だった。

父親と叔父は火を囲んでさらに飲み、遅くまで語りあっていた。父親は気にくわない同僚について延々と話し、ひんぱんに〝くそ〟という言葉を使った。ワンダはショックを受けた。こんなに何度も、しかも軽々しくきたない言葉を使うのを聞いたのは、初めてだった。レス叔父は義理の息子のジェイを〝チビの弱虫〟、ティナを〝世話の焼ける将来の福祉手当食い〟と罵った。

ワンダは家に帰りたくてたまらなかった。

二時間後に目がさめたとき、彼女はレス叔父に強く抱きしめられて、口の中に舌を入れられていた。饐《す》えたビールとタバコの味がした。

あらがうと、さらに強く抱きしめられたが、なんとか頭の向きを変えて悲鳴を上げた。数秒後、テントの外で重い足音がして、垂れ布《フラップ》がさっと開けられた。

「レス――なにをしていやがる?」父親の声は不明瞭で濁《にご》っていた。

「なんでもない」

「なんでもないだと? いますぐ娘から離れろ」

レス叔父はワンダの体を放した。彼が片方の手を寝袋の中へ入れていたことに、彼女はようやく気づいた。腿《もも》の上の手は熱かった。引っこめながら、彼はため息をついた。

「ワンダ、ハニー、大丈夫か? すまない――椅子で居眠りしちまったようだ」

彼女はなにも言えなかった。口の中はひどい味がしたので、横を向いてテントの床につばを吐いた。

レス叔父はぎごちなくひざ立ちになってテントから這いでた。

「ごめんな、ワンダ」振りかえって言った。

そのときまで、叔父のズボンが下ろされてベルトが外されていることに、彼女は気づいていなかった。だが、よろよろと立ちあがった彼のジーンズは、足首のあたりまでずり落ちた。太い脚がたき火のオレンジ色の光に染まった。

肉に肉がめりこむ鈍《にぶ》い音がして、レス叔父は「ウッ」とうめいて後ろへひっくりかえり、テントが倒れた。テントの生地を通してふたたび彼の重さがのしかかるのを、ワンダは感じた。父親が弟を殴って蹴《け》るのをやめるまで、鈍い音と「ウッ」といううめき声が続いた。

「おまえは車で寝たらいい」父親はレスに言った。「キーはおれが持っているから、おれたちを置いて逃げたりできないぞ」

「自分がなにを考えていたのかわからない」

「もし娘を傷つけたら……」

「やってないよ！」

「ワンダ、こいつはその……なにかやったか？」父親は尋ねた。

「やってない」彼女は答えた。「でも、やる気まんまんだったと思う」

自分の上になっているレス叔父の体に、さらに殴打の雨が降りそそぐのがわかった。

ようやく、父親はレスに告げた。「起きろ」

「殴るのをやめてくれたら起きるよ、兄貴」


そのあとの夜を、ワンダは父親の隣の寝袋の中から星を見つめて過ごした。二人は壊れたテントをグラウンドシートがわりにして、草の上に並んで横たわっていた。さいわい、雨は降らなかった。星々の光があまりにも明るく強烈になったとき、彼女は目を閉じたが、まぶたのあいだから光が見えた。しばらくして父親は眠りにつき、いびきをかきはじめた。レス叔父も車の中でいびきをかいていた。

翌日、二人は起きたことを口にせず、それは二度と話題にのぼらなかった。レス叔父はまた離婚してテキサスへ引っ越していった。

そしてあれ以来、ワンダ・ステイシーは山には近づかないようにしてきた。いままでは。


闇の中の彼女の真上で、ローリー・クロスという名前の大男が言った。「リューティ、ここへ来てみろ」

サドルストリングから車で拉致されたとき、二人がたがいの名前を呼びあうのを彼女は聞いていた。

遠くで声がした。「なんだ?」

「来いよ。見せるものがある」

「いま行く」

リューティの口調は、けがでもしているように苦しそうだった。

クロスは言った。「これを見ろ」

崖っぷちの岩の上に楕円形の光が現れた。一人が懐中電灯をつけたのだ、とワンダは思った。彼らが光をもっと下に向けてこちらを見るのを恐れて、彼女は草の小道にぴったりと身を伏せた。

「地面が荒れているのがわかるか?」クロスは言った。「あの女、そこから下まで行こうとしたんだろう」

「行けたと思うか?」

「あんな太った女が? まさか。きっとすべりおりて岩にぶつかったんだ」

長い間があって、リューティは言った。「きっとおまえの言うとおりだ。ほかにどこへも行けないものな?」

「下のどこかで、ぐちゃっとつぶれたでかいしみになっているよ」

「そうだと確かめられたらいいんだが」

「あした明るくなったら戻ってこよう。死体を見つけるんだ」

「おまえは戻ってくればいい。だけどおれはとにかく小屋へ帰る。足が痛くてたまらないんだ」

一瞬、彼女は叫び声を上げようかと思った。もしかしたら、ほんとうにもしかしたらだが、彼らはロープを投げて引きあげてくれるかもしれない。死んでいるより生きているほうが、自分は彼らにとって役に立つのでは？　そもそも、なぜ狙われたのかさえいまだにわからなかったが、きっと人違いだったのだと彼女は思っていた。身代金を払えるような知りあいはいない。可能性があるのはバック・ティンバーマンぐらいだが、すごくけちだから払うのを断わるのが目に浮かぶ。そして、ほかの友だちはみんな彼女と同じく金欠だ。

そのときクロスが言った。「おまえはゲームには勝ったのに、賞品をもらわなかったぞ」そしてわざとらしく芝居がかって続けた。「ここでのわれわれの仕事は終わったようだ」「はっきりそうわかるといいけどな」リューティは言った。「おれたちのことを、あの女にしゃべられたくない」

クロスは低く笑い、懐中電灯が消えた。どうやら、話は終わったらしい。

彼女は叫ばなかった。どんな理由かわからないが、あの二人は自分を殺して消し去りたいのだ。だから、身代金目当てなどではない。二人にこんなことをさせるほど、自分が怒らせたのはいったいだれだろう、と考えた。だれも思いつかなかった。

たしかに、あの晩〈ストックマンズ・バー〉で、二人がハンサムなカウボーイ、ダラス・

ケイツとタトゥーのある女と一緒のところを見てはいた。だが、彼らとはほとんど話していない。

そのことと、関係があるのだろうか?

筋が通らない。

二人が立ち去る音は聞かなかったが、二、三分してリューティが叫んだ。「ローリー、ゆっくり歩け。追いつけない」そのあとも彼は叫んだ。「くそ! 待てよ」

ワンダは小道に背を向けて岩棚にすわり、夜の向こうを眺めた。牧場の明かりはまだ見えているが、照明のいくつかは消えている。

頭上にはあの圧倒的な星空が戻っていた。そして二十六年前とまったく同じように、目を閉じても星の光が見えた。

肩に小石が当たって、はっと頭を上げた。寒かったが、息が白くなるほどではない。それでも、太陽が上るまで彼女はひざを抱えて暖をとろうとした。結局寝てしまっていたことに驚いた。

どのくらいのあいだ眠っていたのだろう。五分? 一時間? 携帯をとりあげられていたので、時間がわからない。わかるのは、まだ暗いということだけだ。遠くの牧場の明かりは、青い一本の屋外照明以外は消えていた。その一本の照明は、眼下の黒いヤマヨモギの平原に光る小さく孤独な星のようだった。

さらに小石が落ちてきて彼女の髪の中で止まった。手を上げてつまみだしたとき、腕の裏側が気づいていなかったものに触れた。

ロープだ。そして、その端は生きているかのようにぴくぴくしている。

頭上でうなり声がして、彼女は起きあがるとすばやく左側へ動いた。さもなければ、岩棚に下りたった大きなブーツをはいた足に踏みつけられていただろう。

クロスは彼女を見てにやりとした。「いたな。もっと早く来られたんだが、ロープをとりに小屋へ戻らなくちゃならなかった」

彼女は震えながら尋ねた。「あたしを殺しにきたの、助けにきたの？」

彼は肩をすくめた。「どうするか、一緒に考えてみようじゃないか、ワンダ」

彼は月光の中に立ち、下りで荒くなった息をととのえていた。尻ポケットから突きだした拳銃の台尻が月光に鈍く光っていることに、彼女は気づいた。

「あたしに死んでほしいなら、たんにここへ置き去りにすれば低体温で死ぬでしょ。だから、生きているほうがあなたにとって価値があるんじゃないの」

「あなたがこうしたのは」ワンダはぐるっと手を振って周囲全体を示した。「お金のためね。ほかの理由を思いつかない」

「いい推測だ」

「まあそうかもな」

かすかにからかっているような口調で、快活といってもいいほどだ。彼女は気にしないようにした。

「ねえ、あたしにはたいしてお金はないけれど、あるだけあなたのものにしていい。そのロープをあたしに巻いて引きあげて、そしたら町のATMまで車で行きましょう。両親はもう引退しているの、でも銀行に多少のたくわえはある。〈ストックマンズ・バー〉の鍵を持っているし、バックの金庫の隠し場所も知っている。暗証番号はわからないけれど、あなたなら彼から聞きだせると思う。かなりの大金を手に入れられるわ、それをみんなあなたとお友だちにあげる」

「彼はおれの仕事仲間だ、友だちじゃない」ローリーは答えた。「おれには大金が入ることになっているが、金はいくらあってもいい」

彼女は肩から少し力が抜けるのを感じた。彼は提案が気に入ったようだ、たとえなぜだか大金が入ることになっているはずでも。ローリーは向きなおって小道に垂れているロープを引っ張り、どうやって彼女に結ぼうかと考えるように検分した。

「それに、あたし訴えたりしないから」ワンダは言った。「ぜんぜんなかったことにする」

「なあ」彼女のほうを見ずにローリーは聞いた。「この前の晩、バーでどの程度耳にしたんだ？」

「え？」

「おれたちがある計画を練っていたときさ。どの程度立ち聞きした？」

彼女はかぶりを振った。「なにも。野生の狩猟動物を食べることについて話したことしか、ほんとうに覚えていない。あのカウボーイにちょっと色目を遣《つか》ったわ。覚えているのはそのくらいよ」

「じゃあ、それ以外なにも聞かなかった？」

「ほんとうよ、なにも」

「だが、おれたち全員が一緒だったのをあんたは知っている」

「だからなんなの？　友だちとバーで飲む権利はだれにでもあるわ」

「仕事仲間だ」ローリーは訂正した。

「仕事仲間ね」

彼はしばらく黙っていたあと、うなずいた。「いいか、あんたをここから引きあげるというのは一つの案だ。とくに、なにも耳にしていないならな。だが、また逃げようとしたりしないと、きっちり約束してもらわないと。あんたを追って夜の半分をついやしたんだ、いまはどこにも逃げ場はないとわかっただろう？」

「わかった。約束するから。一人で外にいるのは好きじゃないの」

彼は大きく息を吸って、ゆっくり吐きだした。大きく見開いた目は星の光に輝いていた。そのせいでちょっと狂気じみて見える、とワンダは思った。

「このロープを両腕の下に巻きつけるんだ」ローリーは言った。「まず、おれが端にしっかり輪を作るから。で、先に登っていって、頂上に戻ったらあんたを引っ張りあげるけど、あんたにもがんばってもらわないと。気を悪くしないでほしいんだが、おれ一人の力で引っ張りあげるのはむりだ」

「ロープをよじ登る。あなたが楽になるように」

「いい子だ、ワンダ」

彼女はよいしょと立ちあがり、こわばった脚で彼に近づいた。

「向こうを向いて両腕を上げて、こいつを巻きつけるから」

彼女は言われたとおりにした。ロープを胸の下に巻くのか、上に巻くのか見ようと、視線を下げた。ところが、起きたことに反応できないうちにロープが頭の上に現れ、ローリーは彼女の首のまわりで輪の引き結びをきつく締めた。息がつまり、ワンダは両手でロープをゆるめようとした。

ローリーは反りかえって右足を上げ、ブーツの底を彼女の大きな尻にあてた。彼女は逃れようとしたが、勢いよく蹴られ、小麦の詰まった袋のように音もなく岩棚の端から落ちた。彼はすばやく横に動き、ワンダの体重でぴんと張ったときにロープが自分の首をこすって、けがをしないようにした。

一瞬後、ぴんと張ったロープがきしんだ。彼は手をロープにあてた。下で彼女が揺れてもがく震えが伝わってきた。

ロープが動かなくなるまでたっぷり一分かかり、彼の手はなにも感じなくなった。ロープを通じて彼女がこときれるのをじっさいに確かめられたのは、快感だったし妙に刺激的だった。彼女がもがかなくなったときは、ロープそのものが魂を失ったかのようだった。

ローリーは前ポケットから折りたたみ式ナイフを出して開き、自分の足の近くでロープを切った。重しがはずれたロープは足もとではねて巻き戻った。角氷の袋がアスファルトに落ちたようなグシャッという音が下から聞こえるまで、彼は耳をそばだてていた。

そして言った。「すまないな、ワンダ。おれは戻ってこなくてもよかったんだが、仲間が弱虫で確実にしておきたいってこだわったんだ。だから、責めるならおれじゃなくやつを責めろ」

そのあと彼は両手でロープを握り、登りはじめた。

12

二週間後、ジョーはトゥエルヴ・スリープ郡裁判所の最後列にスパイヴァク保安官代理と並んですわっていた。ダラス・ケイツの第一級殺人の公判開始に先立つ正式事実審理前審問のためだった。いつもの慣習で、ヒューイット判事はすでに過去十日間で保釈審査、予備審問、起訴認否手続きを突っ走る勢いですませていた。まるで、彼の髪に――なんなら裁判所の建物自体に――火がついているかのように。

審理前審問は、公判期日が決まり、陪審員が選ばれ、冒頭陳述がおこなわれる前の最後の段階だ。ヒューイットの法廷では審理前審問はたいていうわべだけのもので、自分の担当事件であってもジョーはめったに出廷しなかった。だが、裁判を遅らせたり棄却させたりするためにマーカス・ハンドが正式な申立て書を提出して、検察側の主張を補強する証言が必要になる場合に備え、ダルシーはジョーとスパイヴァクに同席を頼んできた。〈サドルストリング・ラウンドアップ〉の記事によれば立件は確実だとダルシーが言ったことになっているが、彼女はあきらかにマーカス・ハンドならなにをやってきても不思議はないと考えていた。ハンドが時間を要求する申立てをしなかったことにショックを受けた、自分は承諾するつもりだったのに、と彼女はジョーに話していた。ヒューイットの迅速な公判日程をハンドが歓迎しているように見えるせいで、今回はいつもより神経質になっている、と認めてもいた。

州の法医学研究所が出した結果に彼女は百パーセント満足していた。ケイツの車で見つかった血痕とファーカスの血は一致し、犯行現場にあった空薬莢《からやっきょう》とファーカスの遺体から摘出された弾は、ケイツの車から押収された二二三口径ライフルから発射されたものだという結論だった。

ローリンズの刑務所に問いあわせたところ、ダラスは仲間二人を〝ブルータス〟〝ヴィーゼル《イタチ》〟というあだ名でしか知らないと言っていたが、二人の名前はローリー・クロスとランドール・リューティであることが判明した。矯正官の話では、三人はよくつるんでいて、ほぼ同じころに釈放されたという。保安官事務所が全部署手配をかけたにもかかわらず、リューティもクロスも見つかっていなかった。

隙なし。勝利確実。

しかめつらと性急な動作のせいで、ヒューイット判事は張りつめていていつ爆発するかわからないように見える。彼はローブと興奮したいつもの表情をまとって、法廷へ入ってきた。その表情を検事や弁護士に向け、彼らを威圧してさっさとことを進めさせるのだ。判事になってもう二十一年で、ジョーは彼の法廷でのふまじめを許さない手早いやりかたに慣れていた。ローブの下で、ヒューイットはショルダーホルスターに四五口径を差しており、抜いたいのだ。壁にはまだ、一九四〇年代に描かれた西部地方史の古い絵がたくさん飾られている。騎兵隊の突撃、グリズリー狩り、インディアンの儀式、ふくよかな子どもたちを乗せた幌《ほろ》馬車。インディアンに殺された血まみれの開拓者たちの政治的に不適切な絵は、最近イエローストーン公園の絵に掛け替えられた。

スパイヴァクとジョー以外に傍聴席にいるのは、T・クリータス・グラットと、マーカス・ハンドに雇われた私立探偵ブルース・ホワイトだけだ。ホワイトは元憲兵だった。五分刈りにした白髪まじりの髪、広い肩幅、すべてを見てきたような悲しげな目。彼は被告人側テーブルの真後ろにすわっていた。ぱりっとした白いオープンカラーのシャツの上にブレザーをはおり、肉体的な強靭《きょうじん》さとプロらしい雰囲気をにじませている。

ダラス・ケイツがくつろいで見えることにジョーは驚いていた。だらけた感じで椅子の背にもたれ、ハンドとダルシーが手続き上のこまかい点について議論しているあいだ、ときどき上を向いて天井を眺めていた。こんなことは時間のむだだと思っているかのようだ。

ハンドがこう言ったとき、ダラスはやっと立ちあがった。「裁判長、最後の申立てにあたり、われわれは被告人に対する起訴をただちに取り下げ、今日の午後には彼が自由な身でここから出ていくことを要求いたします。それが地域社会に貢献することになるのです、裁判長。この起訴が取り下げられるのが早ければ早いだけ、当局はデイヴ・ファーカスを殺した真犯人の捜査に迅速にとりかかれるわけですから。ご存じのように、ほとんどの殺人事件は四十八時間以内に解決されており、そうでなければ未解決となります。しかし、無実の男の追及にすでに二週間がむだについやされております」

前にも相対したことのあるハンドの顔を、ヒューイットは目を細くしてにらんだ。うんざりした判事は尋ねた。「もちろん、あなたはそう言うでしょう。だが、根拠はなんですか？」

ハンドは立ちあがった。「根拠は、ミスター・ケイツが地元の法執行機関の罠にはめられたと、裁判長および検察に対して立証できるということです。この起訴におけるすべての証拠は、被告人が有罪に見えるように郡の法執行機関によって捏造《ねつぞう》されたものだと、われわれは立証できます。率直に申します、裁判長。法律家として三十年働いてきましたが、これよりひどい警察の違法行為は知りません」

ダルシーがさっと立ちあがった。顔は真っ赤だった。

「裁判長、無責任な発言です。なに一つ裏付けがないのに、彼は警察が最悪の行為をおこなったと非難しています」

ジョーは固唾《かたず》を呑んだ。ヒューイット判事が言ったように、ほぼすべての弁護人が公判の前に起訴の取り下げを申し立てる。だが、ハンドの力強い弁舌とそれに対するダルシーの反応は、なにか深刻な事態が起きていることを示していた。

ダルシーは発言をあわただしく書き留めているグラットを横目で見て、それからヒューイット判事に視線を戻した。「被告人側は、地域社会にかかわるもっともらしい訴えで、前もって陪審団に先入観を与えようとしています。彼はまた、誠実《オネスト》な法執行官の評判を傷つけようとしています」

「誠実な法執行官?」ハンドは軽蔑するような低い笑いをもらした。「ほんとうに? この訴訟手続きにおけるある特定の証人の唯一誠実な点は、被告人を陥《おとしい》れるという彼のあけす《オネス》け《ト》な目的であると証明する用意が、被告人側にはあります」

ジョーは不安な気持ちで右から左へ体重を移した。ハンドが自分と証拠のすべてを攻撃してくる——それがマーカス・ハンドのやりかただ——と確信していた。しかし——

「法廷に証明します」ハンドは百八十度向きを変え、ゆっくりと手を上げて指さした。「トゥエルヴ・スリープ郡保安官事務所の保安官代理、レスター・スパイヴァクがみずからの権限を用い、被告人が殺人罪で起訴されるよう、意図的に仕向けたということを」

ジョーはスパイヴァクに向きなおった。保安官代理の顔は蒼白で、目は大きく見開かれていた。彼は激しくあごを動かし、歯がこすれあう音がジョーに聞こえたほどだった。

「裁判長」ダルシーが言った。「裁判長席に行ってご相談してよろしいですか?」

「双方とも」ヒューイットは人差し指をハンドとダルシーに向けた。「すぐここへ来るように」

家族がサドルストリングを出てから、ジョーは二度ジャクソンの北にあるハンド邸を訪ねていた。毎晩メアリーベスとは話し、昼間はたがいにメールで連絡をとっていたが、彼は家族が恋しかった。しかしながら、正直なところあまりにも忙しく、もし家族が自宅にいてもほとんど会えなかっただろう。十一月上旬からは、担当地区のさまざまな場所で四種類の大型狩猟動物の狩りが解禁になり、活況を呈《てい》する――シカ、エルク、ムース、熊。夜明けの一時間前から日没後二、三時間過ぎるまで、彼は野外にいた。

二晩だけ、夕食が厚切りのステーキとビールだったときには、ジョーは思いがけない独身生活を楽しんだ。野菜や副菜のことを気にせずに食事ができたからだ。そのあと、帰宅すると毎晩家はどんどんからっぽになっていくように思えた。遠く離れた家族をこの手で守れないのをうしろめたく感じた。なぜなら、それこそが自分にとってもっとも大切なことであり、生きている理由だからだ。そして、メアリーベスと娘たちが安全のために、よりによってミッシーのところに逃げこむことになった結果に、憤《いきどお》りを感じていた。おかげで苦痛はさらに増した。

家の主導権を握ったデイジーでさえ、元気がなかった。家族を恋しがっているようで、ラブラドールとコーギーの雑種犬チューブも同様に意気消沈していた。

狩猟シーズン中の担当区域と、ミッシーやマーカス・ハンドが暮らすフェンスで囲まれたセレブ用ゲーテッド・コミュニティは、対照的だった。ほこりと血と木立に吊るされた死骸《しがい》とウィスキーを勧めてくれる不精ひげのハンターたちの世界から、住民が車で通るときには庭師や造園家が木陰へ身を隠すように指示されている、優雅でほぼ音のない異世界へと、ジョーは行くことになる。

制服の警備員がミッシーに電話して入場許可をもらうまで、ジョーは入口で待っていなければならない。毎回、ミッシーは自分の意図があからさまになるまで許可を出さず、彼を待たせた。

ゲートが開くと、ジョーは泥だらけの四輪駆動車を真っ黒なアスファルトの道に乗りいれ、ごみ一つない構内を通るのだが、目に入る車はレンジローバー、メルセデス・ベンツ、BMWのSUV——あるいはゴルフカートだけだ。グランド・ティートン山脈がトラの歯のように西の地平線に切り立っている。東側にはグローヴァント山脈、南側にはホバック山脈が位置し、北側にはグランド・ティートン国立公園とイエローストーン国立公園がある。

ハンドの家はスネーク・リヴァー・ドライヴにある不規則にのび広がった平屋建てで、寝室七つ、バスルーム六つを備え、天然の川石で造られている。贅《ぜい》を凝《こ》らし、洗練された邸宅の内部は、典型的なジャクソン風ニュー・ウェスト成金《ヌーヴォー・リッシュ》趣味スタイルだ。ワンルームの大きな居間はカテドラル型天井で、エルクの角でできたシャンデリアが吊るされ、跳ねるマスのブロンズ像が飾られ、壁にはフライフィッシングのオリジナル絵画が掛けられている。タイルの床にはナヴァホ族伝統工芸のラグが敷かれている。

生まれて初めて、娘たちはそれぞれに寝室、バスルーム、外に出られるパティオがあてがわれた。ジャクソンホールも家族の一時的な住まいも好きにならないと決めていたエイプリルでさえ、その安楽な豊かさに屈した……最初の一週間は。

二週目には、娘たちはみんな退屈して落ち着かない気分だ、とメアリーベスは話した。もっと言えば、ミッシーの彼女らしくないひっきりなしの魅力攻勢をだんだんうさんくさく思いはじめている、と。メアリーベスによれば、娘と孫たちに囲まれて過ごすという生涯の夢がとうとうかなったかのように、ミッシーはふるまっているという。かつては、〝おばあちゃん〟の気持ちになるには自分は若すぎると宣言し、娘たちが小さかったころにはそのいまいましい言葉をぜったいに使わないように、と戒《いまし》めていたミッシーがよ、とメアリーベスはジョーに語った。

いらだちと退屈の結果、ジャクソンホールが秋の観光シーズン真っただ中に突入したこともあり、エイプリルは狩猟キャンプで馬の世話係兼臨時料理人としてアルバイトを始めた。シェリダンはおしゃれなタイ料理屋で接客係として働きだした。ルーシーの学業が遅れないように、メアリーベスは教師たちに頼んで課題をメールとテキストメッセージで送ってもらうように手配した。親子は何度か入院中のジョイ・バノンの見舞いにパウエルへ行った。メアリーベスの話では、ジョイは順調に回復しているとのことだった。

ていなかった。

だが、この新しい暮らしに全員がもう飽きはじめていた。そしてジョイを襲ってシェリダンに近づこうとした女は、目撃情報もなければ逮捕もされていなかった。

サドルストリングを望む丘の墓地でおこなわれたデイヴ・ファーカスの葬儀に来たのは、七人だけだった。ジョーのほか、長老派教会の牧師、葬儀屋、元妻と連れだったコットン・アンダーソン、お得意の客に敬意を表しにきたバック・ティンバーマン、そしてデイヴの妹のブルーミー。彼女は色の濃いサングラスで表情を隠し、式のあいだ何本もタバコを吸っていた。このときまで、ファーカスに妹がいたのをジョーは知らなかった。

牧師はファーカスに会ったことがなかったので、短い頌徳《しょうとく》は月並みなものだった。最後には、風が強まって聖書のページがあおられ、引用箇所を追うのがむずかしくなったため、牧師は急いで締めくくった。

ジョーは上着を着てネクタイを締め、高価な〈ステットソン〉の黒のカウボーイハットをかぶっていた。帽子はぴったりフィットしていたので、突風にも飛ばなかった。内側の汗止めバンドには、〈わがカウボーイ偵察員ジョー・ピケットへ、ワイオミング州知事スペンサー・ルーロンより〉と記されている。前知事から彼への別れの贈りものだった。

葬儀と少ない列席者に、ジョーは悲しい気持ちになった。牧師と葬儀屋を除けば半ダースにも満たないとは？　六十年の生涯で、ファーカスはここでもほかの場所でも多くの人々とかかわったはずだ。ファーカスをもっとよく知っていたら、とジョーは思い、何度も彼を罵ったことを悔やんだ。

牧師が聖書を閉じてきびすを返し、自分のピックアップへ歩きだしたとき、ブルーミーがジョーに近づいてきた。タバコの吸いすぎでかすれた声で、彼女は言った。「あなたが来てくれてデイヴはうれしいと思う。彼、あなたのことほめちぎっていたから」

「そうですか？」

ブルーミーはうなずき、タバコの先端から黒いドレスの肩に灰が飛んだ。「会うたびに、彼はあなたたちが一緒にやってきた冒険のことを話していたの。激流に流されたとき、あなたに命を救われたって。それから、あなたのお父さんの遺灰を車から回収したときも一緒だったって」

「両方ともほんとうです」ジョーは言った。二つの出来事を思いかえすと、ファーカスと一緒に——一種のチームのように——やったという意識はまったくなかった。ジョーの記憶では、ファーカスはただそこにいただけだった。そして、とるにたらない、いらいらさせられる存在だった。ファーカスがそんなふうに記憶していたことをジョーはうしろめたく思い、自分は小さな人間だと感じた。

「あなたはいい人だって言っていたわ」

なんと答えていいか、ジョーにはわからなかった。

「兄がときどきとんでもないばかだったのは残念よ」彼女は続けた。「そうでなければ、もっと大勢の人が葬式に来たかもしれない」

そう言うと、彼女はかぶりを振って枯草の上を自分の車へ向かった。

山にハンターが増えているせいで密猟グループは活動を一時停止しているのではないか、とジョーは考えていた。最近は新しい目撃も情報も手がかりもなかった。

キャンベル郡の猟区管理官リック・イーウィグはトゥエルヴ・スリープ郡の白のサバーバンも調べ、約一万三千平方キロメートルのあちこちに十二台が登録されていることがわかった。ジョーは日々の仕事が忙しすぎて全部を当たれなかったが、タイヤの溝《みぞ》が現場の証拠と一致しないか、車の所有者が無関係かで、そのうちの三台を除外できた。

ダラス・ケイツの件について、ジョーはリード保安官から鑑識の結果とDNA鑑定の結果がダラスの有罪を裏付けたと聞いており、ダルシーは裁判の開始をじりじりして待っていた。

きのう、ヘイゼルトン・ロードの近くのエルク・キャンプを調べていて携帯の圏外にいたとき、ジョーはワイオミング州知事コルター・アレンのオフィスから折り返し電話をくれという伝言を受けとっていた。スペンサー・ルーロン知事の後釜となった男から連絡をもらったのはそれが初めてで、いったいなんの用事なのか、彼にはさっぱりわからなかった。先任者と同じように、どうやらアレンは最初にジョーの上司を通さず直接本人に連絡することにしたらしい。

ジョーが折りかえしたのは午後六時過ぎで、知事のオフィスはもう時間外になっていた。あしたの朝は出廷するが午後はあいている、と伝言を残した。

だが、それはマーカス・ハンドが起訴はただちに取り下げられるべきだと申し立てる前のことだった。

ハンド、ダルシー、ヒューイット判事の協議は長く白熱したものだった。主張を明確にしようとダルシーが腕を振り、マーカス・ハンドがぶたれるのではないかと恐れるようにあとじさるのを目にして、ジョーの驚きは深まった。ヒューイット判事に対するハンドの話しぶりは冷静だが真剣だった。一度ならず、ハンドはこちらを向いてジョーの隣にすわっているスパイヴァクを見た。

「どうしたんだろう？」ジョーは保安官代理に聞いた。「あんたはなにかすべきでないことをしたのか？」

スパイヴァクは答えずに、すばやく首を振った。その答えにかかわりたくないかのように。

ジョーはみぞおちに冷たいものが湧きあがるのを感じた。

協議が終わると、ダルシーはカスタネットのようにヒールを鳴らして席へ戻り、そのあいだずっと飛びかかりそうな目でスパイヴァクをにらんでいた。トラブルだ、とジョーは悟った。

13

「弁護側は証人としてブルース・ホワイトを呼びます、裁判長」被告人側テーブルに戻ったあと、ハンドは言った。

審問が裁判長の前でおこなわれていて陪審員がいないとき、ハンドのやりかたが異なることにジョーは気づいた。より冷静で、メモを参照できるように一ヵ所から動かない。ところが、陪審員を前にすると、〝八パーセント理論〟――したたかな説得力によって、証拠があるにもかかわらず、陪審員の少なくとも一人に被告人の無実を確信させる――を完成させた弁護士は見る者を魅惑する存在となる。

ホワイトは気をつけの姿勢でさっと立ちあがり、スイングドアを通って証人台へ向かった。彼が宣誓しているあいだ、ダルシーは椅子の上でゆっくりと向きを変えてふたたびスパイヴァクをにらんだ。

「レスター……?」ジョーはまた尋ねようとした。

「いまはだめだ」スパイヴァクはぴしゃりと言った。

ホワイトが宣誓を終えて身元とマーカス・ハンドに雇われていることをあきらかにしたあと、弁護人はサドルストリングに着いてからの彼の行動、とくに一週間前トゥエルヴ・スリープ郡保安官事務所を初めて訪ねたときのことを話すように求めた。

ホワイトは胸ポケットから現地調査の記録メモを出して開いた。「十一月十日の午前十時三十分、わたしはノース・メインにある保安官事務所に入りました。保安官は外出中でしたが、わたしは私立探偵免許証を当直係官に見せて、証拠品ロッカーを調べていいかどうか聞きました。そのあいだずっと自分に付き添ってくれてかまわないと言いましたが、その保安官助手は許可できないと答えました」

ダルシーがホワイトの反対尋問でまず繰りだすはずの質問を予期したように、ハンドは言った。「あなたはなぜそんなに早く保安官事務所に狙いを定め、証拠保管室を調べたいと言ったのですか？」

「われわれのオフィスに——あなたのオフィスですが、つまりは」ホワイトはかすかに微笑した。「匿名《とくめい》の告発電話があったのです。何者かが受付係に、依頼人ははめられたと話しました。この人物は、証拠保管室からなにが紛失しているか突きとめろ、そうすればほかのすべてはおのずから明らかになると言いました」

ハンドはあごをさすった。「では、匿名の通報者はこの殺人事件の内部情報を持っているようだったということですね？」

「わたしの結論はそうです」

「電話してきたのは男性ですか、女性ですか？」

「受付係は、若い女性のようだったと言っていました……」

「異議あり」ダルシーが立ちあがった。「これは伝聞証拠です。ミスター・ホワイトは匿名の通報者と直接話をしていません」

ヒューイット判事は彼女の言い分を退《しりぞ》けた。「これは審理前審問ですから許可します」

ダルシーはため息をついて腰を下ろした。

「ありがとうございます、裁判長」ハンドは感謝し、ホワイトに向かって尋ねた。「では、保安官事務所に着いたあと、あなたは次になにをしましたか？」

「証拠保管室に入れてもらえなかったので、記録を見せてもらえないかと聞きました。その記録は、訴訟手続きのために、法執行官もしくは裁判所職員が証拠とタグ付けされたものを調べたり持ちだしたりするとき、入退室時に記名するものです。公開されている記録です」

証人席のホワイトはなかなかのものだ、とジョーは思った。真摯《しんし》できちょうめんで、正確に答える。

ハンドは尋ねた。「入退室記録で、本件ととくに関係のありそうなものを見つけましたか？」

「はい」

「なにを見つけました？」

「十月三十一日の真夜中に――ハロウィーンの夜です――レスター・スパイヴァク保安官代理が当夜の責任者のシフトが終わる数分前に、証拠保管室へ入っていました」

「スパイヴァク保安官代理の目的は記録に書かれていましたか？」

「いいえ」

ジョーは息を止めた。

ハンドは尋ねた。「あなたの経験上、それは異例ではありませんか？」

「はい、異例です」

ダルシーはすわったまま異議を唱えた。「裁判長、ミスター・ホワイトが、当地の保安官事務所の内部手続きについてくわしい知識を持っているはずはありません。彼はたんなるビジターでした」

ハンドはファイルから記録を撮った写真を出し、コピーをヒューイット判事、ブルース・ホワイト、ダルシーに渡した。ダルシーはコピーを熟読し、はっきりと聞こえるため息をついた。

「そこになにが写っていますか、ミスター・ホワイト？」

「権限のある人間が証拠を調べる、あるいは回収するために保管室へ入った何ページもの記録が写っています。彼らが探している証拠品は、付けられているタグの番号と証拠品の内容によって参照できます」

「そして十月三十一日にスパイヴァク保安官代理が記した入室記録によれば、彼が探していた証拠の番号は何番ですか？」ハンドは尋ねた。

「その欄に記載はありません。証拠品の内容はありません」

ジョーは目を細めた。ハンドがなにをめざしているのかよくわからなかったが、ダルシー、判事、そして無頓着《むとんちやく》な様子のダラス・ケイツはあきらかにわかっている。また、スパイヴァクもわかっているようだ。

「では、スパイヴァク保安官代理が保管室を出たのはいつですか？」

「それは特定できません」ホワイトは答えた。「責任者の保安官助手がシフトを終えたあとのことで、スパイヴァク保安官代理は退出を記録していないのです」

「それもまた異例では？」

「裁判長」ダルシーが声を上げたが、口調からは熱意が失せていた。「これについても、ミスター・ホワイトは――」

ハンドはさえぎった。「ミスター・ホワイト、目の前のページを見て、だれかが証拠保管室へ入って記録せずに退室した例は一つでもありますか？」

「ありません」

「異議を却下します」ヒューイットはきびしい声音でダルシーに告げた。

ジョーはヒューイットの顔を観察した。怒っているようで、まぶたはどんどん垂れぎみになっていく。だが、彼が怒っているのは弁護側に対してではない。

「その日の記録の矛盾に気づいたとき、あなたはどうしましたか？」

「なくなっているものがあるかどうか、保管室の証拠品一覧表と突きあわせてもらえないか、と責任者に頼みました。彼はやりたがりませんでしたが、わたしが公式の要請によってこの法廷で証言することになっていると話すと、突きあわせを始めてくれました」

「あなたの頼みを保安官は知っていましたか？」

「わかりません。知っていたとしても、止めませんでした」

「スパイヴァク保安官代理はあなたの頼みを知っていましたか？」

「それもわかりません」

「では、責任者が一覧表との突きあわせを終えるのにどのくらい時間を要しましたか？」ハンドは聞いた。

「けさ結果を受けとったばかりです」ホワイトは答えた。

「では、一週間ですね。長い一週間だ」ハンドは失望してかぶりを振った。

「いまのは質問ですか？」ヒューイットは怒りのこもったささやき声で尋ねた。

「いいえ、裁判長。たんなる感想です」

「パフォーマンスを披露する相手の陪審員はいません、ミスター・ハンド。感想を述べるのはわたしの法廷以外にしていただきたい」

ハンドは謝罪のおじぎをしたあと、ホワイトに尋ねた。「責任者は、保管室から証拠がいくつなくなっていると報告したのですか？」

「二点です」

「二点だけですか。では、あなたがこれまでのキャリアで見てきたいくつかの証拠保管室とは違い、行方不明の証拠がたった二点というのは、かなり立派なものですね？」

「はい」

「さて、教えてください、行方不明の二点はなんでした？」

ホワイトはまた自分のメモを参照したが、そうしたのは記憶を呼びおこすためというよりも、効果を狙ってではないか、とジョーは思った。

「なくなっていた一つ目の品は、証拠品タグ番号０７０７１９０００１５－Ａ。この番号の証拠は二〇一五年七月七日の午後七時に保管されています。同じ識別番号のほかの品もありますが、それらは０７０７１９０００１５－Ｂ、０７０７１９０００１５－Ｃなどとなっています」

「なくなった０７０７１９０００１５－Ａの証拠は、一覧表ではなにになっていますか？」

ジョーはまた息を止めた。

「０７０７１９０００１５－Ａは二二三口径スミス＆ウェッソンM&P15ライフルです」

ジョーは息を吐いた。ダラス・ケイツが逮捕された日に車から押収されたのと同じライフルだ。胸にずんと一発くらったような気がした。

「シリアルナンバーは?」ハンドは尋ねた。

「報告によれば、シリアルナンバーはやすりで削《けず》りとられていました。そのライフルはある麻薬事件で車のトランクから押収されましたが、裁判では使われなかったようです」

「その麻薬事件を担当した法執行官はだれですか?」

ホワイトは法廷の後ろのほうをあごで示した。「記録によれば、スパイヴァク保安官代理です」

「あなたが記録を見て、スパイヴァク保安官代理とそのライフルに関係する事項でほかに気づいた点はありますか?」

「はい。目の前の記録のコピーをご覧のみなさんはお気づきと思いますが、スパイヴァク保安官代理は十月の第一週にもその二二三口径を借りだしています。彼は三日間ライフルを所持したあと返却したと記録されています」

ハンドは間を置き、ホワイトの発言の意味を全員に浸透させた。

その意味にジョーは最初混乱し、やがて理解した。スパイヴァクはライフルを借りだし、間違いなく発砲したのだ。おそらく警察の射撃場で。法執行官が、銃を替えて試したり訓練したりするのはそうめずらしいことではない。スパイヴァクが二二三口径を発射したとすると、排出された薬莢を拾っておけば、殺害現場にばらまくこともできた。

「あなたは行方不明の証拠が二点あったと言いました。二点目はなんでしたか、ミスター・ホワイト?」

ふたたび、彼は必要もないのにメモを参照した。「二点目は、八月に飲酒運転で逮捕された人物から採取された血液サンプルでした」

「血液サンプル?」ハンドは芝居がかった口調で言った。「血液の入ったガラス瓶のようなものですか?」

ダルシーは異議を申し立てるべきだ、とジョーは思った。なぜなら、見ていない容器についてホワイトが証言できるはずはないからだ。だが、彼女は申し立てなかった。

「そうだと思います」ホワイトは答えた。

「そして、そのサンプルはだれのものでしたか、記録によると?」

「デイヴィッド・M・ファーカスです」

ダルシーはすわったまま前のめりになり、頭がテーブルに当たりそうになった。ジョーの呼吸はあえぐように浅くなった。

ハンドは続けた。

「ミスター・ホワイト、今日あなたは法廷に興味深い人工物を持ってきていますね?」

「少なくともわたしは興味深いと考えています」ホワイトは穏当に答えた。

「持ってきたのはなんですか？」ハンドは聞き、それからダルシーが異議を申し立てる前にヒューイット判事に言った。「これらはまだ証拠として提出しておりません、裁判長。見つかったばかりなのです。必要ならもちろん正式に提出しますが、必要ないのではないかと考えます」

「人工物ですか？」ヒューイットは皮肉な口調で言った。

「見せてください」ハンドはホワイトをうながした。

ブルース・ホワイトは椅子の背に寄りかかって前ポケットに手を入れ、丸めた白い封筒をとりだした。ハンドに開けるように言われるまで待ってから開けた。

三つの小さな金属が、封筒からホワイトの左のてのひらに転がりでた。

「それはなんでしょう？」ハンドはまた芝居がかった口調で尋ねた。

「弾丸です」

「どのような銃から発射されたものですか？」

「専門家としての意見を述べさせていただければ、二二三口径の銃です」

「それをどこで見つけましたか？」

「トゥエルヴ・スリープ郡保安官事務所の射撃場の砂袋から掘りだしました。発見された場所は、保安官と保安官代理のために確保された特定の区画です。分析にまわす時間がありませんでしたが、これらは問題の二二三口径スミス＆ウェッソンＭ＆Ｐ15ライフルから発射されたと推測されます」

「じつに興味深い」ハンドは言った。「じつに好都合だ」

ジョーは首をまわしてレスター・スパイヴァクの横顔を見つめたが、彼はこちらへ視線を向けなかった。

ダラス・ケイツに対するすべての起訴を取り下げるべきだとハンドが論じるのを、ジョーはぼんやりと聞いていた。ヒューイット判事がブルース・ホワイトへの反対尋問をおこなうかどうかダルシーに尋ねたとき、ジョーは顔を上げた。

あきらめのため息とともに、ダルシーは答えた。「裁判長、証人への質問はありません」

ヒューイットはハンドに向きなおり、続けるように命じた。

「裁判長、検察側のすべての起訴内容は——弁護側に知らされていない秘策が彼らにないかぎり——煙となって消え失せました。検察側の主張は、三本脚のスツールの上に構築されており、そのスツールはいま倒れました。

一本目の脚は、デイヴ・ファーカスを殺害する動機を確立するために、彼が殺される前の晩、氏名不詳の仲間と一緒に被告人があるバーにいたと断定したことでした。残念ながら、それを立証するはずのバーテンダーは姿を消し、検察側が用意した証人リストには載っておりません。

二本目の脚は銃――二二三口径スミス&ウェッソン・アサルトライフル――で、殺害現場に空薬莢を残し、ミスター・ファーカスの遺体に弾を残しました。そのライフルは、のちに食料品店から家へ戻る途中の被告人の車から奇跡的に発見されました。銃を見つけたのはだれか？　スパイヴァク保安官代理です――前もっていわゆる凶器の銃を〝借りだし〟、保安官事務所の射撃場で撃っていた人物、そして独立記念日のパレードのキャンディのように殺害現場に空薬莢をばらまき、ミスター・ファーカスの遺体の傷口にライフルの弾を押しこむ機会があった人物です。このスパイヴァク保安官代理は、保安官事務所のスタッフのシフトをよく知っており、自分が借りだした証拠品を記録せずこっそり保管室に出入りできた人物です。

スツールの三本目の脚は、血液サンプルでした。デイヴ・ファーカスの血液は被告人の車の内側と外側から発見されました。ミスター・ファーカスの血液サンプルは、スパイヴァク保安官代理と彼のチームが殺害現場へ行く前の晩に証拠保管室から持ちだされていたことが、いまはわかっています。被告人が偽りの口実で拘束され、殺人罪で逮捕されたとき、血液が都合よく使われたのは間違いありません」

ハンドはテーブルに身を乗りだし、銀髪の頭を振りながらよく響く低い声で続けた。「裁判長、スツールはないのです。被告人に対する起訴内容は存在しません。今日判明した事実に照らせば、トゥエルヴ・スリープ郡の善良な納税者に、被告人への誤った告発を続けさせる金を支払ってほしいとは、あなたもおっしゃらないはずです」

ヒューイットが小槌《こづち》を強くたたきつけて柄が折れたとき、ジョーはびくっとした。

「もううんざりです」判事は叫んだ。「審問を終わります」

彼は立ちあがり、ダルシー、スパイヴァク、ジョーを指さした。

「ミス・シャルク、ミスター・ピケット、そしてスパイヴァク保安官代理、三人とも五分後にわたしの部屋へ来てください」

そしてダラスに言った。「あなたは自由です。だが、わたしの郡から出ていくことになったら、閉まるドアに尻をぶつけないように」

ダラスは判事にうなずき、親指二本を立ててみせた。

そのあとすわったままゆっくりと向きを変え、ジョーにウインクした。

ハンドは言った。「裁判長、わたしもあなたの部屋にうかがわなくてよろしいですか？これは検察側との不適切で一方的な話しあいでは？」

ヒューイット判事は向きなおってハンドをにらみつけ、ヘビの閉じた目のようにまぶたを垂らした。

「どうやら、わたしは家に帰るほうがよさそうだ」ハンドは言った。

「それがいいでしょう」ヒューイットは怒りをこめた低い声で答えた。

14

同じころ、ビッグホーン山脈の東面で、ネイト・ロマノウスキは前方の空中にロープ一巻きを投げながら「ロープ！」と叫んだ。ロープは視界から消えた。これほどへんぴな場所には人っ子一人いないとわかっていたが、特殊部隊での訓練はなかなか抜けず、警告を発したのだ。

トウヒの古木二本の幹に構築しておいた支点《アンカー》につなげたカラビナを、彼はダブルチェックした。それから、自分のクライミングハーネスにつけた確保器《ビレイデバイス》を通して輪にしたロープを、そのカラビナにかけた。腰に近い位置でロープを右手でつかむと、崖の端から後ろ向きに下降を始めた。

ネイトは秘められた特殊部隊の過去を持つアウトローの鷹匠《たかじょう》で、十年以上にわたってピケット家とかかわってきた。そしてまた、需要に応えるためにもっと多くの鳥をぜがひでも必要としているタカ狩りサービス、〈ヤラク株式会社〉の共同所有者でもあった。実戦に備えて訓練するタカたちをもっと増やさなくてはならないのだ。

そういうわけで、タカ狩り用の袋を肩にかけてけわしい花崗岩の壁を懸垂下降している。

袋の中には、自分で考案した〝ドゥガザ〟（インディアンが用いた伝統的な罠）式のタカ用罠五個、罠を設置するための固定装置とボルト、おとりとして静かにさせておくためにアスレチックテープで動けないようにした、生きたハト数羽が入っている。

罠は、三十ポンドの〈ダクロン〉の釣り糸を約一メートル四方の大きさで網状に結び、丸めたものだ。広げて固定用の棒かボルトのあいだにぴんと張ると――ばたつくハトをひもで前面に吊るして――罠はハヤブサを誘いこんで釣り糸にからめとる。

このあたりにはソウゲンハヤブサがたくさん生息していることをネイトは知っており、崖の表面に白い糞《ふん》も見ていた。以前、ともに狩りをするためにここで何羽か罠にかけたことがある。自分の〝空軍〟と呼ぶ部隊を完成させるには、少なくともあと三羽の若いタカが必要だった。

袋を重くしているのは、ホルスターにおさめたフリーダム・アームズ四五四カスール五発装塡《そうてん》リボルバーだった。

万が一ということもある。

去年、謎の連邦組織のためにワイオミング州レッド・デザートで遂行した任務の結果、連邦政府がネイトにかけた容疑はすべて抹消されたので、彼は恋人で共同所有者のリヴ・ブラナンとともに〈ヤラク株式会社〉を本格的に始めていた。二人とも、会社があっというまに軌道に乗ったことに驚いていた。

〈ヤラク〉は害鳥駆除を業務としており、ネイトとタカたちは有害生物を追いはらうために雇われる。ムクドリ、ハト、カモメ、その他の問題のある鳥たちを恐れさせるのは、高速で空をよぎるタカしかいない。

餌《えさ》にされる種——害鳥、猟鳥、ヘビ、大小の齧歯類《げっしるい》——は生まれつき、空を舞うタカの影は命にかかわると知っている。その脅威はＤＮＡに組みこまれているのだ。

しばしば、被食者は攻撃されるまで狙われていることに気づかない。飛んでいるソウゲンハヤブサは時速三百二十キロ以上のスピードで雲から降下する、自然界で最速の生きものだ。だから〈ヤラク株式会社〉が到着してタカを飛ばすと、有害な種は賢くも姿を消す。

収穫の前にやっかいな鳥に作物を食べられないように、遠くオレゴンやカリフォルニアの農場主やワイン醸造家《じょうぞうか》からも、ネイトたちにお呼びがかかった。野生のガンを追いはらうためにゴルフ場から依頼が来ることもある。精油所や廃棄物処理場の持ち主は故障しやすい設備に巣を作る鳥たちを追いはらおうと、〈ヤラク〉に金を払う。デンヴァーの大型アミューズメントパークは、ハトが客たちの頭の上に糞を落とさないようにネイトたちを雇った。

ネイトの空軍はモモアカノスリ二羽、ソウゲンハヤブサ四羽、ハヤブサ七羽で構成されている——ほかにも三人の鷹匠とパートタイムで契約している。

リヴが帳簿つけと事務処理とマーケティングを担当し、ネイトが現場の仕事すべてをとりしきる。残念なことに、リヴはマーケティングの名手で二人の仕事は引く手あまたなので、ネイトはくたくただった。だから、もっと鳥が必要だった。

無法の世界から足を洗ってまじめに働けば報《むく》われることを、ネイトは知った。ほんとうに久しぶりに、盗聴対策が施されていない電話からかけ、旅客機に乗り、あらゆる建物に設置されている監視カメラの目を心配せずにすんだ。そして、これまで個人としてやってきたことを職業としてやるようになった。つまり、訓練し、飛ばし、狩りをするのに最高の生きものとパートナーを組むこと。

だが、変化にはマイナス面もあった。つねに移動し、携帯はかならず電源を入れて手の届くところに置いておかなければならない。タカたちは戸外の禽舎《きんしや》で暮らすのではなく、高窒《こうちつ》素《そ》の糞の臭う改造パネルヴァンであちらからこちらへと運ばれている。ネイトは慣れないベッドで寝るのが好きではなかった。もう何ヵ月も友人のジョー・ピケットと話していないし、タカ狩りの弟子であるジョーの娘シェリダンに教えてもいない。リヴとさえ、ビジネスと次の仕事の話ぐらいしかしていない。

彼はリヴと一緒にいて、あのねっとりしたハチミツのようなルイジアナ訛《なま》りを聞き、全身に浴びたかった。ところが、彼女はいつも携帯電話の向こう側にいる始末だ。

そしてなによりも、孤独と、周囲の自然界との生気にあふれてゆったりとしたつながりを、ネイトは失ってしまった。仕事をして過ごす一日ごとに、それがいつのまにか消えていくのが感じられた。かつての自分は太陽、星、風、野生動物、川と調和していた——いまは世間に戻り、文明生活に戻ってしまった。

また、脚の下を流れる川を見ながら木の枝に全裸ですわっていたい。プロングホーンやほかの大型狩猟動物が寄ってきて、次の食事の機会を提供してくれるのを待ちながら、静かに泉のほとりにすわっていたい。

そしてなんといっても、死んだほうが世の中のためになる人間を殺す自由がなつかしい。彼の生活は人間の駆除から鳥の駆除になってしまった。だが少なくとも、連邦刑務所に一生閉じこめられることはもうない。

崖から五メートル近く下で最初の罠を広げる前に、ネイトは眼下の谷間を確認するためにゆっくり回転した。

ひんやりした雲一つない日で、はるかかなたまで見通せた。峡谷地帯の谷間の雑木林はすでに真っ赤に染まっていた。黒いマツの森の中にところどころあるアスペンの木立は、黄色く輝いている。地平線の遠い山々の稜線《りょうせん》は早くも冠雪《かんせつ》していた。

圧倒される光景。広大で、非情だ。そして、彼がいまよく仕事をしている手入れの行き届いたゴルフコースやワイナリーとは、あまりにも違う。

満足すると、彼はゆっくりと向きを戻し、回転を止めるためにブーツの先を花崗岩につけた。作業にとりかからなければならない。フレームを組み立て、釣り糸の罠をぴんと張り、岩壁に角度をつけて固定した。袋から縛ったハトを出し、足緒の片端をハトの足に、片端を罠のフレームに結んだ。それからおとりのハトのテープを歯ではがし、拘束を解いた。ハトは狂ったように羽ばたいたが、飛んでいくことはできない。その動きが上空遠く離れた捕食者の注意を引く。

終わると、ネイトは命をくれるハトに感謝し、十メートルほど下で五メートルほど右寄りの、次の仕掛け場所へ移動した。

〝ドゥガザ〟式の罠はきわめて効果的でしっかりとタカを捕える。じっさい、効果的すぎるので六時間ごとに調べにいく必要がある。罠にかかったタカが釣り糸から自由になろうとしてけがをしたり、鷹匠が戻ってこないまま餓死《がし》したりしてはならない。

そんなことが起きたら、タカばかりか自分を裏切ることになるとネイトにはわかっていた。そして、このような猛烈なペースで〈ヤラク株式会社〉を続けていく価値があるのかどうか、真剣に考えなければならなくなるだろう。

三番目の罠を固定し、ロープが許すかぎり遠くまで絶壁を左側へ移動したあと、ネイトははるか下方に動きを感じて肩ごしに一瞥《いちべつ》した。

一般的に野生動物は彼らの上にロープでぶらさがっている人間に対して、川を下るドリフトボートに対するのと同じ反応をする。気にかけないのだ。地上の潜在的脅威にはきわめて敏感なのに、上方については無頓着になる。崖を懸垂下降しているとき、ネイトはまさに捕食者なのに。

一度ならず、彼は森で寝ているエルクの群れのど真ん中に降りたったことがあるし、あるときなど夢うつつの牡《おす》のムースの背中に乗ったことがある。

だが今回、動いていたのは六羽の大きなカラスだった。下方の岩の周囲を歩きまわり、重なりあい、いらだったようにたがいを突きあい、車ほどの大きさの岩二つのあいだにはさまれているなにかにすっかり気をとられている。

ネイトは理屈もへったくれもなくカラスが大嫌いだった。タカを愛するのと同じ深さでカラスを憎んでいた。自分の嫌悪感をリヴに説明しようとしたところ、きっと子どものころにでもカラスにひどい目に遭ったのよ、と彼女は言った。なんなのかわからないが、カラスが集まるところには餌になる腐肉があることを、彼は知っていた。

懸垂下降してそこへ近づいた。ごく近くまで下りたので、青黒い羽や艶《つや》のないとがった黒のくちばしや小さく邪悪な目まで、はっきりと見えた。

「どけ」ネイトはどなった。

大きな岩の上に彼のブーツがつくとようやく、カラスたちは飛びたった。だが遠くへは行かなかった。一つの群れとなって五メートルほど離れた大岩に止まった。

彼はにらみつけ、袋の中のリボルバーを出そうかと思った。銃の扱いは迅速で正確だ。ほかのカラスが逃げる前に、三羽が血しぶきと飛散する黒い羽と化すだろう。

そのとき、一羽が血まみれの細長い布をくわえているのに気づいた。もう一羽は肉片をくわえている。

彼はクライミングハーネスをぬぎ、岩の上に落とした。カラビナがじゃらじゃらと音をたてた。それからひざまずき、二つの岩のあいだの陰をのぞきこんだ。

女の死体。

悲惨だった——腕も脚も不自然な角度に曲がって折れている。腕、腿、顔のやわらかい部分ははがされていた。麝香《じゃこう》に似た悪臭がする。遺体は何日も前からここにあったにちがいない。

目が慣れてくると、女の首にくいこんだロープの輪と、落ちて遺体のまわりにとぐろを巻いているロープの、すっぱり切られた端が見えた。

これは登山事故ではない。

ネイトはしゃがんだまま体を反らし、カラスや野生動物とは違って上を見た。崖の四分の三ほど上に岩棚があり、崖の上からそこまで草の生えた細い道のようなものがある。あそこに最後の罠を仕掛けようかと考えていたのだが、行くだけの余分なロープがなかった。

そのとき、はるか上から風に乗ってきた会話の断片が聞こえた。ネイトの位置からだと、見上げても崖が邪魔で相手の姿は見えない。一人が身を乗りだして、端から見下ろしでもしなければむりだ。

「下の岩のあいだにはさまっている」低く響く男の声がした。

「どこだ?」いまの男より甲高《かんだか》く鼻声で、南部訛りがある。

「あのへんの岩のあいだだよ。歩いて逃げたはずがない――」あとの部分は風向きが変わって聞こえなかった。

「おれはただ、先にあの女をやりたかったって言っているだけだ。それだけだよ」

笑い声。

「来い、端からのぞけ」撃鉄を起こして銃口をまっすぐ上に向けながら、ネイトはささやいた。一人が姿を現せば、そう、片づけてやる。

待ちかまえながら、かつての自分をネイトは感じた。自分の行動をあとで問いなおすことはない。下で目にしたこと、上から聞こえてきたことから、この二人が女を殺したと確信していた。

そのあと……なにも聞こえてこない。彼らは話をやめて立ち去ったのだ。

ネイトは五分待ってから銃を下ろした。そのころには、腕が震えていた。

ネイトは岩に寄りかかり、かぶりを振った。やつらのうち一人でも、どうして下を見なかったんだ？

装備を集めてカラスたちを一瞥した。彼がいなくなり、死骸をついばめるように戻れるのを待っている。遺体をおおえるものがあればと思ったが、持っていない。

ネイトは位置を記憶した。自分の居場所を正確に知るのに、ＧＰＳ装置は彼には必要ない。西方の山々に沈む前に、太陽は長円形になっている。ジープを止めた場所までは二時間の歩き、携帯の電波が入る場所まで行って友人のジョー・ピケットに電話できるまではそれから一時間。

今回はトラブルのほうがこっちを見つけたな、と思った。

あの気の毒な女。なぜやつらは彼女にあんな仕打ちをしたのだろう。だが、理由などどうでもいい。やつらは報いを受けるべきだ、何者であろうと。

彼は世間に戻り、ふつうの社会生活に戻った。しかし、元の世界から足を洗ったことなどなかったかのようだ。

15

その晩、ジョーは家まで気をつけて運転した。思ったより酔っていた――ここまで酔ってはいけないほどに。前方の道路をしっかり見つめ、ミラーに警官や保安官助手の車が映っていないか注意した。今日ヒューイット判事の法廷であった出来事を考えれば、住民たちがどういう感情を持っているかわからなかったし、キャリアが終わりかねない交通規則違反や飲酒運転を見逃してくれと自分が頼めるとは思えない。

まだ悪態をついているダルシーを〈ストックマンズ・バー〉に残してきたが、少なくとも彼女は家が近いのですぐ帰れる。しかし、飲んだ量からすると――ジョーにも一緒におかわりしろと言いながら次々とスコッチをロックで頼んでいた――おそらく歩いて帰宅しなければならない。よろめきながら。空きっ腹だったので、彼は二杯目のバーボンの水割りのあとはクラブソーダだけ頼んだのだが、酔いがまわっているのを感じた。

ダルシーとあんなにバーに長居した自分が腹だたしかった。その理由の一つは、彼自身の怒りといらだち、もう一つは、一人にして帰るには彼女があまりにも不安定に見えたことだった。

ダルシーがもう帰ると約束したので、ジョーはようやく席を立った。歩いて送ろうかと申し出たが、彼女はむっとして、自分の面倒はみられると言い、ハンドバッグの中の九ミリ拳銃を示した。彼は折れた。

町を出るとき、〈バーゴパードナー〉に寄って夕食用にダブルチーズバーガーを買った。

デイジーは座席の上の脂の染みた袋を穴が開きそうなほど見つめていた。二筋のよだれが車の床に垂れている。もっと前に餌をやらなければいけなかったのだ。

「ああ、食えよ」彼は犬に声をかけた。「おれは家にある缶詰のスープでも開けるから」

デイジーはチーズバーガーを三口でたいらげ、首を振って袋を床に落とした。

左側の暗闇に緑色の星がいくつか見え、本能的にブレーキを踏んで五頭のミュールジカ――ヘッドライトで目が緑色に光っていた――に前方の道を渡らせた。車が急停止したので、デイジーは座席から転げ落ちそうになった。

「ごめん」ジョーは牝犬《めすいぬ》にあやまった。

もっと気をつけろ、と自分を叱った。

バーボンで酔った状態で、群れは牡一頭、牝一頭、若ジカ二頭、子ジカ一頭だと気づいた。おれの家族と同じだ、と思った。

そして同じように無防備だ。

〈ストックマンズ・バー〉でダルシーは自分を見失っていた。あんな彼女を目にしたのは初めてで、もう二度と見たくなかった。こんなずさんで問題のある訴訟を持ちこんだことをヒューイット判事の部屋で叱責《しっせき》されているあいだに、彼女の怒りはむくむくと湧きあがり、スパイヴァク保安官代理が弁解しようとしたとき、怒りはさらに強まった。

「やつがやったんです」スパイヴァクは叫んだ。「やつがやったとみんなが知っている。わたしは起訴をさらに確実なものにしようとしただけです」

殺害はダラスのしわざだというスパイヴァクの主張には同感したが、ジョーはダルシーや判事と同様、彼を絞め殺してやりたい気分だった。ついにダラスを仕留めるんだと、犯行現場へ上っていく途中スパイヴァクがどれほど決然としていたか、ジョーは思い出した。彼の意図は顔つきから察せられるほどだった、あのとき勘づけるくらい自分が鋭ければ。

スパイヴァクは、片方のポケットに二二三口径の薬莢を、もう片方に同じ銃から撃った弾をしのばせて、馬に乗っていたにちがいない――チャンスを狙って。ファーカスの遺体を一人で袋におさめると言い、ステックとジョーを追いはらったとき、彼には弾を遺体に埋めこむ機会があった。どうりで検死官が〝浅い〟と述べていたわけだ、とジョーは思った。

だが、苦悩するリード保安官が来てバッジと銃をとりあげ、起訴を念頭に停職を告げたときですら、スパイヴァクがまったく悔いていない様子にジョーは驚いた。スパイヴァクは自分が正しいことをしたと本気で信じていた。「地域社会全体を脅《おびや》かしたくそったれを始末するのに手を貸すことに、この首をかけた」と言っていた。

それはジョーが決して見たくなかったスパイヴァクの魂の一部だった。その責任感の欠如は驚くべきことだった。これまで出会った犯罪者や規則違反者に同じような点があるのに気づいていたが、同僚たる法執行官の中に見出すケースはめったになかった。倫理観の欠如はことだった。

国全体に広がりつつある傾向ではないかとジョーは疑い、それは彼が理解も受容もできない

「だれよりもあんたならわかるだろう」スパイヴァクはジョーに訴えた。「あんたなら、おれたちがどんなやつを相手にしているかわかるはずだ。やつがやったんだ。有罪に決まっている。やつがファーカスを殺したとおれたちは知っている。そしておれがやつを町の通りに放ったままにしたら、ほかの人々に危害が及んでいた」

「これから及ぶだろう」ジョーは答えた。

スパイヴァクはぽかんと口を開けて視線を返し、ジョーの言葉が理解できないようだった。

「ほかにあとどのくらい彼が〝手を貸した〟事件があるのかと思うと、いまいましいったらない」バーでダルシーはジョーに息まいた。大声で、しかも身振り手振りをまじえていたので、ほかの客は恐れをなして近づかなかった。〝手を貸した〟と言ったとき、彼女は両手で引用マークを作ってみせた。

バック・ティンバーマンが二人を横目でじっと見ていることに、ジョーは気づいた。仲裁に警官を呼ぼうかと考えているときの目つきだ。

「彼がどれだけの有罪判決にかかわっていたか知っている？　刑事裁判で何回証言したか？」

ダルシーはジョーに尋ねた。「これで、わたしが刑務所送りにした犯罪者全員が争って異議

を申し立てることでしょうよ。この数年間わたしたちがおこなったすべてを――あらゆる訴訟を、彼は汚《けが》したのよ」

ジョーはうなずいて飲みものを口にした。

「あと二杯」ダルシーはティンバーマンに注文した。バーテンダーはゆっくりと背後のバーボンとスコッチの瓶をとりにいった。ジョーは手振りでバーボンを断わり、クラブソーダをもう一杯と伝えた。

「ヒューイット判事はわたしがなにか知っていたと考えているわ。証拠に細工するために、わたしが保安官事務所と手を組んだと非難したも同然よ。そして、おそらくあなたもグルじゃないかと思っている」

「たぶんな」ジョーには納得できないことだった。

「こんなことになると予想していた?」彼女は聞いた。

「いいや。だが思いかえしてみると、もっと疑ってしかるべきだった」

「一瞬考えたの、もしかしたら……もしかしたらスパイヴァクが殺害に関与しているんじゃないかって。でも、いまはそうは思わない。彼はただダラスを間違いなく有罪にしたかっただけ」

ジョーは同意した。

「こんなのは、わたしの全存在をもってして憎んでも足りないくらいよ」ダルシーは大声で言った。「わたしは法律を愛している。正義を愛している。けがらわしいやつらを刑務所送りにすることを愛している。レスター・スパイヴァクのせいで、これまで立ち向かってきた被告人側弁護士全員がこの件をわたしに対して不利に使えるようになった。そして郡の有権者全員が、この先腐敗した検事に票を入れるべきかどうか考える――わたしに投票してもらうチャンスがあればの話だけど」

ふいに思いついたかのように、ダルシーは重々しく続けた。「二度と出馬はできないわ。ここから遠く離れた場所へ引っ越して、自分の事務所を開くしかない。でも、どこまで行っても人々は知っているでしょう。T・クリータス・グラットとインターネットのおかげで、かならずそうなる」

彼女はスツールの上で向きを変え、ティンバーマンに手を振った。「もう一杯！」

ジョーはさっきの一杯にもほとんど口をつけていなかった。「ダルシー、おれは――」

「ちくしょう」カウンターに向きなおって、彼女は毒づいた。「いまや、あのくそったれは無敵よ」

ジョーはとまどって首を振った。

「ダラス・ケイツ。レスター・スパイヴァクのおかげで、彼は〝出所自由〟のカードを手に入れたの。ヒューイット判事が自分の法廷で彼を裁くことは二度とない」

「二重の危険（同一犯罪で再度刑事責任を問うこと）と見なされるかな？」ジョーは尋ねた。

「いいえ、厳密にはそうじゃないわ。起訴は取り下げられた、だからダラス・ケイツは裁判を受けなかった。でも、あの殺人については二度と彼を告発できない、なぜなら被告人側はスパイヴァクを証人に呼んで、法の執行のためにダラス・ケイツを有罪にしようとした腐敗と悪意を示せばいいだけだから。たとえヒューイット判事が再審を許しても無罪になるだけ。そしていま、ダラスは町へ戻ってかつてなく危険な存在になっている。わたしたちが彼についてはは慎重に立ちまわらなくてはならない、と知っているからよ。そうしなければダラスはハラスメントを受けたと大声を上げ、民事訴訟を起こして郡を破産させるわ」

ダルシーはジョーのほうへかがみこみ、彼の顔の前で指を振った。怒りとアルコールで目がうるんでいた。

「レスターが今日言ったことで唯一筋が通っていたのは、ダラスがファーカスを殺したってこと。心の底から、わたしは彼がやったと信じている。ところがあのくそったれは鳥のように自由になって、わたしたちをしつこくなじりながら、大いばりで町を歩きまわるってわけ」

彼女の言い分は正しいとジョーにはわかっていた。

「マーカス・ハンドがわたしに向けた顔、見た？　哀れむような顔？　どれほどくやしかったかわかる？　メアリーベスに電話するわ。彼女、ぜったいにこんなこと信じないでしょう」

そうだろうなと思って、ジョーは顔をしかめた。

ジャクソンホールにいるメアリーベスにこの信じがたいニュースを伝えたあと、ダルシーは携帯をジョーに渡した。

「あなたと話したいって」そしてティンバーマンに言った。「もう二杯！」

「彼女、いまもう二杯頼んだんじゃないでしょうね？」メアリーベスはジョーに聞いた。

「頼んだよ」

「もうじゅうぶん飲んだと思う。あなたもよ」

「同感だ」

「どうなったのか、ずっと気をもんでいたのよ。あなたは携帯に出ないことにしたの？」

「え？　ああ、裁判所にいたあいだ、携帯を車に置いておかなくちゃならなかったんだ」ジョーはポケットから携帯を出してロックをはずした。「チェックするのを忘れていたようだ」

画面には不在着信が五回表示されていた。二回はメアリーベスから、一回は知事のオフィスから、一回は猟区管理官リック・イーウィグから、あと一回は非通知番号からだった。

メアリーベスはため息をついた。「今日法廷で起きたことが信じられない。わたしたち、これからどうするの？」

ジョーには答えられなかった。

「家に帰るには最悪のタイミングかもしれないわね、でもほかに選択肢はないみたい。図書館の委員会は親切に配慮してくれていたけれど、もう二週間たって、わたしは休暇を使いはたした。ここから図書館を運営することはできないし、いろいろ問題が起きはじめているの。委員会は心配になってきている、当然だわ」

「つまりどういうことだ？」ジョーは尋ねた。視界の隅で、ダルシーがグラスをどんと置いておかわりに手をのばすのが見えた。

「シェリダンは今日、観光牧場の仕事に戻った。留まるように説得したけどだめだったの。あの子は退屈していて、一度心を決めたら父親と同じで頑固よ。

エイプリルはカレッジに戻りたくてうずうずしている。ジョイが回復して戻ってきたときそこにいたいのよ。それに奨学金を止められる前にロデオ・チームに復帰したいの――あの子の言い分ももっともよ。ルーシーだけは、ここでなんとか勉強して成績を維持できるけれど」

ジョーは黙ってうなずいた。

「ジョー、聞いている？」

「ああ」

「うなずいてもだめ。うなずいても、こっちには聞こえないの」

彼はすわりなおした。「わかった」

「母のせいでわたしも出ていきたくてたまらない、と言えたらいいんだけど、むり。彼女、まるで聖人よ。だれなのかわからないぐらい。とにかく、わたしたちみんなを居心地よくしてくつろがせるために、なんでもしてくれるの。とても……やさしいのよ。わたしに考えられるのは、母がなにかたくらんでいるってことね」

「そうにちがいないよ。もしかしたら――」

「いいえ」メアリーベスはきっぱりと言った。「母にお金をもらったりしない。いま以上に借りをつくるのはいやなの。援助にはいつだって付帯条件がついていたし、そんなのはもうたくさん」

「そうだね」彼はそれ以上言わなかった。

「ほかに道はないわ。わたしたち、帰らないと。このままずっとタトゥーのある女から逃げて暮らしていくことはできないもの」一瞬の間を置いて、彼女は続けた。「ほかのだれかからもね」

ダラスのことだ、とジョーにはわかった。

「あと一週間休めないか、考えてくれ。あと一週間だけ。委員会と娘たちを説得してみてほしい」

メアリーベスは長いあいだ黙っていた。ジョーの隣で、ダルシーはシャイアンかキャスパーかコディに引っ越したら事務所を開けるかもしれない、とティンバーマンに話していた。

「一週間ね」メアリーベスは言った。「そのあとなら、事態はましになっていると思う?」

「思う」ジョーは答えたが、嘘でない自信はなかった。

シカたちがヘッドライトの光を横切ったとき、群れがいなくなったあともずっとジョーは彼らの残像を見ていた。車を止めたことで考える時間ができた。

彼の生活は危険な混沌状態で、自分ですべてを整理することはできない。

家族は遠くにいるが、もっとも危険が高まったいま戻ってこようとしている。

彼は疲弊《ひへい》し、意気消沈し、二週間ちゃんとした食事をとっていない。

自問した。

あの夜以来、ダラスの仲間たちはどうなったのか？　彼らはだれなのか？　彼らの動機はなんなのか？

裁判がなくなったいま、事件の真相を自分が知ることはあるのか？

いったいなぜダラスはマーカス・ハンドを雇えたのか？

ワンダ・ステイシーはいつまた姿を現すのか？

どうしてタトゥーのある女は捕まらないのか？

密猟グループの正体が露見して逮捕されることはあるのか？

こういった事柄が関連している可能性は？

そしてなんといっても、町に戻ったダラス・ケイツはどうするだろう？　ジョーのせいだと主張している自分と家族の不幸に対する復讐として、まだ全容のわからない脅《おど》しを実行する気だろうか？

雷に打たれたような衝撃とともに、最後の疑問に対する答えの一部はすぐにわかると彼は知った。

一人ぼっちの家をヘッドライトが照らしだしたとき、そこにダラス・ケイツがいた。白いピケット・フェンスにもたれかかるようにしてすわり、胸で腕組みをしていた。

彼はカウボーイハットの縁《ふち》を上げてジョーを見た。顔には笑みが浮かんでいた。大きなチャンピオンシップ・ロデオ・バックルが、ヘッドライトの光に炎のようにぎらついた。

ジョーはたちまちしらふに戻った。

16

デイジーはダラス・ケイツを見てうなった。牝犬《めすいぬ》の首筋の毛はぴんと逆立っていた。

おぼつかない手でジョーはダッシュボードの無線のマイクをとり、シャイアンの通信指令係につないだ。数秒以内に、乗り入れて停車してダラスと対決するか――このまま通過するか決めなくてはならない。

心を決めた。通過するのは臆病者の行為だ、たとえメアリーベスと娘たち三人の「このまま行って」と懇願《こんがん》する声が心の奥で聞こえていても。

「こちらＧＦ20、帰宅したところ、ダラス・ケイツが暗がりでわたしを待って立っているのを見つけた」

「復唱願えますか、ＧＦ20？」遠くの声が言った。

「万が一なにか起きたときのためにいまの報告を記録してほしい」そう伝えてジョーは無線を切った。やりとりはあとあとまで記録されるのを知っていた。それをだれかが聞きなおすような事態にならないように祈った。

ジョーは離れたガレージに続くいつもの私道へ車を進めた。ダラスはわずかに首をまわして視線で追ったが、フェンスから動かなかった。

ジョーはすばやくあたりをうかがった。彼はまだ、暗くからっぽで寂しく見える家に帰ることに慣れていなかった。ふつうなら、ダラスが来ていれば犬が吠えたりポーチの照明がついたりする。だが、いまはふつうの状況ではない。

いつまでも車内でぐずぐずして、恐怖や動揺が相手に伝わるのはいやだった。ダラスはそこにつけこんでくる。

エルドン・ケイツの古い〈ダッジ〉のピックアップが約十五メートル先に止まっていた。ダラスの仲間がいる様子はなかったが、闇の中で隠れる場所はいくらでもある——自宅の中を含めて。トゥエルヴ・スリープ郡の人々はみなそうだが、ジョーはドアの鍵をかけたことがない。

彼はエンジンを切り、せめて明るさを確保するためにヘッドライトはつけておいた。閉まったガレージ・ドアに反射した光がダラスまで届いて、カウボーイハットのまわりで息が白くなっているのが見えた。

座席のポケットから小型デジタルレコーダーを探しだし、スイッチを入れて右の胸ポケットにしまった。一二番径のレミントン・ウィングマスター・ショットガンはバックショットを装塡《そうてん》してあるが、いつものように座席の裏側だ。すぐ手の届くところにあったら、と思った。

「ステイ、デイジー」ジョーは犬に命じた。深呼吸してドアを開け、外に出た。

ダラスが武装していたとしても、ジョーに武器は見えなかった。武装していないことを願った。ダラスは拳銃で狙ったものを、ジョーよりずっとうまく命中させられるだろう。ダラスにはかならずしも武器が必要なわけではない、と思った。ジョーより体格がよく、力が強く、若い。彼の首はジョーの腿《もも》ぐらい太い。そしてけんかになったときの——しょっちゅうだ——激しい気性と手の早さは有名で、その実力は疑いない。

ジョーはギアベルトの装備を頭の中で点検した。ホルスターの四〇口径グロック、予備の弾倉二つ、手錠、熊よけスプレー。いきなり肉体のぶつかりあいになったら、なによりも先に熊よけスプレーを使おう、と思った。

ダラスから五メートルほどまで近づき、足を止めた。彼の影がダラスにのびて、相手の姿がよく見えなかった。

「ここでなにをしている？」ジョーは尋ね、ダラスがもっとよく見えるように少し横に動いた。

ダラスはまだにやにやしていた。「あんたの家は税金でまかなわれているんだろう？　なあ、おれは納税者なんだ。みんなと同様にここへ来る権利があるよな」

ジョーは続きを待った。

〈猟区管理官事務所〉と書かれた横のフェンスの手書きの木製看板を、ダラスはあごで示した。「ハンターや釣り人たちが好き勝手な時間にここへ来ると、エイプリルが言っていた。そしてあんたは彼らと話す義務がある、そうだな？　あんただけのプライベートな家とは違うんだ」

「オーケー、それでなんの用だ？」

ダラスの笑みがぴくついた。「言いたいことはたくさんある、どれから始めたらいいかわからない」

「まず用向きを話せ。そのあとは自分の車に乗って帰ってくれ」

ダラスは低く笑ってかぶりを振った。「神経質になっているな？　そんなに緊張しているあんたは初めて見たよ。どうした――良心の呵責《かしゃく》かな？　いまにもおかしくなりそうだぞ」

たしかにおかしくなりそうだった。殺すか殺されるかの瞬間が来るのを恐れ、カーテンやブラインドに動きがないかと暗い家のほうを一瞥《いちべつ》した。動きはない。

「おれだけだよ」ダラスは安心させるように言った。

「おい」ダラスは急に思いついたらしく指を鳴らした。「いまこの会話を録音しているのか？　あんたたち猟区管理官がよくやる手だと知っているんだ――ワイオミング州じゃ、どちらかがわかっていれば会話を録音するのは合法なんだ」

ジョーは答えなかった。

「だが、どちらかが録音について尋ねたら、白状しなくちゃならない。嘘はつけないんだ」

「おれは嘘をつかない」

笑みはさらに大きくなり、四角形に近くなった。

「そうだな。なあ」ダラスは、まったくまいったぜというふうににやりとした。「ローリンズの刑務所で会った弁護士から、いくつか教わったんだ。あそこでの時間が有意義だったってわけじゃない、もちろんな。人生のもっとも充実している一年あまりを、あんたがぜったいにおれを送るべきじゃなかったくそみたいな場所に閉じこめられて、むだにしたんだ」

「おれはこの会話を録音している」

「だったら、こっちは拒否するよ。このあとおれが言うことは、一つとして真実とはみなされない。いまのも録音したか？」

ジョーはうなずいた。なにを言っても――そんなことがあればだが――のちのち法廷では無効にする戦術をダラスは使った。

「そういうことなら、始めようか」ダラスは言った。「まず、あのおまぬけ保安官代理が食料品店の駐車場でこそこそしているのを見た瞬間、すべてが陰謀だとおれは気づいた。観察していると、やつはおやじのピックアップに背を向けて立ったんだ。よそを眺めるふりをしながら、やつは」――ダラスはひざを上げて後ろへ蹴《け》ってみせた――「こうやってテールランプを壊した。そのとき、なにが起きているかおれは悟った」

昔からの警官の手口だ――車を止めさせる口実を作った。ダラスが話したことがじっさいに起きたのを、ジョーは疑わなかった。スパイヴァクはあとになって、ナンバーの有効期限が切れているのに気づいたにちがいない。

暗闇にダラスの仲間がいないか、ジョーは家と納屋の周囲にすばやく視線を走らせた。空に低く漂う雲を背景に、メアリーベスの三頭の馬が――ロホ、トビー、新しい去勢馬ペティ――並んでいるのを見て、ほっとした。馬たちがおとなしく餌《えさ》を待っているということは、囲いに他人が潜んだりしていないということだ。

ダラスは続けた。「そのあと、もちろんおまぬけ保安官代理はライフルを見つけたと主張した……やつがおれをはめようとしているのはわかっていた。車に銃を積んで走りまわったりして、仮釈放条件に違反したりするもんか。とくに、郡のおまわり全員がおれを挙げようと鵜《う》の目鷹《たか》の目のときにな。正当防衛でおれを殴れるようにこっちがむかっ腹をたてるのを、やつが期待していたのはわかっていたよ。さいわい、おれはずっと冷静だった」

ジョーはうなずいた。

「で、あのばかはなにをしたんだ？ ほんとうにファーカスの死体の傷口に弾を押しこんだのか？ 指で、あるいはねじまわしでも使って？」

「さあな」

「そうだな、あんたはきっと知らないだろう」

「ファーカスの血液サンプルをスパイヴァクが持ちだしたとわかって、驚いた」

「とんだポリ公だよ」ダラスは険悪な笑みを浮かべた。

「なぜファーカスを追いつめたんだ？」ジョーは尋ねた。

「なに？」

「聞こえただろう」

「おれはデイヴ・ファーカスを殺しちゃいない。そうする理由があるか？ バーにいたただの飲んだくれじじいだ」

みずから〈ストックマンズ・バー〉のことを口にしたと気づいて、ダラスは続けた。「ああ、あの晩バーで彼を見た。だが、そんな理由で追いかけたりしない。あんたを憎むみたいに彼を憎んでなんかいない。もし理由があるとしたら——おれはなに一つ認めちゃいないからな――デイヴ・ファーカスが邪魔になった可能性は想像できるよ。個人的な恨みじゃない、間違いなく。

そしてたとえおれが彼をやったのだとしても、いまさらどうだっていうんだ？　おれへの起訴はもう取り下げられた。同じ犯罪でまたおれを逮捕することはできないんだ、二人ともそれはわかっている」

「たしかにそうだ」ジョーは言った。「おまえがばかなまねをやらかすまで待つよ。おまえの実績からすれば、そう長く待つこともあるまい」

「ハハ！」ダラスは愉快そうに笑った。「いまのはよかったな、ジョー」

「三人の仲間はどこにいる？」

「三人の仲間？」

「二人の男とタトゥーのある女だ。ランドール・リューティ、ローリー・クロス、そしてその女」

ダラスは質問にとまどったようにゆっくり首を振った。

「あの晩おまえとバーで一緒だった女からいこうか。どこにいる？　だれなんだ？」

ダラスは肩をすくめた。「名前は知らない。おれの目に留まるのを期待していた、ただのロデオの追っかけだよ。信じようと信じまいと、おれにとっちゃ日常茶飯事なんだ。あんたの娘のことを考えろよ、ジョー」

「女の名前を言え」

「もう話しただろう――彼女がだれかも、名前がなんなのかも知らない」

知らんぷりをするのがうまいが手がかりは洩《も》らしている、とジョーは思った。表情は変わらないものの、ダラスは嘘をついているときまばたきが激しくなる。いまもそうだ。

「一緒だった二人のちんぴらはどういうやつらだ？　リューティとクロス」ジョーは言った。

「警察が現れる直前におまえの家から逃げた連中だ」

「ちんぴらとは、ひどい言いようだな」

「そのものずばりだろう」

「二人はおれの友だちだ。ローリンズの刑務所で出会った。あいつらがどこへ行ったのかはまったくわからない」

まばたきはさらに激しくなった。

「なぜ二人の名前を言わなかった？」

「なぜ？　あんたたちがあいつらをはめられるようにするためか？　おれは友だちにそんなまねはしない」

「ワンダ・ステイシーの失踪についてなにか知っているか？」

「だれだって？」

「あの晩のバーテンダーだ。おまえたちの計画を洩れ聞いたかもしれない」

ダラスは思い出そうとしているふりをしてから、ようやく答えた。「もうちょっとおれの関心を引きたがっていたな。それだけだ。本音を知りたいなら、彼女、とっくに盛りを過ぎていたと思うよ」

「わからないことがある」ジョーは言った。「おまえはその仲間たちになにをしてやっている？　自分は人好きのする人間だから、頼めばなんでもしてくれるなんて言うな。マーカス・ハンドを弁護人に雇い、三人の不良どもにおまえのために命を賭けさせるための金を、どこで手に入れた？」

ダラスは忍び笑いして、自分の大きなベルトバックルをたたいた。「たぶんチャンピオンとお近づきになりたいだけなんじゃないか？　あんた、それは考えたか？」

「おれに嘘をつかずに話せることはないのか？」ジョーは聞いた。

ダラスはまじめな顔でうなずいた。「二つ三つあるよ。なんなのか、あんたは知っていると思う」

ジョーは反応しなかった。その必要はなかった。

「あんたがおれになにをしたか、わかっているよな？」ダラスは尋ねた。「あんたとあの郡検事長は結託して、ほかのだれだって――ケイツという名前でなければ――違反切符と罰金ですむ罪でおれを刑務所へ送った。あんたは内心では悩んでいたはずだ、さもなきゃ冷酷なくそ野郎だ」

ジョーは反論しなかった。反論することはなにもなかった。

「あんたは兄のブルを殺した。顔のど真ん中を撃ち抜きやがった」

「正当防衛だった」ジョーは答えた。

「それはあんたの言い分だ。あのおまぬけ保安官代理にも言い分はあった」

「おれたちを一緒にするな」

「もちろんさ」ダラスは嘲笑《ちょうしょう》した。「あんたはバカがつくほど純粋で、あの保安官代理は腐っている、か。ばかばかしい。少なくとも保安官代理はおやじを殺さなかったし、おふくろを生涯不自由にしなかった。あれはみんなあんたのせいだ。

それにティンバーはどうだ？　刑務所から出てビリングズまで行って、飛び降り自殺することにした兄は？　こんなあほらしい話をおれが信じると思うか？」

「飛び降りたのは、おまえが車から放りだした結果起きたことのせいで娘が入院していた病院だ。その病院なんだぞ」

ダラスはなんの違いがあるというふうに手を振った。「おれにわかっているのはこういうことだ。あの週にはおれは世界の頂点にいて、ロデオ競技の順位でトップにつけていた。両親と兄二人といずれは自分のものになる土地があった。次の週には、おれは大けがをして二度とロデオができなくなり、まだ生きているのは――かろうじてだが――おふくろだけになった。おふくろは二度と歩けないし刑務所で死ぬだろう」

彼はジョーに指を突きつけた。「それがおれにわかっていることだよ、くそ」

一瞬、ジョーは息もできなければつばも呑みこめなかった。ダラスの言い分すべてに反論できるとわかっていたが、ダラスが自分の解釈を信じきっているのは疑いない。そして、もっともジョーにこたえたのは、ダラスの言い分の多くは……事実だということだった。

家の正面を示して、ダラスは聞いた。「そういえば、いったいあんたの家族はどこなんだ？」

「ここにはいない」

「ああ、それはわかったよ。全員で逃げだしたのか？　あんたみたいに怯えているってわけか？」

その質問には弁解口調で答えるしかなかった。

「旅行に出かけている」

「エイプリルはどうしている？　おれはあの子のことを考えながら寂しい夜を数えきれないほど過ごしたよ。じっさい、考える以上のことをしながらな、意味がわかるか」

ジョーは首筋と前腕の毛が逆立つのを感じた。

「彼女、ベッドじゃ野生のけだものみたいだったぜ。ああいうことをみんなどこで覚えたんだろうと、いつも不思議に思ったよ。それはこの家の中だったのかな、あるいはほかのどこかか？」ダラスは反応を見ようとジョーの顔に視線を据えた。

「いいかげんにしろ」ジョーは歯をくいしばった。

「そうかよ?」

ジョーの頭の中でダルシーの声がした。いまや、あのくそったれは無敵よ。

「家族はじきに戻ってくるんだろう」ダラスは言った。「急ぐ必要はないと伝えろよ。家族が巻きこまれる前に、あんたとおれで決着をつける問題がいくつもある」

ジョーは首をかしげた。どういう意味なのかわからなかった。

ダラスは手を上げ、二本の指で自分の目を示すと、次にジョーの顔へ向けた。

「あんたとおれで」彼はくりかえした。

ダラスはわざとあいまいにしていたが、ジョーは理解した。ダラスの意図を読み違えていた。ジョーがまず最初なのだ。ある意味でほっとした、家族はあとにまわるからだ。

しかしすぐに、ダラスの真意をジョーは悟り、それは想像しうるどんなことよりも悪かった。最初にジョーが死に、家族だけが無防備でとり残される。そして、次に一人また一人と殺されていくのだ。

それはジョーにとってもっとも残酷なことだった。ダラスは知っているのだ。

「おれになにをしたか、あんたはわかっているんだろう?」ダラスは尋ねた。

「わかっている」

「おれが戻ってくると承知していたはずだ」

「こんなふうになる必要はない。おまえはやめられるんだ。悪循環にする必要はないんだ」

ダラスは考えているようだった。少なくとも、長いあいだ黙っていた。

そのあと顔を上げた。「おれは銃を持っていない。あんたは腰に差している。おまぬけ保安官代理と同じことをして、ブルをやったようにおれをやれるぞ。正当防衛に見えるように、遺体に銃を仕込んだらどうだ。あんたがいま終わらせられる」

「おれにはそれはできない」

「そう言うだろうと思った」ダラスはしたり顔で笑った。「エイプリルからあんたのことはいろいろ聞いた」

「おれの家族に近づくな」ジョーは言った。

「ああ、心配するなよ。あんたはいなくなるから心配する必要もなくなる」

ダラスは自分の車へ向かうときわざとジョーのそばを通った。あまりにも近かったので、横を過ぎた彼の動物的な体臭が漂ってきた。

ジョーは向きを変えてダラスの広い背中を見つめた。約三メートル、たとえジョーでも命中させられる距離だ。

だが、後ろから人間を撃つことはできない。たとえダラスでも。

ジョーは目を閉じて、自分の血がどくどくと脈打つ音を耳の中で聴いていた。

ショットガンを持って家のすべての部屋を点検し、だれも隠れていないのを確かめた。クローゼットやベッドの下も調べた。

ショットガンを携えたまま納屋へ行き、馬たちに餌をやった。梁《はり》から大きなミミズクが飛びたって馬房の開口部から外へ出ていったときには、ぎょっとした。ショットガンを構えた先でミミズクが消えていくのを見つめ、発砲しなくてよかったとため息をついた。

家に入り、手の届くダイニングテーブルの上に銃を置いてから、電子レンジでエルクの肉を解凍した。近づいてくる車はないかと、居間の窓から一度ならず外を見た。

ダラスの言ったことが気になり、頭と肩にのしかかってくるようだった。

あんたがいま終わらせられる。

あいい、い、い、い、い、い、い、い、い、い、い、い、い、い、い。

あんたはいなくなるから心配する必要もなくなる。

ジョーは何度も録音した内容を聞きかえした。のちの記録のために会話を家のパソコンにダウンロードしなければならない。ダラスが自分を殺した場合、捜査官たちに記録を残せるように。

また携帯をチェックした。あしたの朝まで知事のオフィスにかけなおす必要はない。非通知番号からの電話は無視することにした。

猟区管理官リック・イーウィグの伝言には折りかえした。

「ジョー！」出るなりイーウィグは叫んだ。「今日なにがあったか聞いたよ。残念だな」

「ありがとう」

電話の向こうでテレビの音と幼児の叫び声がする。イーウィグには小さな子が二人いる。

「じつは、密猟グループの手がかりが見つかったんだ」

話題が変わって、ジョーはありがたかった。

「町の西側に商業ビルがいくつもあるのを知っているだろう？　エネルギー関連の企業がばたばたと出ていっちまったビル？」

「ああ」

ほんの一年前にはにぎやかだったジレット郊外のビルの石油やガス会社のテナントがいなくなり、どの通りもがらんとしてしまったのをジョーは見ていた。

「それで、だれかが電話してきて、真夜中にビルの一つでなにかやっているのを見たっていうんだ。警官が行っておれに呼びだしがかかり、駆けつけたら野生動物の処理施設があったんだよ。ステンレスのテーブル、包装紙、冷蔵庫、いっさいがっさいが。痕跡証拠もたくさん見つけた。掃除していなかった動物の皮、毛、血。それに外の古いごみ箱には九体か十体の死骸《しがい》があった。だいたいは牝のシカとエルクだ、例のグループが狙っている獲物だよ」

「お手柄じゃないか」

イーウィグは施設の写真を撮り、デジタル写真と証拠のサンプルを狩猟漁業局の法医学研究所に送っていた。ジレット市警察は指紋と繊維片を調べているところだった。

「そこは監視下に置かれている」イーウィグは言った。「もしかしたら、シカを解体している現場を押さえられるかもしれない」

「そうなるといいな」ジョーは言った。「また知らせてくれ」

話していたあいだ、足もとで丸くなっていたデイジーが起きあがり、玄関ドアのほうへ歩いていくのにとくに注意していなかった。チューブはすでにそこにいて尻を揺すっていた。デイジーの尻尾が、向きのずれたフロントワイパーよろしく前後にパタパタしていることにも気づいていなかった——なじみの客を迎えるときのように。

だが、イーウィグとの通話を終えて顔を上げると、玄関の間のドアの敷居をネイト・ロマノウスキの大きな姿がふさいでいた。

「もう折りかえしの電話はしないのか?」ネイトは尋ねた。

「あの非通知の番号はあんただったのか」

「おれらしいだろう」

ネイトはすらりとして日焼けしていた。ポニーテールにした金髪は陽光で色あせている。胸ポケットに〈ヤラク株式会社〉と刺繍《ししゅう》の入った長袖のシャツを着ている。

「会えてうれしいよ、ネイト」ジョーは言った。「お帰り」

ネイトはがらんとした家の中を見まわし、その視線はダイニングテーブルの上のショットガンにしばらく留まっていた。

「なにかあったな」彼は言った。

「ああ、そうなんだ」ジョーはため息をついた。

第三部

血族ほど醜《みにく》く野蛮に闘う者はいない。家族だけが自分たちの弱点を、心臓の正確な位置を知っている。

——ホイットニー・オットー『キルトに綴《つづ》る愛』

17

〈ティートン・シャドーズ〉の夜間警備主任として、ゲイリー・ブラはゲートの外でだれが車を止めて入れてくれと求めようと、とうに驚かなくなっていた。高級車に乗った映画やテレビのスター、政治家、歌手、ほかのセレブたち。ぼんやりと顔がわかる人々もいたし、住人に確認して中に入れたり、追いかえしたりしたあと、ネットで調べた人々もいた。

民主党全国大会で演説をしたのを目にしたことのある上院議員が、足首までズボンを下げて女の後頭部が彼のひざのあいだで上下している状態で乗りつけたときには、車の中をのぞかないようにした。グラミー賞の授賞式で最近見たばかりの、ほっそりした金髪の元カントリーシンガーで現在のポップスターが、涙でマスカラが流れたまま、あごを震わせてレクサスSUVで現れたときには、ぽかんと口を開けないようにした。

仕事を失いたくなければ、プロ意識と分別が大切だ。それと、下層階級の人間を閉めだすこと。

ブラは、小型無線機とシグ・ザウエル1911スコーピオン四五口径をベルトに装着していた。見知らぬ人間がゲートに来て〈ティートン・シャドーズ〉の三十五人の所有者の一人に会いにきたと告げ、その名が公式の訪問者リストに載っていない場合、問題ないと口頭で確認がとれるまでドライバーには待ってもらう。例外はなしだ。

警備小屋の壁の一面は、ゲーテッド・コミュニティ中に張りめぐらした監視カメラに接続したモニターで埋めつくされている。昼間、画面に映る景色は青々とした芝生と完璧に手入れされたマツの木立ばかりだ。夜のいま、街灯の光のもとで敷地はぎらぎらして見える。晩秋の寒さに、ポータブル・ヒーターがついている。

排他的区域の警備は、三年前アウトドア用品の起業家になるべくジャクソンホールへ来て以来、ブラがついたもっともいい仕事だった。結局、ミルウォーキーのガレージで彼が造った、スリーピングパッド／寝袋／一人用シェルターの兼用品はすでに特許をとられて製造され、しかも売れていないことがわかった。彼の製品を却下したアウトドア用品製造業者の関心を、別のアイディアで引こうとした――手斧《ておの》としてもマリファナ・パイプとしても使えるマルチツール――だが、それも却下された。

ゲートの外の小さな警備小屋にあるデスクの上には、二倍にふくれて野外で二人用シェルターになる一人用フロートチューブのデザイン画が置いてある。訪問者の車が来るたびに、アイディアを盗まれないように注意してなにかかぶせていた。

高級車や、ミッシー・ヴァンキューレン・ハンドのハマーH2のような大型車ではないとき、居住者も訪問者もマウンテンバイクかATVかゴルフカート、もしくは馬で現れる。入れるかどうかは移動になにを使っているかではなく、彼らがだれか、あるいは会いにきた相手がだれかで決まるのだ。

しかし、薄汚い女が子ども用の赤いおもちゃの四輪車を引いて徒歩でゲートに近づいてくる光景は、初めて見た。

距離が縮まったとき、ブラは目を細くして観察した。入口の照明のおかげで女の様子はさっきよりよくわかった。やせっぽちで服は不潔で大きすぎる。かぶったフードの下から麦わら色の髪がはみ出ており、ぎらつく光の中で脂《あぶら》じみて見えた。四輪車の車輪の一つは進むときにキーキーと音をたてている。

彼は立ちあがり、女にのぞかれないようにデザイン画の上にファイルフォルダーを置いた。それからドアを開け、いつものようにすぐに右手で四五口径を抜ける態勢で応対した。

「道に迷ったらしいな」ブラは声をかけた。

四輪車を引いている女はどんどん近づいてきて、入口のそばまで来た。ようやく女が止まると、キーキーという音も止まった。子ども用四輪車になにが入っているのかわからないが、毛布の下になっていた。

「ここ、ピケット一家が滞在しているところ?」女は尋ねた。「あたしは友だちなの」

落ちくぼんだうつろな目、薄い唇《くちびる》。女の顔の皮膚には昔のにきびの跡が点々とついている。最初ブラが手袋だと思ったのは、手の甲《こう》に渦巻《うずま》いているようなタトゥーだった。女の右目から頬にタトゥーの涙が一筋流れている。

ブラはジャクソンホールにあふれている新しもの好きな連中をしょっちゅう目にしており、彼らはときどきゲートに来る。ぶかぶかの服、フード付きパーカ、わざと乱した髪、化粧っ気なし。だが、かならずなにかが違っていた――デザイナーフレームのメガネ、アップル・ウオッチ、おしゃれな大義を示すリストバンドなど――連中を浮浪者と区別するものがあった。

この女は新しもの好きというよりコカイン中毒に見えた。

「約束はありますか?」ブラは聞いた。

「そのはずよ」彼女は変色した歯をちらりと見せた。そう、コカイン中毒だ。

ブラは、ミセス・ピケットがミセス・ハンドと外出しているのを知っていた。二人は二十分ほど前ハマーに乗ってゲートを通り、ジャクソンへ向かった。ピケット家の娘たちは見ていなかったが、きっとハンド家にいるのだろう。

「身分証明書を見せてもらわないと」ブラは言った。「そのあと訪問先に連絡します」

「身分証明書?」

「ええ」

「四輪車の中よ」女はぼんやりと言った。「ちょっと待って、出すから」

毛布の下になにがあるのかと思い、ブラはこっそり近づいた。

彼女は毛布の下に手を入れて探った。なにかをしっかりと握ったようだ。

ブラは彼女のほうに身を乗りだした。

女は毛布の下から斧を出し、両手で柄《え》を握ると振りおろした。

刃はブラの肩先の薄い楕円形の肉を切りとり、彼の首に埋まったときグサッという音をたてた。


「マーカスはあした帰ってくる予定よ」街から幹線道路へハマーを進めながら、ミッシーはメアリーベスに言った。

メアリーベスはうなずきながら、運転している母親をじっと見た。いつものように飛ばしており、制限速度をはるかに超えた運転で、法律に従っている観光客の車を蹴散らしている。彼女のすべてが変わったように思えても、これだけは変わっていない。夕食用に買ってきたテイクアウトのタイ料理の刺激的な匂いが車内を満たしている。

「ええ、ジョーと検事長から法廷でなにがあったか聞いたわ」メアリーベスは答えた。

「もちろんそうでしょう。マーカスは負けないのよ」

そのことをだれよりも知っているのはあなたでしょう、とメアリーベスは言いたかったが、こらえた。

「ただ一つ問題なのは、すぐ終わると報酬額が少なすぎることよ」ミッシーは嘆いた。「無罪放免の場合の定額料金について交渉すればいいのに。マーカスが訴訟にかかわった二、三日分しか事務所が請求できないなんて、おかしいわ」

「そしてわたしの夫に復讐したがっている怪物がまた野放しになったのも、おかしいわよ」

「まあ、そのとおりね」ミッシーは無頓着《むとんちゃく》に答えた。

「どうしてダラス・ケイツはマーカスを雇えたの？　どこからお金を手に入れたわけ？」

ミッシーは肩をすくめた。「そういうこまかいことに、わたしはかかわっていないの。興味があるのは、だれかが弁護料をちゃんと払うかどうかだけ」

「でしょうね」

「仕事の話をしてもめるのはやめましょうよ。家で依頼人のことは話さないようにマーカスに言うわ」

「それはいい考えかも」メアリーベスはうなずいた。

「あなたと娘たちがいるあいだは裸でそのへんを歩きまわらないで、とも言うつもりよ。彼、よくやるから。前は外へ新聞をとりにいくときも裸だったのよ、でも近所から苦情が出てね」

メアリーベスはその光景を思い浮かべて顔をしかめた。

「彼はだんだん慣れるわ」ミッシーは言った。

「慣れるってなにに？」

「ああ、なんでもない。あなたたちは好きなだけいていいのよ。だって、部屋はたくさんあるんだから」

「そのこと、彼に話した？　わたしたちがここにいてかまわないとマーカスは思っているの？」

「そうなるわよ」ミッシーはきっぱりと答えた。

「じゃあ、いまは思っていないのね」

「彼は考えを変える」

「ジョーはわたしたちにあと一週間こっちにいてほしいと思っているの」メアリーベスは言った。母親がリアルなふつうの人間であるかのように話すのは、変な感じだった。メアリーベスはそれに慣れていなかった。

「もっといていいのよ」

「ほんとうに？」メアリーベスは尋ねた。ミッシーはじっさい、娘と孫たちにそばにいてほしがっているのだ。

「わたしたちみんな、帰る気でいるの」メアリーベスは告げた。

「あら、そうなの」ミッシーは傷ついた口調だった。

「お母さんが温かく迎えてくれたことにはみんな感謝している。もとの生活に戻りたいだけなのよ。娘たちには学校があるし、わたしには仕事がある。ジョーにも会いたいし」

ミッシーはほうっとため息をついた。「ほんとうにここの生活を離れて……あそこに戻るっていうの？」

メアリーベスは歯をくいしばってなにも言わなかった。

「安全で安定していれば男の重大な欠点を見過ごすこともあるのは、長年の経験からわたしも知っているの。理解できないのは、折りあいをつけてしまうってこと。あなたは美人で賢くて教育もあるのに、あなたや孫娘たちにろくなことをしてやれない男とのくだらない生活を続けている。ここにも図書館があるの、知っているでしょ」ミッシーは深いいらだちをこめて続けた。「とてもモダンで資金も潤沢よ。それにここにセカンドハウスや別荘を持っている裕福なパトロンが大勢いるわ」

「ほら出た」メアリーベスは目をいからせた。「仮面がはがれたわね。いまのが、わたしの知っているお母さんよ。ずっと、別の人間を演じて後ろに隠れていたんだわ」

「なんの話かさっぱりわからないけど」ミッシーは言った。

「いまわかった。もっと早く悟ってしかるべきだったわ。でも、あなたも年をとって感傷的になったのかと思ってしまった」

ミッシーは〝年をとって〟という言葉にたじろいだ。メアリーベスの予想どおりだった。

「わたしたちみんなをこの贅沢《ぜいたく》な生活に呼びこんで、それに慣れさせて自分たちもこんな生活をしたいと思わせようとしたのよ」メアリーベスは言った。「わたしたち全員が、これこそほんとうに欲していたものだと考えるようになるだろう、と予想してたね。あなたはだれもが自分と同じように考えるものと決めてかかっている。あなたが思うところのくだらない生活の中で、愛する夫と充実した豊かな生活を送れる人もいるなんて、想像もつかないんだわ」

ミッシーは表情をこわばらせたが、娘のほうを見なかった。〈ティートン・シャドーズ〉への曲がり角を通り過ぎそうになり、急ブレーキを踏んでなんとか曲がった。テイクアウトのタイ料理が後部座席から床に落ちて、いくつかの箱が開いて中身がこぼれた。

「あなたのせいよ」ミッシーは言った。「いくらかは食べられるといいけど」

メアリーベスはとりあわないようにしたが、母親の運転ミスの結果を自分のせいにされたことで、少女時代を思い出した。ミッシーはみずからの間違いを、自分の理性をぐらつかせただれかにすぐ責任転嫁した。

「お母さんがどんな人かジョーは知っているから、彼を好かないのね」

「ばかばかしい」ミッシーはぐるっと目をまわした。「わたしがジョーを好かないのは、あなたにはもっといい人がふさわしいから、そして孫たちにもね。母親はみんな子どもには最善のものを望むの」

「あなたみたいに母親らしくない母親をわたしは知らない。お母さんはわかっていないの。あなたはわたしの幸せを望むべきなのよ――わたしは幸せ」

「自分でばつの悪い思いをしてほしくないし、わたしにもさせないで」ミッシーは吐きだすように言って、ゲートに近づくと車の速度を落として止めた。

メアリーベスは啞然とし、怒りがこみあげてきた。「わたしたち、今夜出ていく」

「ばかなこと言わないで。あっちは安全じゃないわ、だからここにいるんじゃないの」ミッシーは続けた。「あら。ゲイリーがいないわ」

メアリーベスはこれ以上母親と一緒の車の中にいられなかった。「わたしがゲートを開ける」彼女は車を降りた。

警備小屋に入ると、同時に二つのものが目に入った。ゲイリー・ブラが血だまりの中に倒れており、斧を持った女がミッシーの家に近づいていくのが監視カメラに映っていた。子ども用の四輪車が前庭に引きこんである。

ミッシーがクラクションを鳴らして早くゲートを開けるように催促した。

だが、メアリーベスは携帯を出して911にかけた。

数秒で、女性の通信指令係の声がした。メアリーベスは冷静に話そうとした。

「メアリーベス・ピケットといいます。〈ティートン・シャドーズ〉の入口ゲートにいますが、ここの警備員が襲われて負傷し、いま血を流して倒れています。監視カメラに、女がわたしの母の家に斧を持って近づいていくのが映っています。できるだけ早く警官をよこしてください。娘たちが家にいるんです」

長い間があった。「どうか落ち着いてください、ミセス・ピケット。画面になにが見えますか?」

メアリーベスはかっとした。どうか落ち着いてください。

「いいですか、わたしは落ち着いています、さらにけが人が出る前に、早く警官をよこして」

「だれが行けるか調べます、電話を切らないでください」通信指令係は言った。

メアリーベスはハマーの中のミッシーを見た。あきらかに、ぐずぐずしているのを怒っていた。ミッシーはパーキングブレーキをかけて、車から降りてきた。

「娘たちに電話して警告しないと」メアリーベスは通信指令係に言った。

「奥さん、このまま電話を……」

ミッシーはヘッドライトの前を横切って警備小屋のドアへ近づいてきた。メアリーベスは携帯の送話口を手でおおって叫んだ。「お母さん、来ちゃだめ」

ミッシーは手振りで警告を払いのけ、ドアから入ってきた。床の上のゲイリー・ブラを見て、あえぎ声を上げた。

メアリーベスは母親を無視して事態に集中した。震える手で、携帯の画面の保留ボタンを見つけ、短縮ダイヤルでルーシーにかけた。すぐ留守電につながるエイプリルより、ルーシーのほうが出る確率が高い。

ルーシーが応答した。「ママ。どうしたの?」

メアリーベスは目を閉じた。「ルーシー、いま、斧を持った女がそこの玄関のドアに近づいているの。ジョイとエイプリルを襲ったのと同じ女だと思う。シェリダンが見た女よ。急いで玄関ドアに錠を差して」

「女ってだれ？」

「いいから」メアリーベスはぴしゃりとさえぎった。「いますぐ、ドアに錠を」

監視カメラの画面で、女が玄関ポーチで一瞬足を止めてなにかを口もとに持ちあげた。前かがみになった姿勢からして、携帯でだれかに電話しているらしい。女がどういうつもりなのか、だれにかけているのか、メアリーベスにはわからなかったが、少しの猶予がありがたかった。すぐに女は携帯をパーカのポケットに戻し、握りこぶしで重いクルミ材のドアをたたきはじめた。

メアリーベスの背後で、ミッシーが言った。「あなたが見ている頭のおかしい女はだれ？あの女がゲイリーを襲ったの？」彼女はまたあえぎ声を上げた。「ちょっと――あれはわたい、い、い、いしの家じゃないの！」

「お願い、お母さん」メアリーベスは懇願した。「いまはやめて」

そしてルーシーに聞いた。「どう？」

「ママに言われたとおりにしてる」ルーシーは少し息を切らしていた。電話の向こうから、ドアをたたく音がメアリーベスの耳に届いた。

ルーシーは言った。「よし。錠を差した。ママはどこ？」

メアリーベスは両肩からとてつもない重荷が下りた気がした。

「警備小屋のモニターであなたのいる家を見ている」

ルーシーにそう伝えたとき、ポーチの女は手をのばしてロックされたばかりのドアのハンドルをまわそうとした。開かなかった。メアリーベスの胸に安堵感がどっとこみあげた。

「入ってこようとしてる」ルーシーは怯えており、声が甲高《かんだか》くなった。

「エイプリルはどこ?」メアリーベスは尋ねた。

「自分の部屋だと思う」

監視カメラのモニターに、ポーチの女がそりかえって両手で斧の柄を握り、ドアに振りおろすのが映った。ルーシーは悲鳴を上げ、メアリーベスはスピーカーを通してガッという音を聞いた。

「あの女、なにをしているの?」メアリーベスの背後でミッシーが叫んだ。「あのドアがどれほど高価か、わかっているの?」

「黙って!」メアリーベスはミッシーに命じた。

通信指令係との通話を保留にしていたのを思い出した。「ルーシー、携帯を切らないで。わたしはこれから警察と話して、すぐにまた戻るから」

「ママ――」

メアリーベスは途中で通話を切り替えた。

「――ミセス・ピケット?　まだつながっていますか?」

「戻りました。警察はこっちへ向かっている？」

「二台を派遣しました」

「どのくらいかかります？」

モニターでは女がまた斧を振りあげ、刃が当たって木片が飛んだ。

「可能なかぎり迅速に到着するはずです。どうかそのまま——」

「いったいどのくらいかかるの？」

「一台は五分もかからないはずです」

「急ぐように言って。女はいま玄関ドアに斧をふるっている。若い女性二人——わたしの娘たち——が中にいるのよ」

「くわしい住所は、奥さん？」

メアリーベスはミッシーのほうを向いた。母親は手で口をおおってモニターを見つめていた。

「お母さんの家のくわしい住所は？」

ミッシーは口がきけなかった。ゲイリーの負傷のせいなのか、孫娘たちが危険に瀕《ひん》しているからなのか、高価なクルミ材のドアが壊されたせいなのか、全部なのか、メアリーベスにはわからなかった。

通信指令係に言った。「スネーク・リヴァー・ドライヴのマーカスとミッシー・ハンド夫妻の家。二〇四号だと思います」

「了解しました」通信指令係が住所をくりかえした。そのとき、ポーチの女がまたドアに打ちかかった。ロックの近くを狙っている。メアリーベスにはわかっていた、刃がぴったりの場所に当たったら……

ミッシーに聞いた。「鍵は？」

「鍵？」

「車の鍵！　あなたが駐車したでしょ、わたしはこれからゲートに突っこんであの女を阻止する」

ミッシーは大あわてで上から服をたたいたが、鍵はなかった。「バッグの中に置いてきたかも……」ハマーのほうにうなずいてみせた。

「もういい」メアリーベスは言い、通信指令係との通話に戻った。「パトカーが着いたらわたしが同乗して案内します」

「奥さん、民間人がパトカーに乗るには規則がありまして――」

メアリーベスはルーシーとの通話に切り替えた。「ママよ」

大きなガリッという音が聞こえ、ルーシーが言った。「入ってこようとしてる」声にパニックが感じられた。

「エイプリルを連れてマーカスのオフィスに逃げて」メアリーベスは言った。ハンドの部屋のドアには、内側に頑丈なボルト・ロックがついているのを知っていた。ときおり、彼はミッシーから離れた完全なプライバシーがほしいのだろう。「ドアを閉めてロックして。携帯はそのままで」

「わかった」ルーシーは答えた。

メアリーベスはごろごろいう音を耳にして下を見た。ブラが右手で首のひどい傷を押さえ、左手をついて身を起こそうとしていた。そのときまで、死んでいるものとメアリーベスは思っていた。

「彼を助けるのよ」彼女はミッシーに言った。

ミッシーは恐怖のまなざしで見かえした。

「しゃがんで彼を助けるの。出血を止めて」

そのとき、近づいてくるサイレンの音が聞こえた。

メアリーベスはモニターを見上げた。シュールな光景だった。女はまだ玄関ドアに打ちかかっており、いまは家の中の光がドアから洩れだしている。だが、まだ開いてはいない。始めたときほどの憤怒《ふんぬ》が、いまの女の斧の打撃にはない。もしかしたら疲れたのかも、とメアリーベスは期待した。

サイレンの音が大きくなり、メアリーベスは不安で首を横に振った。女が新たな活力をとりもどして侵入する前に、警官がミッシーの家に着くのを祈るしかない。

青と黄色のライトが〈ティートン・シャドーズ〉の入口の並木道を照らしだし、サイレンが響きわたった。

メアリーベスはコンソール上のゲートを開けるボタンを見つけ、押した。ブーンという機械音がしてゲートが上に開いた。彼女は母親を押しのけて道路に飛びだし、両腕を振った。童顔のティートン郡保安官助手がサイレンを止め、車の窓を下げた。助手席側に身を乗りだして、メアリーベスを見上げた。

「急ぎましょう」そう言って、彼女は隣に乗りこんだ。保安官助手は驚いているようだった。

メアリーベスの手の中の携帯から、ルーシーの甲高い声が聞こえてきた。

「ママ——あの女、中に入ってきたと思う」

18

ジョーとネイトはあっというまに近況を報告しあったので、まるで離れていた時期などなかったようだった。午後に岩のあいだで発見した遺体のことをネイトが話すと、ジョーは言った。「きっとワンダ・ステイシーだ」

「ワンダってだれだ？」

「話したたろう、あのバーテンダーだよ」

「ああ、なるほど」ネイトはバーボンのグラスに口をつけた。ジョーは今晩はもうじゅうぶん飲んでいたので、コーヒーをいれていた。

「リード保安官に電話して報告する」ジョーは言った。「彼の部下を現場に案内してくれるか?」

ネイトはむっつりとうなずいた。できるだけ法執行機関とはかかわらないようにしているのだ。例外はジョーだけだ。

携帯を手にとったとき着信があり、ジョーは画面を見た。

「非通知の番号だ」

「こんどはおれじゃないぞ」

ジョーはちょっとためらってから通話ボタンを押した。最近は、あまりにも多くのハンターや釣り人や地主が彼の私用の携帯番号を知っているようだ。情報提供か緊急事態だといけないので、電話には出るようにしている。

「ジョー・ピケット」

「やあ、悪い知らせだ」男の声が言った。声は遠くこもって聞こえた。接続が悪いか、相手がマイクを布でおおっているかだ。

「なんだって?」

「うんと悪い知らせで電話しているんだ。ジャクソンホールで血まみれ殺人があった。どこかのリゾートで大流血事件が起きたんだ。〈ティートン・シャドーズ〉を知っているだろう?」

ジョーはぎょっとした。メアリーベスと娘たちの居場所を、彼はだれにも話していない。もしかしたらマーカス・ハンドがだれかにしゃべったのかもしれないが――

「ああ、ひどいものだ」相手は同情を装って言った。「まったくくそみたいにひどい。斧を持った頭のおかしい女があんたの奥さんと娘のルーシーを殺したらしい。斧だぞ! 考えてもみろ。二人を切り刻んだんだ! エイプリルもやられたが、まだ生きていると思う。彼女は病院へ運ばれたから、望みはある。おれたちは顔を突きあわせてかたをつけたいものだ、言いたいことがわかるかな」

ジョーは茫然としていた。話を聞いてはいても、頭に入らなかった。まわりで居間がぐるぐるまわりはじめ、彼は現実離れした浮遊感覚に襲われた。

「ああ、どこかのヤク中のしわざだって聞いたよ。女は斧でドアを壊して、切りつけはじめたんだ。警官が女を捕まえたが、そのときにはとんでもない被害が出ていた」

「おまえはだれだ?」ジョーは詰問した。「ダラスか?」

「どこのダラスだ?」男は甲高い声で聞き、それはケイツの声によく似ていた。

「いまの話がほんとうなら、おまえの命はない」ジョーは言った。

これにネイトははっとし、玄関から飛びだして素手でだれかをばらばらにしそうな勢いで立ちあがった。

相手は低く笑った。「チャンスを逃したな」

通話は切れた。

ジョーはその場で凍りついていた。

「だれだったんだ?」ネイトは聞いた。

ジョーは言葉が出なかった。しばし、手の中の携帯がまた鳴っているのに気づかなかった。画面を見ると、ティートン郡保安官事務所からだった。夫として父として、彼がもっとも恐れてきた電話。

「なんてことだ」ネイトにささやいた。「ほんとうかもしれない」

ネイトは状況を把握しようと目を細めてジョーを見た。全身から血が流れだしてしまい、冷たい抜け殻《がら》だけが残ったような感じで、ジョーは動けなかった。

「出ないのか?」ネイトは尋ねた。

彼はやはり動けなかった。

「ジョー、出ろ」ネイトは低い声でうながした。

彼は応答のボタンを押し、携帯を耳に当てた。

「ジョー、わたしのはバッテリーが切れちゃったのでこの電話でかけているの」

メアリーベスだ。ジョーは目を閉じて椅子にすわりなおした。携帯を痛いほどぎゅっと顔に押しつけた。

「きみを失ったと思った。いま電話がかかってきたんだ……きみと娘たちが襲われて殺されたと言われた」

「そう、半分は合っているわ。わたしは大丈夫。わたしは大丈夫で娘たちも元気よ。怯えきっているけれど、けがはしていない」ちょっと間が空いた。「電話がかかってきたって？」

彼は通話の相手から聞いた内容を説明し、こう締めくくった。「ダラス・ケイツだったと思う」

メアリーベスは少し黙りこんだ。「あの女がだれかに電話しているのを見たわ。これでだれにかけたのかわかった」

ジョーが顔を上げると、ネイトが突進するように歩きまわっていた。「メアリーベスからだ」ジョーは告げた。「全員無事だ」

友人の顔が、一瞬で心配モードから報復モードに変わった。ジョーはうなずいてから、なにがあったか説明するメアリーベスとの通話に戻った。

メアリーベスとティートン郡保安官助手が家に着いたとき、ヤク中女はドアに開けた穴から侵入しようとしていた。保安官助手がスポットライトを向けたところ、女は斧を敷居の内側に置いた状態で、上半身を中に入れていた。

保安官助手は動くなと叫んだが、女はなおもがきながら家に入ろうとした。勢いあまって、裂けた木にパーカが引っかかってぬげ、よごれたブラジャーだけの姿で中に転がりこんだが、穴に右足をとられた。

保安官助手はすばやく女に駆け寄った。彼は女の足をつかみ、応援を待つあいだこれ以上進めないようにした。メアリーベスは家をまわりこみ、鍵のかかっていない裏のドアから中に入った。エイプリルとルーシーがマーカス・ハンドのオフィスに隠れているのを見つけ、外へ連れだした。玄関側に着くと、二台目のパトカーが到着しており、さらに後続がこちらへ向かっていた。

メアリーベスは二人目の保安官助手を裏口へ、そして中の居間へ案内した。女はタイルの床に腹ばいになり、一人目の保安官助手につかまれている足を振りほどこうとしていた。彼女は動物のようなうなり声を上げ、〝くそったれのおまわり〟を罵《ののし》り、届かない斧の柄に手をのばしていた。

「あの女、コカインかなにかで意識が飛んでいたのよ」メアリーベスは言った。「手錠をかけられて連行されたとき、口から泡を噴いていた」

「だれなんだ？」ジョーは尋ねた。

「わからない。身分証明書は持っていなかったそうよ。それに彼女はまだしゃべっていない。保安官事務所が見つけたのは――斧以外に――プリペイド式携帯と札束だけ。五千ドルぐらいあったって」

「ジョイとエイプリルを襲った女かな?」

「エイプリルはそうだと言っている。あの女よ」

ジョーはようやく息ができるようになった。ネイトが差しだしたバーボンの水割りを、手を振って断わった。

「きみのしたことはすべて正しかった」メアリーベスに言った。「子熊を守る母熊みたいだ」

「まさにね。そして、わたしの母親は終始まったくの役立たずだった」

メアリーベスの話では、警備員のゲイリー・ブラは危険な状態だったが、最初思っていたよりも助かる見込みがあるとのことだった。

「みんな無事でほんとうによかった」ジョーは、最初の電話を受けたときの言うに言われぬ恐怖を思い出した。一瞬、人生がからっぽになり、考えられたのは自分も死にたいということだけだった。つながりを失った――肉体から魂が浮遊した――感覚はまだ残っている。これが消えるには少し時間がかかるだろう。もう二度とこんな経験はしたくない。

「わたしはタフなのよ、知っているでしょう」

「おれよりタフだよ」

「あのヤク中は捕まったから、わたしたちもう家に帰れるわ」メアリーベスは言った。「保安官事務所に公式の供述みたいなものをしなくちゃならないけど。娘たちもよ。でも、そのあとは解放されると思う。終わったのよ、ジョー。家に帰れる」

彼は言った。「ダラスはまだそのへんにいる」

「これ以上一分だって母の家にはいられない」

「それはわかるよ」

ジョーはもうしばらく耳を傾け、メアリーベスはその夜の一部始終をさらに詳細に語った。彼女には話すことが、すべて吐きだすことが必要だとわかっていた。たとえ、おおよその経《けい》緯《い》はもう彼に知らせていても。自分が経験した出来事を、そうやって整理するのだ。ただ黙って聴き、口をはさまないことだと、彼にはとっくの昔にわかっていた。


長い通話を終えたあと、ジョーはネイトに言った。「あんたがあした遺体の発見場所へ案内してくれるなら、リードに連絡する」

ネイトはうなずいた。「おれはどのみちあそこへ戻って罠を調べなくちゃならない。保安官が同行してもかまわないよ。あんたは来ないのか？」

「行かない。おれはこれからジャクソンへ行く。家族に会いたいし、そのヤク中女と話をしたい。だれのために動いているのか、なぜあそこにいたのか、知りたいんだ」

ネイトは五分間にも感じられるほど長く、そのタカのような青い目でジョーを見つめてから尋ねた。「どうした？」

ジョーはすわりなおした。メアリーベスと同様、ごまかすにはネイトはジョーを知りつくしている。

「この二、三週間、そして今晩はとくに、おれはダラス・ケイツのこととなると複雑な感情を抱いてきた。たとえ彼が悪人だとわかっていても、おれは内心で刑務所には戻したくないと思っていた。そもそもどうして服役することになったか知っているし、その過程が雑だったのも知っている。彼は生活手段を失い、家族を失った。おれはそういうことを考えざるをえなかったし、自分が果たした役割も思わないわけにはいかなかった」

ネイトは同情するように天を仰いで、うながした。「続けろよ、正義の騎馬警官《ダドリー・ドゥ・ライト》（アニメ作品の主人公）」

ジョーはとりあわなかった。「この町全体がケイツ一家をずっとクズ白人扱いしてきたのは事実なんだ、だいたいはもっともなんだがな。おれの好かない一種の群集心理だ。ケイツ一家は悪評ふんぷんだったので、彼らを抑えつけておくことを正当化する人々もいる。たとえばスパイヴァクだ。ダラス・ケイツを檻《おり》に入れるためなら、目的が手段を正当化すると考えたせいで、なにもかもめちゃくちゃにした。

だが、こうなった以上、おれはもうダラスを容赦できない。おれにかけてきたあの電話。しばらくのあいだ本気ですべてを失ったと思った。これは許せない、彼を死ぬまで刑務所にぶちこんでやる。でなければ、彼を殺して終わらせる」

「それでこそあんただ」ネイトは言った。「で、これからどうする?」

「まず、おれは宣誓をした法執行官なのを忘れないでくれ。しゃにむに彼を追いつめるわけにはいかないし、その気もない。おれは判事でも陪審員でも処刑人でもないんだ」

「おれにまかせろ」ネイトは冷酷な笑みを浮かべた。

「だめだ。それもできない。だが、おれにできるのはあらゆる点をつなぎあわせて、ダラスをきちんと起訴することだ。まずはそのヤク中女からだ」

「どうなるか、おれは心もとないと思うが」

「大丈夫だ。だが、あしたあんたに頼みたいことがある」

「なんなりと」

「リードと部下が遺体を発見したら、あんたが頭上で会話を聞いた二人の男については黙っていてくれるか? 少なくともいましばらく?」

ネイトは目を細くして、さらに笑みを大きくした。「もちろんだ」

19

暗い夜に浮かびあがるジャクソンの灯は、ほぼ垂直に切り立った山々にはさまれたクリスマスツリーの電球のようだった。スノーキング山の薄青のスキー・ゲレンデを、月が照らしだしている。

　午前一時半、サウスキング・ストリートのティートン郡保安官事務所の前にジョーはピックアップを止めた。サドルストリングから直線距離ではほんの二百キロあまりだが、眠りについたワーランド、サーモポリス、デュボイスの町を通過してたどり着くには、六時間と走行距離五百六十キロを要した。南北に走るいくつもの山脈と川が節《ふし》をなす、州の東から西へのドライブは時間がかかる。ジョーはビッグホーン山脈を越え、ウィンドリバー峡谷を通ってビッグホーン川に沿って進み、そびえ立つウィンドリバー山脈を避け、グローヴァント山脈を迂回して、やっと到着した。前方のヘッドライトの光の中をエルクが横断したので、二回スピードを落とし、トグウォティー峠では道路を走って横断していた黒熊ともう少しでぶつかるところだった。

　ピックアップを降りたとき、長いドライブでジョーの背中は痛み、脚はこわばっていた。居眠りしないようにたくさんコーヒーを飲んだので、保安官事務所の車寄せに着いて最初に行ったのは男子トイレだった。

　いわゆる〝警察署〟にはとくべつな臭いと音がある――留置されている人間がいれば、とくに。明るい受付へ続く、ガラス窓のある軽量コンクリートブロックの廊下には、消毒薬でごまかしきれない体臭が漂っていた。酔っぱらったいびきや大きな寝言が換気口から伝わってきて、廊下に反響した。

ジョーは廊下の先のプレキシガラスの窓口に近づき、ダイアナ・ガバルドンの分厚い歴史ファンタジーを読んでいたがっしりした女を驚かせた。

「ジョー・ピケットです」ガラスの中央に設置された円《まる》いクロムめっきの格子を通して、ジョーは名乗った。体の向きを変え、相手に制服のポケットのバッジと名札が見えるようにした。「家族に会いにきた」

「あなたが猟区管理官なのはわかりました」女は言った。「でも、やはり身分証明書を見せて」

〈ラングラー〉の尻ポケットから財布を出しながら、彼は言った。「妻もそのシリーズを読んでいますよ」

「キルトをはいた男ほど、わたしのエンジンをかけてくれるものはないの」受付の女は彼の身分証明書と運転免許証を見た。

「らしいですね」

銃と、装備をつけたベルトはピックアップに置いてきたので、中にいるあいだ預ける必要はなかった。

「みなさん、奥の待合室にいらっしゃるわ」女は二枚のカードを返した。「四人全員。今晩のはすごい事件だった。ご想像どおりジャクソンではいろいろなことが起きるけれど、斧を持った頭のおかしい女とはねえ？　そんなのめったにないわ」

「そう聞いて安心しましたよ」

受付の横の鋼鉄のドアのロックが、カツンという電子音とともに解除された。

〈ラウンジ〉と記されたドアへ向かう途中、ジョーは壁で仕切られた個人用作業区が並んだ集合部屋を通りぬけた。頭上の照明は弱められ、二人の保安官助手がキーボードをたたいている以外は静かでがらんとしていた。彼らの顔はパソコンの画面の光に照らされていた。ジョーが部屋を通るとき、二人は目を上げた。近いほうの一人にジョーは歩み寄った。両側を刈りあげた短髪の、まだ少年らしさの残る保安官助手だった。

「サドルストリングから来たジョー・ピケットです。今晩わたしの家族を助けてくれた人ですか？」

バッジに〈マクナミー〉と記された保安官助手は答えた。「奥さんと最初に現場へ駆けつけたのはぼくです。いま報告書を書いているところで」

「なにをしてくれたか聞きました」ジョーは手を差しだした。「冷静に対処してくれて、ありがとう」

マクナミーは赤くなった。「ぼくの心臓がどんなにバクバクしていたか知ったら、あなたはそんなこと言えませんよ。あの女、ブーツをぬいで逃げちまうんじゃないかと思いました」

「だが、そうしなかった」ジョーは言った。「きみが捕まえていてくれた」

二人目の保安官助手はずっと年上で、分厚い白い口ひげをはやし、ベルトの上に腹が突きだしていた。

「逮捕した方ですね」ジョーは言った。「おみごとでした」

「仕事をしただけですから」相手はエド・エストレラと名乗った。「いや、車の事故を処理したり、酔っぱらったスキーヤーを逮捕したりするより、ずっとおもしろかった」彼は微笑して、パソコンの画面に向きなおった。

「きみたちは英雄だ。ありがとう」ジョーは感謝した。

マクナミーはますます赤くなった。

「今晩逮捕したその女の名前や動機はわかりますか？」ジョーは聞いた。

「わかりません」マクナミーは言った。「わかっているのは、彼女が四軒の家を通り過ぎてハンドの家へ行ったってことです、だからあそこが標的だった。それに奥さんと娘さんが、彼女につきまとわれていたことや、娘さんのルームメイトがけがをしたことを話してくれましたよ。いまのところ、あの女は一気にカタをつけようとしたんじゃないかと推測しています」

エストレラが言った。「あの女、名前を言おうとしない。現時点ではっきりしているのは、彼女が質《しつ》の悪い刑務所流のタトゥーを入れていることだ。ドラッグが抜けたら、自白を始めるだろうと期待しているんですがね。夜が明けて鑑識の連中が出てこないと、彼女の血液サンプルを公式の分析にまわせないんだが、あの顔つきはヤク中で間違いないでしょう。このあたりで大勢見かける」

「弁護士がつく前に、わたしが彼女と話すわけにはいきませんか？」ジョーは尋ねた。

エストレラ保安官助手は初めて見るようにジョーを値踏みした。警官の観察対象になることに、ジョーは慣れていた。

「その許可を出せるのは保安官だけだな」

「タッセル保安官？」

「ええ」

「彼とは知りあいです。何年か前、一緒に捜査したことがある。ここの猟区管理官が自殺したあとで。じつは、一時的にこの地区の担当になったんです。すまないが保安官に電話して、わたしが来て容疑者に話を聞きたがっていると伝えてもらえませんか？」

保安官助手は腕を突きだして時計を見た。「午前二時ですよ」

「わかります。そして、マーカス・ハンドがサドルストリングからもうすぐここへ戻ってくる」

二人の男はその名前にたじろいだ。エストレラはつぶやいた。「あのくそったれ野郎」そのとき、目の前にだれがいるか思い出してジョーに言った。「口ぎたなく罵って失礼しました。ついうっかり。彼はこのへんで人気があるとは言えなくてね。親戚ですか？」

「いや。なんの関係もありません」

エストレラは傍目《はため》にもあきらかにほっとした。そしてマクナミーに言った。「保安官に電話しろ」

「なんでぼくが？」

「なぜならおれには先任権があって、おまえにはないからさ」エストレラはジョーに向きなおった。「できることはやってみますよ」

「重ねてありがとう」ジョーは言い、ドアのほうへうなずいてみせた。「わたしはあそこにいます」

ハンドがヤク中女の代理人であるかのようなほのめかしをしたことに、かすかな罪悪感をおぼえた。保安官助手たちは、ちょっと考えればそんなはずはないとわかるはずだ。なぜマーカス・ハンドが、自分の家に押し入ろうとした女を弁護するはずがある？　ともあれ、彼の名前を出しただけであああいう非理性的な反応があった。

容疑者と話す許可をタッセルがジョーに与えるまで、彼らが深く考えないでいてくれるといいが、とジョーは思った。

ジョーが部屋に入ると、メアリーベスはサイドテーブルに積まれている〈ワイオミング・

ワイルドライフ〉誌の古い号から目を上げた。ほっとしているが疲れた表情で、ストレスと深夜まで起きているせいで目の下にくまができていた。

「やあ、ハニー」彼は声をかけた。

雑誌を放りだして、メアリーベスは彼が抱きしめられるように立ちあがった。彼女は腕の中に溶けこみそうで、ジョーは妻の深いため息を聞いた。

室内はお役所的な薄黄色に塗られ、軽量コンクリートブロックの壁にはティートン山脈の古い写真が数枚飾られていた。そして色が合わないスチールフレームの家具、コーヒーメーカー、ウォータークーラーがところ狭しと置かれていた。おそらく、打ち合わせに使われるか、被害者の家族が保安官助手たちの部屋とは別に集まるところなのだろう。

ソファで休んでいたルーシーが薄いブランケットをはいで、抱擁《ほうよう》に加わった。彼女は笑顔だった。背もたれのある椅子にすわっていたエイプリルは、一瞬うさんくさげに片目で見ていたが、結局立ちあがって輪に入った。

ピケット家が集まってハグをした記憶はなく、こういうのが好きかどうかジョーはよくわからなかった。それでも、シェリダンもここにいたらいいのにと思った。

ミッシーは離れた隅に一人ですわり、組んだ両ひざに片肘《かたひじ》をついてぼんやりと虚空を眺めていた。彼女は自分の居場所から動かず、ジョーはほっとした。

「パパ、ここからあたしたちを連れて帰って」エイプリルは言った。ルーシーもうなずいた。

た。

「そうね」ミッシーが苦い口調で言った。「みんなを連れて帰って、ぜひとも」

「警察で待たされているのにやけにくつろいで見えますね。どうしてです？」ジョーは尋ねた。

ミッシーはぐるりと目をまわし、怒ったように手を振って彼を黙らせた。

マクナミー保安官助手がラウンジをのぞき、咳ばらいして注意を引いた。

「タッセル保安官に聞きました」彼はジョーに伝えた。「容疑者と話してもいいそうです、ただし条件が二つ」

ジョーはその二つを待った。

「一つ、ぼくが同席し、エストレラ保安官助手がモニターで見ていること。会話は録音し、不適切なことがあれば介入します。二つ目は……」ジョーの家族にその先を聞かせたくないように、マクナミーは声を落として下を向いた。「聴取が終わったら、できるだけ早くティートン郡から出ていってほしい、と保安官は言っています」

「彼は理由を言いました？」

「あなたの行くところにはトラブルがついてまわる、と」

「なるほど」

「面会室へ案内しますよ」

廊下を歩きながら、マクナミーはジョーを振りかえった。「ぼくはただのメッセンジャーなんで」

「わかっています」

マクナミーはキーカードをリーダーにかざし、へこんだ金属のドアのハンドルをまわした。開けると、脇に寄ってジョーを先に通した。

部屋は狭く質素だった。表面に引っかき傷のあるどっしりとした木のテーブル、三脚の金属製折りたたみ椅子、天井の隅に設置された赤いライトの光るビデオカメラ。

逮捕された女は、手錠をかけられた両手をひざに置いてテーブルの向こう側にすわっていた。うつむいており、あごが胸にくっついていた。長いくすんだ金髪が、すける布地のカーテンのように顔の前に垂れている。

「この人があんたに会いたいそうだ」マクナミーは言った。

女は顔を上げ、どんよりとした目でジョーをにらんだ。

彼は驚いた。「やあ、コーラ・リー」

マクナミーはカメラを一瞥してからジョーに聞いた。「知っているんですか？」

「ああ。だが、いまの彼女にわたしがわかるかどうか」

コーラ・リー・ケイツはブル・ケイツの妻だった。ブルが狩猟ガイドをしていたころ、狩猟シーズン外、かつ指定エリア外で殺したエルクを所持していた罪で、ジョーは二人を逮捕したことがある。ジョーが正当防衛でブルを殺したとき、二人はすでにけんか別れしており、あれ以来ジョーは彼女と会ってもいないし噂も聞いていない。

コーラ・リーはがっしりした口の悪い金髪女で、ブルと結婚したとたん二十キロ以上太った。ケイツの家で結婚式の写真を見たことがあるので、ジョーは知っていた。写真では、二人は迷彩柄のフォーマルウエアを着ていた。当時、彼女の見栄えは悪くなかった。

ところが、目の前の彼女はジョーの記憶にあるコーラ・リーの影のようだった。骨格も、いまにもどなって罵詈雑言《ばりぞうごん》を吐きそうな、下向きに曲がった唇も変わっていない。だが、ブルと別れてからの彼女は、あきらかに結晶メタンフェタミン中毒をともなう破滅的な道をたどったようだ。すっかりやせて顔はやつれはて、何本か欠けている歯は黄色がかった茶色だ。両腕も両脚も首も、多色のタトゥーでおおわれている。ヘビ、ドラゴン、犬歯から血を垂らした怖い顔の女たちのタトゥー。粗雑に描かれたいいかげんな彫りもので、まるでタトゥー屋がコーラ・リーを練習台に使ったかのようだ。

まぎれもなくコーラ・リーがこの部屋にいると知った衝撃は、大きかった。では、ワンダ・ステイシーが見た女は、ダラスの主張とは違って、集まりに割りこんできたロデオ・グルーピーではなかったのだ。それは彼の義姉だった。

ジョーは椅子を引いて彼女の前にすわり、両手をテーブルの上に置いた。

コーラ・リーの目に相手を認めた光がかすかによぎった。

「なぜ彼がここにいるの?」いらいらした口調でマクナミーに尋ねた。「あたしのブルを殺しやがったちくしょうなのよ」

「彼女はわたしだとわかっている」ジョーは無表情で言った。

「彼女の牡牛《ブル》を殺したって、どういう意味です?」マクナミーは聞いた。

ジョーは手を上げて、いまは質問しないでくれと頼んだ。「あとで説明しますから」

「コーラ・リー」ジョーはあらためて言った。「なぜそこいらじゅうでおれの家族につきまとった?」

「なぜだと思う?」

「教えてくれないか」

コーラ・リーの口がへの字になった。「目には目を、歯には歯を」

「ああ、そうか。あんたは復讐しようとしていたのか。ダラスと同じように」

ジョーはマクナミーの視線が自分の頭の横に据えられるのを感じた。だが、保安官助手はあいだに入ろうとはしなかった。

「これまで、あんたはおれの娘と間違えて女子学生をナイフで刺し、自分の仕事をしていただけの警備員の頭をもう少しで切り落とすところだった。復讐ビジネスにはまったく向いていないようだな」

「くそったれ」

ジョーは両手の指を組みあわせた。「しかし、気のきいたカムバックのしかたはまだ心得ているらしい」

コーラ・リーは拘束された両手を上げて、一本の指を頬にあてた。「この涙が見える？あんたがしたことのせいよ」

「見えるよ」

テーブルの下で、コーラ・リーの片方の脚が震えだした。テーブルの表面を通じて、ジョーは振動を感じた。それが恐怖や怒りによるものなのか、あるいは薬物が切れはじめたせいなのか、彼にはわからなかった。たぶん両方だろう。いま目の前で発作を起こさなければいいが、と思った。

「ここの有能な保安官助手たちが逮捕したとき、あんたが持っていたのは子ども用の四輪車、斧、携帯、札束だけだった。現金について聞きたい。だれからもらった？」

「あんたには話さない」

「いま話しただろう。さあ、現金で五千ドルくれたのはだれだ？　自分で合法的に稼いだとはとても思えない」

「話さないって言っただろう」

「ダラスか？　ダラスがたきつけて、おれの娘たちの住所を持たせてあんたを送りこんだのか？　娘たちを殺したら、あといくらくれると約束したんだ？」

「あんたはあたしのブルを殺した」

「あれは殺人じゃないし、おれへの疑いは晴れている。彼のほうから警告もせずおれの車に発砲してきたのを忘れたのか？　おれが死んだのを確かめるために近づいて、車の窓からのぞきこんだとき、彼は撃たれたんだ。おれにはほかにどうしようもなかった、だがあれは彼の愚かな行為のせいだ。ブルはいつも愚かだった——しかし、五千ドルで罪もない人々を殺すのを危険を承知で引き受けるほど、愚かじゃなかった」

コーラ・リーはジョーをにらみつけたが、目の焦点がなかなか合わなかった。欠けた歯に気をとられて、彼のほうはにらみかえすのに苦労した。

「この状況をどうにかする唯一の方法は、法執行機関に協力することだ。事件を解明するのに手を貸すとあんたが決断すれば、判事はかならず考慮する。これ以上ダラスを庇《かば》う必要はない。もし逆の立場なら、彼はあんたを守りはしないだろう。ダラスの声が聞こえるよ。『コーラ・リー？　あれは兄貴がいちばん彼女を必要としていたときに逃げたひどい女だ』」

コーラ・リーの顔つきから、ジョーは彼女の悪意に満ちた心の奥底の痛いところを突いたのを感じた。

「おれの家族を傷つけたらなにをくれるとダラスは約束した？　あんたを薬漬けにするにはあとどのくらい金がいるんだ？」

「彼はなにも約束しなかった。あたしはブルのためにやったんだ」彼女は言った。

「あんたが捨てた男のために？　それはとうてい信じられないな、コーラ・リー」

「ダラスのためになんか、なに一つやってない」半分しわがれ声、半分泣き声で彼女は言った。

片脚だけだった振動は全身に広がりはじめたようだ。彼女の両手は激しく震え、痙攣《けいれん》で歯がカチカチと鳴った。

ジョーはすわりなおした。次にどう出るべきかわからなかった。

マクナミーが口をはさんだ。「彼女がここで発作を起こす前にやめるほうがいい。救急車を呼びます」

コーラ・リーはいまや汗びっしょりで、ジョーは彼女のつんとくる薬品臭を嗅いだ。

彼はカメラを見上げてエストレラに言った。「聞いたでしょう。名前はコーラ・リー・ケイツ、彼女が終わらせるまで、問題のない聴取だった。そして、弁護士の要求はなかった」

ジョーは椅子を引いて腰を上げた。マクナミーは肩のマイクを通じて病院と連絡をとっていた。できるだけ早く救急チームをよこしてくれるらしい。

マクナミーは手招きしてジョーを室外に出し、ドアを閉めた。

「ぼくはここにいて、救急車が来て搬送《はんそう》がすむまで彼女を見張っています。あなたはご家族と一緒に帰るといい」

「家族の供述はもういいんですか？」ジョーは尋ねた。

「そう思います」

「ありがとう」ジョーはマクナミーと握手した。「コーラ・リーとの話がこんなふうになるとは思わなかった」

「彼女が怖いですよ」

「わたしもだ」ジョーは同意した。

「ヤクが切れるとひどいことになりますね」

「ああ」

「ところで、あなたが彼女の牡牛《ブル》を殺したとかいう話は？」

ジョーは説明し、マクナミーは目を丸くした。聞き終えると、保安官助手は言った。「いまので、そんなようなことを耳にしたのを思い出した」

二人は名刺を交換して連絡手段を教えあい、ジョーは家族のもとへ戻ることにした。

廊下の途中で、ジョーは足を止めた。

ダラスのためになんか、なに一つやってない。コーラ・リーはそう言っていた。

20

〈ティートン・シャドーズ〉の入口ゲートで、ジョー、メアリーベス、娘たちは、両車線にまたがって止まっているワイオミング州ハイウェイ・パトロールのぴかぴかの車両に、行く手を阻《はば》まれた。ミッシーのハマー2は土取り場の草地に移動されていた。

ジョーが減速してピックアップを止めると、パトロール隊員がズボンのジッパーを上げながら警備小屋の横の茂みから出てきた。隊員はヘッドライトの光の中に入り、そのまま手で合図した。

つばの平らなハイウェイ・パトロールの帽子をかぶった大男で、暗いのに着色レンズのメガネをかけていた。ジョーの見たところ、かけている理由は、芝居がかった仕草でメガネをはずし、フロントガラスごしに車内をにらみつけるときの効果を狙ってだろう。隊員は銃のグリップに右手をあてて、ゆっくりとピックアップに近づいてきた。

ジョーはため息をついた。

「申し訳ないが、通せない」隊員は告げた。赤ら顔で筋骨たくましく、名札には〈ティラー〉とあった。「中が犯行現場になっているので」

「知っている」ジョーは言った。「家族はその現場にいた。いま、保安官から解放されて、帰るために荷物をとりに戻るところなんだ」

「わたしの許可なしではだめだ」ティラーは言った。

これまでティラー隊員は職務遂行中にメガネをさっとはずして、〝わたしの許可なしではだめだ〟的なことを何度言ってきたのだろう、とジョーは思った。この男はあの種の法執行官——争いや対決を求めてうずうずしているタイプだ。

状況をややこしくするようなことをしたり、言ったりするのはやめようとジョーは決めた。

「いまゆっくりと身分証明書を出す」前かがみになって尻ポケットから財布をとりだした。懐中電灯の光で制服のワイオミング州狩猟漁業局の袖章がティラーに見えるように、左肘を運転席側の窓の縁《ふち》に置いた。

ティラーはジョーの運転免許証を受けとって調べた。それから懐中電灯でジョーの顔を照らして写真と照合し、同じことをもう一度くりかえした。因縁《いんねん》をつけられているのは確かだが、ジョーには理由がわからなかった。

「あんたのことは知っている」ティラーは冷たい口調で言った。「猟区管理官だな」

「そうだ」

「ジョー・ピケット」ティラーは免許証を返した。「なあ、自分たちの名前が新聞に載らないように努力している法執行官もいるんだぞ」

「おれもそうしている。たまたま、間の悪いときに間の悪い場所にいる才能があるだけだ」

そう言ったとき、ジョーはエイプリルとルーシーが後部座席で忍び笑いするのを聞いた。娘たちは法を執行する州の組織のあいだでときに争いが起きるのを知らないし、ティラーのように猟区管理官が職務の一部として持っている自由と自立に憤《いきどお》る者がいるのも知らない。猟区管理官は犬を乗せて州のピックアップを乗りまわし、釣りをしたり猟をしたりしているのと変わらない、とハイウェイ・パトロール隊員たちがこぼしているのを、無線で聞いたことがある。ジョーにはあてはまらないが、ティラーを相手にことを大きくしたくなかった。とにかくゲートを通りたい。

「いつ入れてもらえるんだ？」

「許可が出たらだ」ティラーは答えた。つまり、おれのシフトが終わるまでだめだ。

こうして二度目に、ジョーはタッセル保安官の眠りを妨《さまた》げることになった。こんどは直接本人が出て、彼は状況を説明した。「あなたの郡から出ていってほしいなら、ここの隊員と話していただく必要がある」

タッセルはため息をついた。「携帯を相手に渡せ」

短いやりとりのあと、ティラーは携帯をジョーに返した。「犯行現場を汚染させるような特例の要望にはもううんざりだが、行っていいと保安官は言っている」

「ほかにだれがそんなことを？」

「あの家の男だ。マーカス・ハンド」あきらかな嫌悪感をこめて、ティラーは答えた。「彼のことを知っているか?」

「もちろんだ」ジョーはパトロール隊員に感謝してレバーをドライブに入れた。

警備小屋の横を通るとき、メアリーベスは娘たちに中をのぞかせないようにしたが、どのみち二人は見た。

「あそこ、血がいっぱい」エイプリルが言った。

「あたし、気持ち悪くならないといいけど」ルーシーがつぶやいた。


マーカス・ハンドは居間の大きな革張りリクライニングチェアに手足をのばしてすわっていた。濃い色のバーボンがたっぷり入ったグラスを持ち、すぐ手の届く床の上に瓶があった。毛足の短い羊毛のスリッパをはいた足を上げていたが、スーツをぬいでおらずストリング・タイも締めたままだった。ヒューイット判事の法廷できのうジョーが見たときと同じ服装だ。ハンドは、メアリーベス、エイプリル、ルーシーが自分の家の中を歩きまわり、それぞれの部屋にあった服や所持品を荷造りするのを、無言で眺めていた。

ハンドの後ろ側の、裂けて穴の開いた玄関ドアと、証拠品マーカーが横に置かれたタイルの上の血まみれの斧が、ジョーの目に入った。セントラルヒーティングがついており、穴から入ってくる秋の冷気を追いはらおうとしていたが、むだだった。

ハンドは居間に入ってこいとジョーを手招きし、隣のソファにすわるようにうながした。「これは〈ジェファーソンズ・オーシャン〉だ」ハンドはバーボンを一口飲んだ。「おれの知る最高のバーボンの一つだ。バーボンの樽を船に積んで世界中を航海し、そのあいだずっと酒は気温の変化や船のゆったりとした揺れにさらされて、焦げた木のスモーキーなヴァニラ風味をまとう。おそらく、どの樽も四回は赤道を越えている」

ジョーはソファの端に腰かけたが、答えなかった。

「大きな裁判に勝ったときのためにいつもはとっておくんだが、今回はあまりにも迅速かつ容易に運んだので、規則を破っているというわけだ。一杯どうかな?」

「いや、けっこう。運転するので」

「紳士たるもの、きみたち全員にどうぞ朝までいてくれと言うべきだろうが、見てのとおりここは家というよりおおやけの犯行現場だからな」

「家族はどのみち帰るつもりでした」

「そしておれは自分の家をとりもどすつもりだ」ハンドは静かに言った。「無作法だと思わないでほしいが、家はおれの聖域なんだ。発情ホルモンでいっぱいの家に住むなんて想像もできないよ」

「この十年以上、わたしは発情ホルモンでいっぱいの家で暮らしてきた」ジョーは答えた。ピケット一家が帰ってくるまで、ハンドはどのくらいバーボンを飲んだのだろう。

ハンドはジョーの暮らしを思って身震いし、話題を変えた。

「奥方は今晩街の〈フォーシーズンズ〉に泊まる。まだ犯行現場に戻ってくる気にはなれないのでね」

ジョーはうなずいた。ミッシーがすぐに帰宅しないのは、娘と孫たちが出ていくせいもあるのだろう。一瞬、ミッシーが気の毒になりかけた。

彼は単刀直入に尋ねた。「ダラス・ケイツはどうやってあなたの弁護士報酬をまかなったんです？」

ハンドは大げさにたじろいでみせた。まるで、ジョーの質問に驚いたかのように。しかし、この男を心底驚かせるものはなにもないとジョーにはわかっていた。

「その問いに対する答えは知らない。知っているのは、ウィンチェスター銀行発行の小切手が、おれの銀行で換金されたことだ。関心があったのはそれだけだ」

ウィンチェスターはサドルストリングから三十キロあまり離れた小さな牧畜の町で、ビッグホーン山脈のふもとの丘陵地帯にある。ジョーはよく知っていた。

「いま彼は野放しだ。あれから、家族とわたし自身を脅《おびや》かすだけの時間がたっぷりとあった。そして彼は義姉のコーラ・リーと連絡をとっていたと思う。彼女が、おたくのドアを斧で壊した頭のおかしい女ですよ」

「そうなのか？　それがどうした？　きみはおれが彼の釈放を楽々と勝ちとったことを恥じ

てしかるべきだというのか？」

「そうですね。多少は」

ハンドは低く笑ってバーボンを一口飲んだ。よほどうまい酒らしく、しばし目を閉じた。目を開けると、ハンドは言った。「金、マンパワー、そして全能の州の資源が、おれの依頼人を終身刑にするために注ぎこまれた。それも彼らが――きみの積極的な同意を得て――最初に不当な重刑を科したあとにだ、きみたちのだれももう彼を見ないですむようにな」

ジョーは頬が熱くなるのを感じた。

ハンドは続けた。「そのすべての利点をもってしても、彼らはまだごまかす必要を感じた。われわれはごまかしを暴いた、それだけだ。検察側こそ罪と恥を知るべきだ――おれじゃない。だが残念ながら、政治家、官僚、それに猜疑《さいぎ》の目を光らせた彼らの手先どもは、そういう感情を持てない。官僚であることは、決して悪かったと認めないということだ。そして、司法制度は彼らに説明責任を負わせようとはしない。そのためにブルース・ホワイトがおれの支払い名簿に載っていたのを、神に感謝しないとな。

ジョー、法の側たるきみたちの多くが被告人側弁護士を見下しているし、おれはそれを知っている。とくにおれを見下しているのを。だが、あらゆる点で有利なのはきみたちの側だ。警察と検察は納税者の金を使って費用をまかなう。一方おれの側は、真剣な弁護にかかる費用を払うのは個人だ。カードの手はつねにおれたちに不利なんだ、だから三枚カードをとってストレートフラッシュが完成すると、達成感があるんだよ――わかるかね」

ジョーは一声うなり、ハンドの話を理解していることを示した。

「検察側と違って、おれは敵対する側の全員を軽蔑したりしない。いい警官、いい検事は高く評価する、たとえ依頼人のためにしゃにむに闘って打ち負かさなければならないとしても。おれはきみを高く評価するよ、ジョー、なぜならきみが善良な人間で宣誓を誠実に守ろうとしているのを知っているからだ。しかし、スパイヴァクのような連中は……」ハンドはリクライニングチェアのそばの床につばを吐くまねをした。「スパイヴァクのような連中はきみのような人間に害をなすんだ、きみにはわかりえないほど」

「ええ」

「ダラス・ケイツは自由になった、それは残念だよ。われわれ双方ともに、彼は有罪だとほぼ確信していると思うからね」

「あなたは認めるんですか」ジョーは驚いた。

「明白だったよ。しかし、これ以上司法制度を悪用することは正当化できない。すでにあまりにも多くの無実の人々が服役し、あまりにも多くの犯罪者が大手を振って外を歩いている」

「だが、もう二度とデイヴ・ファーカス殺害の罪で彼を裁くことはできないんです。殺人犯が司法の手を逃れるのは正しいことではない」

「そのとおりだ、とはいえそれはおれの落度じゃない」ハンドは言った。「建国者たちはスパイヴァクのような連中に対する防御手段を法律に組みいれた。州の強大な力と資金は、陪審団が州側に同意するまで被告人を何度も何度も裁くために使われるべきじゃない」

ハンドは長い間を置き、やがて身を乗りだしてジョーのひざに大きな手を置いた。「ダラス・ケイツは社会の脅威だ、そして彼がもっとも危険なのはきみたちに対してだ」

ジョーの背筋を冷たいものが走った。「よくわかっています」

「きみは別の方法で彼に対処しなければ」

ジョーはうなずいてそっぽを向いた。

「うまくいくことを願っているよ」ハンドは言った。「奥方については……そう、彼女の考えは少し違うだろうな。少なくともきみに関しては」

「ご心配なく、わかっていますよ」ジョーは答えた。

「コーラ・リーは言ったんだ」ジョーはメアリーベスに話した。「『ダラスのためになんか、なに一つやってない』って。そう言った、だからおれは引っかかっている」

夜明けの数時間前、ジョーは助手席にメアリーベスを乗せ、サドルストリングへ向かってトグウォティー峠を上っていた。ピックアップの荷台はバッグやスーツケースでいっぱいだった。もう一台はメアリーベスのヴァンで、エイプリルが運転して後ろについている。居眠りしないようにルーシーが大声でミュージカル・ナンバーを歌っている、とエイプリルは二度電話してきてこぼした。

妻の携帯のスピーカーで、ジョーはルーシーが『ハミルトン』のナンバーを歌っているのを聞いた。いい声だった。

目をさましていらいらしているほうが、疲労困憊《こんぱい》で運転しているよりましだ、とエイプリルに言ってきかせたあと、メアリーベスは通話を切ってジョーとの話に戻った。

「それで、あなたはどうするつもり？」彼女は尋ねた。

「想像がつくだろうが、犯罪あるいは犯罪計画を暴く上でもっとも大切な要素は、犯人の動機なんだ。ときにはそれは明白で、ドラッグを買う金がほしいとか、壁に頭部を飾るためにエルクを密猟したいとか。だが、悪事が一見行き当たりばったりに起きると、わかりにくくなる。次になにが起きるか、そしてなんといってもなぜなのかがわからないと、警戒しつづけるのはむずかしい。

なぜダラスが報復を求めるのかは理解できるんだ、そう言いたくないのはやまやまだが。しかしわからないのは、二人の悪党仲間とコーラ・リーがどう絡《から》んでいるのかだ。ダラスは人を操って自分の望むことをやらせる方法を心得ているが、堕落した刑務所仲間二人と義姉を引きいれるほどの説得力が、ほんとうにあるだろうか？　三人にはなんの得がある？　ダラスはかつて金に不自由しない大物ロデオ・スターだった。いまはすっからかんの元受刑者だ。

コーラ・リーは今回の犯罪相関図のどこに入るんだろう？　彼女はブルを捨てた――ケイツ一家全員を――ブルが死ぬ前に。一緒にいたときでさえ、夫婦のあいだには波風が立っていた。〈ホイッスル・ピッグ・サルーン〉で酔っぱらっては殴りあいのけんかをしていたものだ。一度、コーラ・リーがビリヤードのキューを持って駐車場までブルを追いかけ、頭をかち割ったことがあったよ。五、六回は離婚すると言いあったと思う。ブルが死んだことが、自分の人生を賭けておれたちを襲ってくるほどコーラ・リーを打ちのめしたとは、とても考えられない」

メアリーベスは言った。「家庭や結婚生活の中でほんとうはなにが起きているかなんて、だれにもわからないわ。ときには、最高に幸せに見えるカップルがじつは憎みあっていることがある。そして、見たところ不幸せなカップルが、おたがいなしでは生きていけないこともある」

「賢明な意見だ」

「とは言ってもコーラ・リーの場合は、あなたの考えに同意するしかない。ドラッグで頭がどうかしていたのでなければ、どうして彼女があんなことをしたのかわからないわ。それに、あちこち移動して娘たちをつけまわすためのお金を、どこで手に入れたのか？　だれかが資金を提供していたのよ。そして、大勢の人が関係している。わたしたち、なにかを見逃しているのね」

しばらくは沈黙のうちに車は進み、それぞれが考えにふけっていた。

とうとう、ジョーは言った。「マーカス・ハンドが報酬をウィンチェスター銀行の銀行小切手で受けとったと言っていた。もっと近いサドルストリングに銀行が五つも六つもあるのに、自宅から四十五分もかかる銀行をダラスが使ったのは妙じゃないか?」

「そうでもない。彼は母親から受けとったのよ。彼女、どこかほかでできるなら、サドルストリングではどんな取引もしないようにしていた。食料品を買うとき一家はわざわざビリングズまで車で行っていたのよ、たとえまる一日かかっても。ブレンダはわたしたちと戦争状態にあった、こちらが知らなくても、認めていなくても。だからたぶん、よけい怒っていたのよ。サドルストリングの商店主や住民全員を——わたしを含めて——ブレンダがどう思っていたか、そうやって示していたの」

ジョーはかぶりを振って口笛を吹いた。

メアリーベスは続けた。「わたしに意地悪をするためだけに、ブレンダはキャスパーのナトロナ郡図書館の貸出カードを見せたことがある。わたしの図書館は使わないと言いたかったのよ」

「あしたウィンチェスターへ行って、銀行と話してみようと思うんだ」

「わたしはネットで調べてみる。コーラ・リーはブルと別れたあとまた現れるまで、なにかしていたはずよ。サイバースペースに痕跡を残していれば、見つけられるかもしれない。もっと早く彼女がかかわっているとわかればよかったんだけど」

夜明け前にビッグホーン・ロードを走っていたとき、東の空が鮮《あざ》やかなバラ色に染まった。日の出はアニメのように鮮やかで明るかった。

メアリーベスはすわりなおした。「朝日を見て、ジョー。森林火災があったあの夏みたい」

二人はすばやく視線をかわし、同じことを悟った。ジョーはアクセルを踏みこみ、後ろのエイプリルの車はほこりに包まれた。

自宅への最後の曲がり角でハンドルを切ったとき、ピックアップの後輪が振れたが、ジョーは路面に踏みとどまった。

「ああ、なんてこと……」メアリーベスは両手で口もとをおおってあえいだ。

自宅は炎に包まれていた。開いたドアや窓から火炎が激しく噴きだし、黒と黄褐色の煙がもくもくと空へ上っている。家の裏では、納屋が焼け落ちていた。屋根は崩壊して、残っているのは灰の中に突き立っている八本の黒焦げの支柱だけだ。

ジやはり燃えている正面のピケット・フェンスの五メートルほど手前でブレーキを踏み、ジョーは「車にいろ」と叫んで降りた。だが、メアリーベスは耳を貸さずピックアップから飛びだした。

火災の熱が皮膚をひりつかせる中、二人は無言で立ちつくし、煙と焦げ臭い空気を吸いこんだ。メアリーベスの頬の涙は、朝日と炎が溶けあったオレンジ色を反射していた。

ロホとトビーは四百メートルほど離れた斜面で草を食《は》んでおり、エイプリルの車が着いたときデイジーが木立から道路へ駆けおりてきた。二頭と一匹はなんとか火災から逃れたのだ。

メアリーベスの新しい去勢馬ペティと犬のチューブは姿が見えない。

ジョーの心は怒りで沸きかえり、マーカス・ハンドの言葉がよみがえってきた。

「きみは別の方法で彼に対処しなければ」

21

ベッドのブランケットの上から刺し傷を負った足の裏を蹴《け》られて、ランドール・リューティは叫び声を上げて目をさました。痛みは強烈で、目を開けるとまず火花が見えた。

ベッドの下をさぐって九ミリ拳銃のグリップを握り、とりだして痛みの元凶に銃口を向けた。

「ちくしょう、クロス」彼は怒りをこめてささやいた。「なんでそんなことしやがる?」

「そんなことって?」ローリー・クロスは部屋の反対側のベッドからねぼけ声で答えた。

リューティが水平に構える前に、銃は手からもぎとられた。

ダラスは冷淡な低い笑い声を洩《も》らした。「抜くのがちょっと遅いな、言わせてもらえば」

リューティの目の火花は消え、間違いようのない肩幅の広い体格に焦点が合った。ダラスはトリガーガードに人差し指を入れて銃を回転させ、上下逆にして返した。

「よこしまな意図を持った者がけさ忍び寄らなくてよかったな」ダラスは言った。「でなければ、おまえたち二人とも死んでいたぞ。見張りができるように、交替で睡眠をとれと言ったと思ったが。そうじゃなかったか？」

リューティはもう一つのシングルベッドにいるクロスのほうにあごをしゃくった。「やつのせいだ。おれはゆうべ最初の四時間の見張りをした」

クロスの眠そうな顔がゆがんでしかめつらになり、彼は部屋の向こうからリューティをにらんだ。クロスの沈黙が有罪を認めていた。

「で、ここでなにをしているんだ、ダラス？」クロスは聞いた。

「やつは話題を変えようとしている」リューティは非難した。

ダラスは彼を無視した。向きなおると、リューティのベッドの足の側にどさっと腰を下ろした。上にすわられてダラスにけがを悪化させられないように、リューティはあわてて足を動かした。

「言っただろう。おれは長いこと捕まっちゃいない。すぐ出てくると言ったよな。おれは自由だ、マーカス・ハンドと、レスター・スパイヴァクのとんでもなくひどいへまのおかげで」

「スパイヴァクはあんたの車にライフルを置いたやつだよな?」クロスは尋ねた。

「そうだ」ダラスはにやりとした。

リューティは起きあがって鼻をくんくんさせた。「どうしてあんたは煙の臭いがするんだ?」彼はダラスに聞いた。


リューティが最後の卵をベーコンの脂《あぶら》で炒めているあいだ、ダラスとクロスはたきぎストーブのそばの粗削《あらけず》りのテーブルで濃いコーヒーを飲んでいた。ダラスは逮捕されたあとの出来事を語り、期待していたよりずっとうまくスムーズに運んだと言った。

「おれたちはずっとあいつらの十歩先を行っていたんだ。いまもそうだ」ダラスはコーヒーカップの縁《ふち》を眺めた。「おまえたちは問題を処理したのか?」

問題とはワンダ・ステイシーのことだった。

「リューティはまず彼女とやりたがったんだ」クロスが答えた。「おれがその恐ろしい体験から救ってやったのさ」

ダラスは鼻で笑い、リューティは耳まで赤くなった。クロスと二人で人里離れた狩猟小屋にいた二週間は、みじめなものだった。協力するとかたがいに干渉しないとかではなく、彼らは相手を憎むようになった。リューティは後ろからクロスに忍び寄って、頭に一発ぶちこんでやろうかと何度も思った。きっとクロスも自分に対して同じことを考えていたはずだ。

もっとも、彼はなにを考えているのかわからない男だが。二人がこの場に留まった唯一の要因は、ダラスがいまにも帰ってくるだろうという期待だった。それと、また電話が鳴るのを待たなければならなかったからだ。

こうしてダラスが現れて、リューティはほっとした。

「で、死体はどこにある？」ダラスは尋ねた。「言ったように深く埋めたか？」

「それと変わらないよ」クロスは真剣な口調で答えた。真剣すぎる、とリューティは思った。

ダラスは動きを止めた。「どういう意味だ？」

「彼は女を崖から落としたんだ」リューティはガスこんろの前で二人に背を向けたまま答えた。「おれたちにはとうてい行けない、でかい岩の上に落ちた」

「深く埋めろと言っただろう、ローリー」

ダラスの口ぶりは不気味なまでに冷静だった。だれかに怒りをぶつける前はかならずこうなる。リューティは刑務所で見たことがあった。あるメキシコ人の囚人が、いまのロデオ・カウボーイは牡牛《おうし》に乗るとき防護ベストをつけているから腰抜けだと言った。もう一度言ってみろ、とダラスは静かに告げた。メキシコ人がくりかえすと、ダラスは相手が倒れるまで何度も激しく殴りつけた。そのあと頭を踏みつけ、メキシコ人の鼻と耳から血が流れだした。殴打のあいだ汗一つかかなかったダラスは、鮮《あざ》やかな事後処理として、A棟のメキシコ人仲間のしわざだと矯正官たちに訴えた。メキシコ人は口を割らないし、メキシコ人仲間が否定してもなんの効果もないことを、彼は知っていた。それが刑務所の現実だった。

いま、リューティは次にどうなるか見るためにわずかに後ろを向いた。

ローリー・クロスはダラスより十五センチ背が高く、二十キロ以上重い。だが、そんなことは関係がない。

ダラスは猫のようなしなやかさで立ちあがり、ピストンよろしくこぶしを繰りだした――ワンツー、ワンツー――あまりにすばやく顔に命中したので、クロスは腕を上げて防御する余裕もなかった。体から力が抜け、頭が傾いて、彼は椅子から床にころげ落ちた。

リューティは鋳鉄《ちゅうてつ》のスキレットを持ったまま振りむいた。ダラスはクロスの上に立ちはだかった。「だれかが死体を見つけたら、おれはおまえを深く埋めてやる」

だが、メキシコ人のときと違って、ダラスは倒れたクロスを殴りも踏みつけもしなかった。

クロスはうめいて腹ばいになった。口と鼻から出た血が、あごの下のよごれた床にしたたった。

「卵を食うか、ローリー?」なにごともなかったかのように、リューティは声をかけた。

ダラスは視線を上げた。クロスの上に立ちはだかったとき張りつめた怒りの仮面そのものだったその顔は、トランス状態から抜けだしたようにやわらいでいた。一瞬リューティは、鞍《くら》なしの荒馬かブラーマン種の牛にまたがるときのダラスの、仮面めいた表情を想像した。

ダラスは言った。「おれは腹ぺこだ。じっさい、死ぬほど腹が減っている」

彼はクロスをまたいでテーブルの椅子に戻った。そして目を細めて疑わしげにリューティを見た。「おまえはあの女のことを話したくてうずうずしていたんじゃないか?」

「あれ以来ずっとだよ」リューティはスキレットをテーブルの中央に置いた。

「おまえも同じだけ責任がある。おれは二人に、決して見つからないように彼女を深く埋めろと言ったんだ。そうだろう?」

リューティは譲らず、床のクロスのほうにあごをしゃくった。「ローリーは自分だけの考えでやったんだ。聞いてみろよ。冗談じゃない、おれは彼についていくことさえできなかったんだ。おれの足、見ただろう?」

「なにがあった?」

「ジャックナイフ投げ《マンブレティペグ》をやったんだ」リューティはダラスの皿に灰色がかった卵を入れた。

「彼が負けた」

「おまえが負けたように見えるが」ダラスはむさぼるように食べながら言った。「そしてジ《マ》ャックナイフ投げ《ンブリーペグ》だ、マンブレティペグじゃない。そいつはテキサス流のださい呼びかたか?」

それからクロスに呼びかけた。「起きろよ、ローリー。それほどひどくやられちゃいないはずだ」

クロスは一声うなり、椅子を支えにすると立ちあがった。クロスの腫《は》れた唇《くちびる》とふさがりつつある右目を見て、リューティは溜飲を下げた。

「食え」ダラスは言った。「全員体力を保つ必要があるんだ、それほど長くここにはいられないからな。コーラ・リーがジャクソンで捕まった」

リューティは驚いた。「おまわりに捕まったのか?」

「そう言っただろう」ダラスはあきらかにいらだってため息をついた。「なんだって二人ともおれの言うことをちゃんと聞いていないんだよ? くそ」

「おれたちのこと、ばれているのか?」リューティは尋ねた。

「いいや。ゆうべ捕まったばかりだ。コーラ・リーがどじを踏むのはわかっていたよ。最初から加えるのに反対だったんだ。だから、彼女には計画の全体を教えていない。さいわい、自分がかかわる部分しか知らないよ。たとえしゃべっても、おれたちについてちゃんとした情報は持っていないさ。判事は起訴を却下したんだ、おれは二度とその罪では裁かれない」

リューティはいくらかほっとして、ダラスにもそう言った。そして聞いた。「判事の件、おれたちはどうなんだ?」

「心配するな」ダラスは軽く答えた。「あいつらがおれたちのだれかに対して使える証拠は、なに一つない。そしてコーラ・リーは信頼できる目撃者じゃない。おまえたちは大丈夫だ」

「警察は——おれたちの名前を知っているのか?」

「まあな。だが、本名じゃない。おれはあいつらに、おまえたちのことはブルータスとウィーゼル《タチ》というあだ名でしか知らないと話した」

「ちくしょう」リューティは愚痴《ぐち》をこぼした。「その名前は大嫌いだと言ったじゃないか」

クロスがテーブルの反対側の椅子にすわり、なんとか血だらけの笑みを浮かべてみせた。

「イタチ」口の両端から血の糸を二本垂らしながら、クロスは言った。「キーキー泣きやがるイタチ」

「フライパンでその口を殴ってやろうか?」リューティは言った。

「おいおい」ダラスはなだめた。「おまえたち二人を長いこと同じ籠《かご》に入れておいたのは間違いだった気がしてきたぞ」

「そう思うか?」リューティは興奮して尋ねた。

クロスは唇の血を押さえた。「こいつは神経過敏だ、間違いない。きっと女っぽい面が表に出てきたんだ」

リューティはスキレットの柄《え》に手をのばしたが、ダラスが止めた。

「おい、おい、おまえたち」彼は警告した。

「電話はあったか?」リューティが朝食の皿を片づけたあとで、ダラスは尋ねた。

クロスは首を横に振った。

どうやら唇が痛くてしゃべりたくないらしい、とリューティは思った。こいつは久々のいい出来事だ。いや、初めてかもしれない。

「おれたちは統制からはずれるべきかもな」二人にというより自分自身にダラスは言った、とリューティは感じた。「おとなしくここにすわりこんで、電話が鳴るのを待っていてもしかたがない。状況はどんどん動いているし、自分たちの手でこれを終わらせなくちゃならないかもな」

「考えはあるのか?」リューティは尋ねた。

ダラスはにやりとした。「あいつらがおれを刑務所に送りこんだときから、考えはあるさ。じっさい、ゆうべそれを実行した」

狩猟小屋の外で甲高《かんだか》いキーキーという音がして、リューティとクロスはぎょっとした。

「あれはいったいなんだ?」リューティは低い声で聞いた。クロスの目が天井を向いた。

ダラスは無関心だった。かぶりを振ってこう言った。「二人ともアカオノスリの鳴き声を聞いたことがないのか?」

ダラスが〝ゴーヒーを出しに〟外へ出ていったあと、クロスが声をかけた。「ランドール?」

リューティは彼のほうを見た。クロスは大きな両手をひざに置いてベッドにすわりこんでいた。

「わかっているだろうが、おれはさんざん殴ったダラスを恨んじゃいない。おまえを恨んでいる」クロスは言った。

「自分を恨めよ」リューティは低い声で答えた。

「今回のことが終わったら、おれとおまえで決着をつけようぜ」

「楽しみにしているよ」リューティは嘘をついた。

「ああ、そうだろうさ」

22

ウィンチェスター銀行の狭いロビーで待っているあいだ、ジョーは窓から見える芝生にある大きなブロンズ像を眺めていた。等身大のグリズリーの像で、左の後ろ足が大きな鋼鉄製の罠に捕われている。ぴんと張られた錆《さび》の出た鎖の端で、グリズリーは自由になろうと必死になっており、恐慌に駆られた表情で隆々とした肩の後ろを凝視《ぎょうし》している。

ジョーはいたましい思いでグリズリーに同情した。

ジョーがトゥエルヴ・スリープ郡に赴任したときから、ブロンズ像は銀行の正面の芝生にある。暴力的で好戦的で、サドルストリングから三十二キロ離れたこの小さな山の町のまさに象徴的な像だ、とつねづね思っていた。ウィンチェスターのメイン・ストリートには、バー三軒、レストラン二軒、銀行、小さな保険代理店、農具牧畜用具販売店、雑貨店、ずっとシャッターが閉まったままの空き店舗六軒がある。

住民たち——伐採業者、牧場従業員、失業中のエネルギー産業労働者、罠猟師——に似て、ウィンチェスターは自然のままで粗削りだ。どこにも行くところがない人々が最後にたどり着く場所だ。彼らはサドルストリングの住民を傲慢《ごうまん》だと考えている。

中に入ってきて二人いる銀行窓口係に用件を話す客たちは、疑いのまなざしでジョーを見た。制服を着た猟区管理官は、エルクの密猟と規定数以上の魚をとる釣り人があたりまえの町では歓迎されない。彼は両手に帽子を持ってすわり、山で会ったことのある住民に会釈した。だいたいは会釈を返した。

「申し訳ありません、ミスター・ピケット、わたしにご用?」銀行の支配人がオフィスのドアを開けて言った。「電話が必要以上に長くなってしまって。ありがちですね」

彼女は近づいて手を差しだした。「アシュリン・レイマー。この銀行の支配人です」

「ありがとう。ジョーと呼んでください」

「では、どうぞアシュリンと」彼女は先に立ってオフィスへ入った。

「あなたはケルシー・レイマーのご親戚ですか?」ジョーは尋ねた。「デンヴァー近郊の合衆国魚類野生生物局法医学センターの主任分析官です。二年ほど前、ある事件で協力しました」

「彼女はわたしの元夫の親戚だったと思います」レイマーは自分のデスクをまわりこみながらそっけなく答えた。「一度も会ったことはないし、あちらの人たちとはあまり話さないんです」

「そうですか」

アシュリン・レイマーはどっしりとして背が低かった。入念に化粧した魅力的な顔、完璧にセットした赤毛。サドルストリングの貯蓄貸付組合の副支配人だったとき、横領の疑いも含むちょっとしたスキャンダルにかかわったが、なくなった金は未熟な従業員とだらしない帳簿が招いた結果だと彼女は主張して、起訴をまぬがれた。レイマーは辞職を受けいれ、貯蓄貸付組合は彼女が損失を賠償して秘密保持契約にサインするなら、目をつむることに同意した。ウィンチェスターは彼女にふさわしい落ち着き先だな、とジョーは思った。サドルストリングで厄介ごとがあった人々をウィンチェスターは歓迎する。なぜなら、彼らはぴったりとなじむからだ。

「ご自宅のことは残念でしたね」腰を下ろして流行《はや》りのフレームの大きなメガネをかけると、彼女は言った。「完全に焼失してしまったんですか？」

「ええ」

ジョーは自分の地区を十年以上受け持ってきたが、いまだに郡内でニュースが伝わる速さには驚かされる。

「ご家族はどうしていらっしゃるの?」

「どうするか決めるまで、ダルシー・シャルクのお宅に泊まっています」ジョーは答えた。そしてレイマーが郡検事長の名前にひるんだのに気づいた。「馬一頭と飼い犬一匹をなくした、だから家族にとって大きな精神的ショックでした」

「もし自分が飼い猫の一匹でもなくしたら、どうなってしまうかわからないわ」彼女は背後のサイドキャビネットの上の額《がく》入り写真を指さした。「この子たちはわたしの家族です」

ジョーは猫の話は聞きたくなかった。そんな気分ではない。けさ出てくるとき、ルーシーはチューブを失ったことでまだ泣いていたし、残していたわずかな私物とともに家が焼け落ちたのはジョーのせいであるかのように、エイプリルは彼をにらんでいた。

ジョーはまだ気持ちの整理がついておらず、自分の知る唯一の対処方法は、朝仕事に出ることだった。自宅の焼失、家族が突然ホームレスになってしまったという恐ろしい実感のさなかで、前に進む必要があった。けさ、狩猟漁業局局長が出勤する前に彼女の電話に残した伝言は、ぶっきらぼうでおざなりだった。〈昨夜、自宅が放火されました〉

局長の反応は想像できた、家は局の所有だからだ。

前へ進もうとする自分が、鎖の端のグリズリーのように突然止められないことを、彼は祈った。

ガレージにあった燃料容器が黒焦げになって灰の中にいくつも残っているのを見たとき、前夜になにがあったのかジョーには一目瞭然だったが、リード保安官はシャイアンの州犯罪捜査部《DCI》の放火担当捜査官に残骸《ざんがい》の調査と原因の特定を依頼した。

「おたくの顧客の一人についてなにかわからないかと思って来ました」ジョーは言った。

アシュリン・レイマーは眉《まゆ》を吊りあげ、メガネの上からじろじろと彼を見た。「裁判所命令をお持ちですか？　命令か査定官の要請がなければ、預金者のプライベートな銀行情報の開示はしておりません」

「必要なら裁判所命令をとれますよ。もう少し迅速に動けてそれを回避できればと思っていたんだが。でも、ややこしくなるようなら、今日の午後ヒューイット判事からの命令書をあなたのデスクに置けます」

ヒューイットは牧場でイノシシ狩りをするためにいまにもテキサスへ飛びたつところで、ジョーはレイマーが知らないことを祈った。

「ややこしくしようとしているわけじゃないんですよ、ジョー」彼女は弁解口調で言った。

「顧客の財政上の取引の秘密を守ることに、わたしたちがとても誇りを持っているのを知ってほしかっただけ。ここは山奥のスイス銀行のようなものだと考えてください。州のいたるところに大勢の顧客がいます、サドルストリングにも。彼らがうちの銀行を使うのは、もっと大きな街では望めない高い秘密保持を維持しているからなんです。あなたが調べたいのがだれなのかわかるまで、お役に立てるかどうか約束できません」

「ダラス・ケイツです」

彼女はちょっと黙ってから、ほっとしたように微笑した。「では、お役に立てるわ。だって、ダラスはうちの顧客ではありませんから」

ジョーは首をかしげた。「わたしの理解するところでは、ダラスは少し前に彼の弁護費用としてここから多額の銀行小切手を入手している」

「では、あなたの理解は間違っています。彼は一度も顧客だったことはありません、あなたがたが彼を刑務所に送る前、ロデオ・サーキットをまわって稼いでいたときにも」

ジョーはとまどった。マーカス・ハンドは勘違いしていたのか？　わけがわからない。金の出所がどこかについて、ハンドはきちんと確かめているはずだ。

「別の名前で口座を持っている可能性は？」ジョーは尋ねた。

アシュリン・レイマーはかぶりを振った。

「家族企業の口座かなにかがあって、ダラスが使うことはできますか？」

レイマーは少し黙ったあと「いいえ」ときっぱり否定した。

「いくらかでもご協力いただけることはありませんか？　この銀行からかなりの額の銀行小切手が振り出されていて、経緯《けいい》からダラスが手続きしたと考えられるんです」

「その考えは違います」彼女は専門家らしい口調になった。「銀行小切手はその銀行自体が保証する特殊な手形で、銀行の資金から拠出されます。払えるだけの口座残高のない個人のために発行することは決してないんです。そしてミスター・ケイツはこの銀行に口座がありません」

「ふむ」ジョーは間を置いて、彼女が言ったこととその言いかたについて考えた。

彼は尋ねた。「では、ここに口座を持っている別人のために小切手は振り出されたということですか？」

「すみませんが、そこはお答えできません」レイマーは言った。

「わたしがなにかを見過ごしているのはわかっているんだが」

「それはこちらの問題ではないですね。では、よろしければ仕事がありますので」

「時間をとっていただいてありがとう」ジョーは立ちあがった。

彼女はデスクにすわったままだったが、彼が差しだした手をしぶしぶ握った。

ジョーは、両開きのドアへ向かってロビーを横切りながら帽子をかぶった。そのときはっと思いつき、きびすを返した。アシュリン・レイマーは彼が出ていったあとガラスドアを閉め、電話していた。椅子をまわして、ジョーのほうに背を向けていた。

彼は、年上で勤続年数も長そうなほうの窓口係に近づいた。

「口座へのアクセスを許可する裁判所命令について、いまミズ・レイマーと話してきたんだが」スチールフレームのメガネをかけ、ライムグリーンのパンツスーツを着た落ち着いた雰囲気の女に、ジョーは声をかけた。「エルドンとブレンダ・ケイツ夫妻の口座の最新の入出金のことを聞くのを忘れてしまって。調べていただくわけにはいきませんか？」

それはまったくの嘘でもなかった。裁判所命令について話はした。だが、窓口係の女が信用してくれるのを期待して、誤解を招く言いかたをしていた。

彼女は引っかかった。

「〈C&C下水溝・浄化槽サービス〉のことですか？　口座は閉じましたよ、エルドンが……死んだときに」

ジョーはうなずいた。「事業用の口座以外に、個人の口座はありましたか？」

「ブレンダは持っていました。口座名義にエルドンの名前はありません」

「興味深いですね」

「彼女が一家の主導権を握っていて、家計をとりしきっていましたから。ほとんどは現金の出し入れで、税金対策だったと思います」

ジョーはつのる興奮が顔に出ないようにした。

窓口係は続けた。「刑務所に入れられるまで、ブレンダは毎月同じことをくりかえしていました——二千百ドルを預け、二週間後にほとんど全額を引きだしていたんです。ですから口座の残高はほとんどないに等しかったわ」窓口係は目をぐるりとまわした。「これが少なくとも十八年続いたんですから。なんと、わたしのここでの勤続年数と同じ」

「なるほど」ジョーはポケットから小さなメモ帳を出し、自分のためというより彼女の手前、数字を書きつけた。メモ帳を開くと、書く材料を提供しなければと思う人々がいることを、彼はずっと前に学んでいた。自分たちが役に立っている、重要だ、と彼らは感じるのだ。

「正確な数字を確認できますか？」すでに推測はついているかのように、彼は尋ねた。

「記憶だけでできますとも」彼女は茶目っ気のある笑みを浮かべた。「毎月、二千百ドルの預け入れ、そして二千八十二ドル九十六セントの引き出し。そのあとの毎月の残高はたった十七ドル四セント」

「十八年間も？」

「服役するまでね。その後、出し入れはストップしました」

「ブレンダが高額の預け入れをしたのはいつでした？」ジョーは尋ねたが、当てずっぽうの質問だった。

「一ヵ月以上前です」窓口係は周囲をうかがってから、声を低めてジョーのほうへ身を乗りだした。「青天の霹靂《へきれき》だったわ」

「それで、額は？」彼は小声で尋ねた。

「数百万ドル」彼女はささやきかえした。「正確な数字はミズ・レイマーに聞いていただかないと。彼女がずっとあの口座を個人的に担当していて、口座名義人と直接やりとりしているんです」

こんどばかりは、ジョーは驚きを隠せなかった。「百万ドル以上ということですか?」

窓口係はこくこくとうなずいた。「はるかに高額だと思います。でも、言ったように正確な額はミズ・レイマーに聞いてください」

「彼女はどこで……」彼は質問しかけてから思いなおした。金額はまったく予想外で理解の範疇《はんちゅう》を超えていた。たとえブレンダが家族の会社、設備、家や納屋——それらが建つ土地——を売却したとしても、百万ドルにはとうてい及ばないだろう。

このままミスリードを続けようと頭をひねりながら、ジョーは言った。「それで、毎月の二千ドルあまりは——以前引きだしていた金額ですが——現金で?」

窓口係は首を横に振った。「自動振替です」

「どこへ支払われていたんでしたっけ?」

「知らないの、それとも思い出せないんですか?」窓口係は椅子の背にもたれて聞いた。彼女はジョーの思惑に気づきかけていた。彼女を引きずりこんだことをジョーはうしろめたく思ったが、手がかりを得たのはありがたかった。

彼は考えた。何年間も毎月預金し、何年間も自動振替をくりかえし、やがて巨額のリターンが返ってきた。

「〈ウィンチェスター・インディペンデント保険〉に振り込まれていた、そうでしたよね?」

彼女の疑いは消えた。「そのとおりよ」

そのとき、レイマーがオフィスのドアを開けてジョーと窓口係に近づいてきた。

「口座を開くのでないなら、出ていっていただけるかしら」レイマーはジョーに言い、窓口係に向きなおった。「これ以上、彼の質問に答えないで」

「はい。あなたとお話しになったと彼が言ったもので……」

「ブレンダ・ケイツの口座の担当者であるあなたとね」ジョーはつけくわえた。

「話は終わったと思います」レイマーは二人に言った。ジョーは当惑している窓口係に声を出さずにありがとうと告げ、背を向けて出口へ歩きだした。

表のグリズリー像の横で足を止めると、振りかえった。アシュリン・レイマーは両手を腰にあてて、こんどこそ彼が立ち去るのを見届けていた。

彼女の視線を感じながら、ジョーはピックアップのデイジーの隣に乗りこみ、牝犬《めすいぬ》に言った。「家に帰るふりをするぞ」

話しかけられたときはいつもそうだが、とまどいつつも気持ちはわかっていると言いたげな表情で犬は見上げた。

ジョーは駐車場からメイン・ストリートへ車を出し、幹線道路へ向かいながら、ミラーでアシュリン・レイマーと銀行が小さくなっていくのを見た。

彼女と銀行が視界から消えると、減速してUターンした。

〈ウィンチェスター・インディペンデント保険〉の小さな建物の横には二台止まっていた
――小銃架とウィンチをとりつけた新車のシボレー・タホと、バックミラーにハイスクール卒業記念の飾り房を下げた傷だらけのダッジ・ネオン。建物といっても、いくらかでもトレーラーハウスに見えないように正面に下見板を張った、トレーラーハウスにすぎない。ドアには〈デイヴィッド・ギルバートソン、営業支配人〉と記されていた。

ジョーはダッジ・ネオンの隣に駐車して、デイジーに車内で待つように命じた。通りの先の銀行からの視界に入らないように、注意して降りた。

ペンキを塗っていない階段を上り、顔だけ突きだして店内をのぞいた。

若い女の受付係――ダッジの持ち主だろう――がドアのすぐそばのデスクから期待するように目を上げた。秋なのに、体にぴったりしたサマードレスを着て、マニキュアをした長い爪を傷つけないためか、カマキリのような手つきでキーボードを打っていた。

「デイヴィッド・ギルバートソンはいますか?」ジョーは尋ねた。

「どちらさまでしょう……」通常の電話での文句と同じことを口にするのをやめて、受付係はためらってから続けた。「ご面会ですか?」

「ジョー・ピケット猟区管理官です」彼はにっこりして中に入り、ドアを閉めた。

受付係は椅子をまわして狭い廊下の奥に声をかけようとしたが、椅子を戻すと指先ではなく鉛筆を使ってインターコムのボタンを押した。「デイヴィッド、猟区管理官の方がみえています」

少し間を置いて、男の声が答えた。「くそ、今年の保全スタンプはぜったいに買ったぞ。もしかしたら思い違いか」

「そのことじゃありません」ギルバートソンに聞こえるようにジョーは言った。「保険のことで」

「わかりました」男はため息をついた。「どうぞ」

デイヴィッド・ギルバートソンは五十代の終わりぐらいで、オープンカラーのシャツの上にはおったコーデュロイのスポーツジャケットには、銃床を支える当て布《ガンパッチ》がついていた。髪はぼさぼさだが、銀色の口ひげはきちんと整えられている。背後の壁には剝製《はくせい》のミュールジカ、エルク、熊、プロングホーンの頭部が飾られていた。牡エルクの頭部と七つに枝分かれした袋角《ふくろづの》（春に生えはじめる新しい角）がことにみごとで、この部屋には大きすぎるほどだった。ほこりまみれの六十センチサイズのニジマスのレプリカは、片目がなくなっていた。

ギルバートソンは狩りのために生きているたぐいの男で、この趣味を続けるためならなんでもするだろう。食べるためではなく、壁に勝利の記念品を飾るために狩りをする。ジョーは彼のような男たちとよくトラブルになるが、このあたりはジョーのタイプより彼のタイプのほうがずっと多い。

アシュリン・レイマーと同じく、ギルバートソンもかつてはサドルストリングにいた。メイン・ストリートで自分の代理店を繁盛させており、大手保険会社の代理店のロゴが看板の彼の名前の上に記されていた。ジョーは詳細を知らないが、ギルバートソンが山中に三十二万平方メートル超の最高のエルクの狩り場を買い、自分用の凝《こ》ったキャビンを建てたころ、保険会社と彼のあいだになにかが起きた。それがなんだったにしろ、保険会社はギルバートソンと手を切り、彼は引っ越してウィンチェスターに自営の代理店を開いた。

「かけてかまいませんか?」ギルバートソンのデスクのこちら側のスチールフレームの椅子を示して、ジョーは聞いた。椅子の上には新聞と狩猟雑誌が山になっていた。

「全部横にどけてください」ギルバートソンは言った。「来店するお客さんはあまりいないものですから」

「そうでしょうね」ジョーはよくわからないまま返事をした。

彼がすわると、ギルバートソンの受話器が光り、受付係が「銀行のミズ・レイマーからお電話です」と告げた。

ギルバートソンが電話に手をのばしたとき、ジョーは急いで言った。「話はすぐにすみます」

ギルバートソンは手を止めた。アシュリン・レイマーがなぜ電話してきたか、ジョーにはわかっていた。ギルバートソンが知らないことを彼は祈った。

相手はインターコムのボタンを押して受付係に言った。「かけなおすと伝えてくれ」

ジョーは気づかれないようにほっとため息をついた。

「さて、今日はまた猟区管理官さんがなんのご用でしょう？　生命保険、自動車保険、あるいは健康保険にご興味が？　だが、いいですか――健康保険の掛け金はひじょうに高いですよ、いまはオバマケア（アメリカのオバマ政権が推進した医療保険制度改革）がありますから」

「わたしは州の健康保険に入っていて、運転しているのは狩猟漁業局の車です」ジョーは答えた。

「では、生命保険ですね。よかった。自分がいなくなったら家族がどうなるか考える人は少ないんですよ。定期ですか、それとも終身？　選択肢はたくさんありまして、ご予算に合う、奥さまとご家族に最適の商品が見つかると思います」

「じつは、関心があるのはブレンダ・ケイツが夫のエルドンにかけた生命保険についてなんです」

名前を聞いてギルバートソンはわずかに目を細め、視線はさっと電話へ向かった。いまこそ、レイマーがかけてきた理由を悟ったのだ。

「そこに飾ってあるエルクの頭部にも関心があります」ジョーは言った。「まだ袋角なのにどうして仕留めることになったんでしょう。なぜなら、角のそういう状態はシーズンが解禁になるずっと前だとわたしたち二人とも知っていますからね。いったいどこの山でシーズン中にそのエルクを見つけたんです？」

ギルバートソンはジョーを一瞥《いちべつ》し、口ひげがぴくりとした。彼はインターコムを使わず、ジョーの向こうを見ると廊下の先に叫んだ。

「ドーン、ランチをすませてきてくれ」

「まだ十時ですけど？」彼女は不満そうだった。

「ドーン……」

「わかった、わかりました。でも、一時まで戻ってこないと思ってくださいね。あなたがわたしを早く行かせたんだから」

「いいとも」彼はまったく女ってやつはという男同士の合図を送ってきたが、ジョーは無視した。

外のドアが閉まると、ギルバートソンは言った。「彼女、見栄えはいいんだが、仕事ぶりがどうもね。ウィンチェスター・ハイスクールの卒業生には最近あまり当たりがない」

「経験のある年上の人間を雇ったらどうですか？」

「考えたことはありますが、うまくいかなかった」

「とにかく、ブレンダのかけた生命保険について話しますか、それとも袋角がついた頭部に関する狩りの話をしますか？」

「どちらかといえばブレンダのほうです。支払いが終わったあとなので、特定の人だけに限られる情報じゃない」

ジョーはうなずいた。

ギルバートソンはすわりなおして腕をのばし、ビジネスにとりかかる風情でシャツのカフスをジャケットの袖から出すと、書類の上に肘《ひじ》をついて指を組みあわせた。

「あの保険は、六年前にこの代理店を始めたときにわたしが引き継ぎました。じつのところ、ばかげた保険だとずっと思っていたが、けっこうな手数料が入るのに問題にすることもないでしょう? いいですか、当時の定期生命保険料はいまよりずっと高かったんです。医療技術の進歩で人の寿命はのびましたからね。

ブレンダが十九年前にあの保険を夫にかけたときは、一ヵ月二千ドルちょっとだった。いま、二十年ものの定期なら千七百ドルぐらいでしょう。彼女は毎月四百ドルも余分に払っていたんですよ。だが、そのことをわたしはちゃんと説明しなかったと思います」

「なるほど」ジョーはメモした。胸ポケットの携帯に電話着信の振動があったが、とらずに留守番電話にまわした。デイヴィッド・ギルバートソンの話を中断させたくなかった。

「保険期間は二十年でした――切れるのは今年だったはずです、もしエルドンが……死ななければ」それが不適切な言葉であるかのように、彼は死なければとつけくわえた。まあ、自然死ではなかった。「同じ受取金額にするなら、来年から掛け金はかなり増えていたでしょう。その意味ではブレンダは運がよかったわけですね。エルドンは二十年のうち十九年生きていた」

「受取金額はいくらでした？」

「七百五十万ドルです」

ジョーは一瞬口がきけなかった。また電話が振動したのに気づきそこねるところだったが、今回はメッセージの着信だった。

一拍置いてから、彼は尋ねた。「ブレンダ・ケイツは十九年前に七百五十万ドルの死亡保険を夫にかけていたんですか？」

「しかも、夫のほうは知らなかったと思いますよ」ギルバートソンはうなずいた。「わたしの理解では、ブレンダはこの通りの銀行に保険料とほぼ同額の金を毎月預け——彼女は〝へそくり〟と言っていました——わたしに支払っていた。エルドンに気づかれないように、自分で手続きするのではなく銀行の自動振替にしたんでしょう。おそらくエルドンは毎月預金口座に金を足しているだけだと思っていた。彼女は家から離れた場所でずっと金の出し入れを続けていたわけですよ」

「七百五十万ドルとは」

「ええ。わたしがここで保険業を始めて以来、最大の受取額です」

「驚いたな」

「エルドンとは二度ほど会いました。うちの浄化槽を汲みだしてもらっていたんです。不機嫌ないやなやつでね。わたしに言わせれば、七百五十万ドルの価値はありません、間違いない」

「だが、ブレンダにとってはその価値があった」ジョーは言った。

「そうなんでしょうね」ギルバートソンは肩をすくめた。「さもなければ、エルドンとエルドンの生活ぶりをよく知っていたので、彼が早死にすると確信していたのかも。じつのところ、わたしはそういう計算だったと考えています」

ジョーはうなずいた。関係者全員が納得する動機だ、と思った。

「では、受けとった保険金はすべてこの通りの銀行に預けられたんですね」

「そうだと思います」

「そして、あのミズ・レイマーが口座の管理人」

「ええ、でも彼女に確認されるほうがいいですよ。わたしはもう部外者ですから」

「確認はすでにしたと思います、あのときはそうと気づかなかったが」ジョーはギルバートソンにというより自分に言った。「これで状況がさらに見えてきました」

「では、話はついたということで？」意図をはっきりさせるために、ギルバートソンは禁猟期に仕留めたエルクの頭部を振りかえる必要もなかった。

「ええ」ジョーはメモ帳を閉じて立ちあがった。「だが、近々戻ってきてあの頭部をくわしく調べるかもしれません。そしてあなたの山のキャビンに飾ってある剝製も見たいと思うかもしれませんよ」

ギルバートソンの目にふたたび怯えがのぞいた。

ジョーは続けた。「さて、この件についてまだわたしに話していないことはありませんか？　いまがわだかまりを除くチャンスですよ。あなたが気づいている、かかわりのありそうなことは？」

「ないですね。ただ、わたしはアシュリンと週に一度昼食をとるんです。友だちのようなものので。こんな小さな町では、銀行の支配人と親しくしておかないと」

「それで？」ジョーはうながした。

「あの口座の管理人に指名されて以来、彼女は二台目の携帯をいつも持ち歩いている。あの安いやつですよ――プリペイド式の。それでかけるのは一度も見たことがないが、かならず持っている。そうやって、いつでも連絡を受けられるようにしているんじゃないかな」

ジョーはうなずいた。

「でも、アシュリンをあまり悪く思わないでください」ギルバートソンは言った。「七百五十万ドルは最近の小さな町の銀行にとっては、たいへんな資金だ。とくに、連邦政府がああいう銀行を片端からつぶしにかかっているときにはね」

ジョーはドアを閉めて木の階段を下りた。新たな発見とシナリオが頭の中を駆けめぐっていた。

サドルストリングへ戻るために幹線道路に乗るまで、二回電話が振動したのを忘れていた。携帯を出して画面をチェックした。

電話は777で始まる州政府の番号からで、そのあとの低い数字の並びから州知事のオフィスだとわかった。

メッセージはメアリーベスからだった。

電話して。コーラ・リーがどこに隠れていたかわかった。

ジョーは優先順位に従うことにした……まず妻に電話した。

23

ジョーがサドルストリングへ車を走らせていたあいだに、干し草畑と今年最後に刈りとられた何百もの同じ円筒形の梱《こり》から、午前半ばの霧が消えていった。霧が晴れると、西方の黒っぽい山々が姿を現して地平線に鎮座した。

ジョーにとっては、すべてがきわめて明白になりつつあった。


メアリーベスは一回目の呼びだしで出た。

「トゥエルヴ・スリープ郡図書館、メアリーベスです」

「あたりまえだろう。きみの携帯にかけたんだ」

「ブランクのせいね」彼女は笑った。「あんなに長く休んだあと、どれだけの仕事がたまっているか、あなたにはわからないわ」

「わかるよ。図書館はきみがいないと機能しないんだ」

「機能してくれたらとときどき思う」

「で、わかったことは？」

「コーラ・リーはかんたんに見つかった。グーグルでサーチして、うちのデータベースで追加調査しただけよ」

ジョーが現場にいるとき、メアリーベスはかねてから彼の無給の調査係を務めてきた。法執行機関の友人たちを通じて、彼女は公的犯罪データベースへのパスワードとアクセス手続きをわがものにしていた。そこには全国事件ベース報告システム《NIBRS》、全国犯罪情報センター《NCIC》、暴力犯罪者逮捕プログラム《ViCAP》、アリゾナ、コロラド、アイダホ、モンタナ、ネヴァダ、ニューメキシコ、ユタ、ワイオミングの各州を網羅するロッキー《R》山脈《M》情報《I》ネットワーク《N》が含まれている。

「それで」ジョーはうながした。

　メアリーベスがキーボードを打つ音がした。彼女は言った。「コーラ・リー・ケイツは一年前、メタンフェタミン所持および売買意図、ロックスプリングズでの売春行為で逮捕されて有罪になり、十五ヵ月の懲役を言い渡されたけれど、服役したのは九ヵ月だけ。今年の九月二十日に釈放されたから、外に出て二ヵ月ぐらいね」

「よくやった、だが驚きはないな。コーラ・リーはブルを捨てた直後からさんざんだったわけだ」

「そして釈放されたとたん、クスリに戻ったらしいわ。でも、なぜうちの子たちにつきまとったの？」

「それにはおれが答えられるかもしれない」ジョーはさっきウィンチェスターで知ったことを説明した。

「七百五十万ドル？」信じられないという口調でメアリーベスは叫んだ。「すごい大金じゃない」

「それが軍資金だったんだ。動機について話したのを覚えている？　ダラスの場合は明確だ――彼は復讐しようとしている。だが、これでなぜ、目に見える支援がないのに彼がおれたちを追跡して襲うことができたのか説明がつく。それに、どうやってちんぴらどもを手なずけて自分のために働かせているのか——あるいはなぜコーラ・リーがあれほど執拗《しつよう》だったのか。この種の策略はからっぽのところからは生まれない——資金がなければ」

メアリーベスはしばらく黙っていてから言った。「けさちょっと聞いたんだけど、ほんとうであってほしくないわ。うちのパトロンたちが読書会のあとで話していたのよ」

「なにを？」

「レスター・スパイヴァクがきのう十二歳の娘をコロラド・スプリングズのエリート体操キャンプに送っていったのには驚いた、って。捜査対象になっている停職中の男に、そんなお金があるのは奇妙だって話していたわ」

ジョーは指が白くなるほどハンドルをぎゅっと握りしめた。

「突然わたしが疑い深くなったのは間違いだって言って」メアリーベスは真剣に訴えた。

「きみが間違っているとは思わない。だが、この件はおれが考えていたよりもはるかに根深いってことだ。一日二日前にウィンチェスター銀行からスパイヴァクに支払いがあったとわかっても、おれは驚かないよ。あの口座から支払いを受けている人間全員の名前を知りたい」

「ダルシーに令状をとるように話してみる。なにしろ、同じ家に一緒にいるから、彼女はすぐに見つかるもの」メアリーベスは悲しそうに笑い、ジョーの胸は痛んだ。そして、家族が陥《おちい》った状況にさらに怒りがこみあげてきた。

そのとき、彼ははっとした。「コーラ・リー——彼女が送られたのはスイートウォーター郡刑務所、それともワイオミング州女性センター?」

「ちょっと待って……」メアリーベスはキーボードをたたいた。「わかった——ワイオミング州女性センターよ」

女性専用の刑務所がワイオミング州には一ヵ所だけあり、場所は州東部のラスクだ。

「ほかにだれがそこにいるか、おれたちは知っているよな?」

「ブレンダ・ケイツ。でも……」

「ああ、彼女は四肢麻痺《まひ》でたぶん独房に入っている。だが、おれたちを襲った災厄をすべて采配できるだけの狡猾《こうかつ》さと頭脳を持っている人間がいるとしたら、それはブレンダだ。しかも、彼女は実行のための軍資金にアクセスできる」

「なんてことなの」メアリーベスは息を吞んだ。

「おれはデイジーをダルシーの家に置いていくよ。そのあとラスクへ向かう。午後三時には着くはずだ」

「彼女があなたと話すのを拒んだら? 面会者リストとかに載っていないとだめなんじゃないの?」

「ブレンダは話すさ」ジョーは言った。「彼女に選択肢はない。囚人は好むと好まざるとにかかわらず、法執行官と話さなくてはならないんだ」

渋るラブラドール犬をピックアップから降ろし、このあとはダルシーの家の裏庭で過ごすようになだめてから、ジョーは州間高速二五号南線でキャスパー方面へ向かうことにした。ラスクへのドライブのあいだに、いまわかっていることを検討し、次のステップを考えることができるだろう。彼はぜひ両方やりたかったが、睡眠不足で疲れきってもいた。どうしてもキャスパーの〈ルー・トーバート・ランチ・アウトフィッターズ〉に寄って、新しい服を買わなければならない。ジョーが持っていたわずかな衣類は全部クローゼットで焼けてしまい、彼は三十時間以上同じ制服のシャツを着て〈ラングラー〉のジーンズをはいている。

バッファローに近づくあいだ、ビッグホーン山脈の景色がずっと助手席側の窓を占めていた。黄葉したアスペンの枝は、暗いマツの森を流れる黄色い血管のようだ。

運転しながら、ジョーは話さなければならない人間を頭の中で数えあげた。まずは州知事のオフィスだ。

コルター・アレンは、二期目を終えたスペンサー・ルーロンに替わって、一月にワイオミング州の新知事に就任した。ルーロンと違って、アレンは共和党だ。選挙運動中は、銃所持の権利を保持し、エネルギー分野を活性化し、あらゆる機会をとらえて連邦政府を起訴し――選挙のときのスローガンは〈連邦政府をやっつけろ〉だった――そして州内の土地のほぼ五十パーセントを占める連邦政府所有地をとりもどす、という伝統的な政策を掲げていた。彼は票の八割近くを得て当選した。対立候補はワイオミング大学の政治科学の教授で、再生可能エネルギーの推進と、失業した炭鉱労働者をバリスタやプログラマーにする職業訓練の実施を訴えていた。

知事になる前、アレンはビッグ・パイニーの弁護士、牧場主、土地の投機家だった。ハイスクール時代はロデオ・チャンピオンで海兵隊に入隊し、イエール大学ロースクールを卒業していた——もっとも、選挙中は東部名門校出身である点についてほぼ触れなかった。サドルストリングへ選挙運動に来たときにジョーは一度だけコルター・アレンと会ったが、まだ彼をどう考えるべきかよくわからなかった。ビッグ・パイニー地区の猟区管理官によれば、アレンは傲慢でやりにくい男だそうだが、ジョーは先入観を持たないようにした。これまでのところ、アレンが約束していた州政府の大改革はおこなわれていないし、連邦政府の所有地は一平方メートルも奪還されていない。

ジョーはルーロンがいなくなったのが寂しかった。前知事は気まぐれであると同時にカリスマ性もあった。ジョーの財政的問題を解決してくれ、ネイト・ロマノウスキをたくさんの連邦犯罪容疑から解放してくれたルーロンに、彼は感謝していた。ジョーの聞いたところでは、ルーロンはシャイアンで弁護士になっている。そしてアレンが知事になって以来、沈黙を守っている。

コルター・アレンは背が高く肩幅が広い。長めの銀髪、ハリウッドスターのようなあご、太い眉。ジョーが思うに、イエール大学ロースクールの汚点を人々に忘れてもらうため、いつもジーンズとすりへったブーツをはき、ストリングタイを締め、ウェスタン・スタイルのヨークのついたジャケットを着ている。飼い犬は牧羊犬《ブルーヒーラー》で、アレンは〝ファースト・ドッグ〟と呼んでおり、どこへでも連れていく。ファースト・レディのテイティはやせっぽちで、アウトドア・ウエア会社の相続人であり、肌の張りを保つ整形手術を何度も受けているため、いつも驚いたような顔に見える。

「アレン知事のオフィスです」受付係がよそよそしい口調で応対した。

「猟区管理官ジョー・ピケットです。知事から電話をいただきました」

「お待ちください」

ジョーは減速してバッファローの町を通った。ここのハイウェイ・パトロールはスピード違反のチケットを切るのに熱心なのだ。

鼻にかかった声の男が出た。「ジョー・ピケット。きみはなかなかつかまらないな。州知事が職員と話をするのは、ふつうもっと簡単だろうに」

「申し訳ありません。かけなおしたのですが、つながりませんでした」

アレンは謝罪にとりあわなかった。「けさリーサと話していたんだ」リーサ・グリーン－

デンプシー、ワイオミング州狩猟漁業局の局長だ。「彼女はきみのことをかなり心配しているようだ」

「そうなんですか？」

アレンは低く笑った。「彼女は、きみが州財産破壊記録リストのトップにいると言っている――そしてこれは、きみの家が火事になる前の話だ」

ジョーはため息をついた。「ええ」

「たいした記録だな。それに、きみは以前バド州知事を許可証なしで釣りをした件で逮捕したと聞いた。わたしにはそんなことはしないだろうね？」

「じっさいそうなれば、します」ジョーは答えた。

アレンは笑わなかった。「話したかったのはそのことではない。電話したのは、わたしの首席補佐官がルーロンの記録を整理していて、きみの名前が記載されたファイルを二つほど見つけたからだ」

ジョーの胃がチクリとした。次になにが来るか、想像がついた。

「ルーロンはきみを〝カウボーイ偵察員〟と呼んでいたんだな。どうやら、彼は数年間にわたって記録に残らない任務を命じ、きみはみごとにやってのけたようだ」

「まあまあ、といったところです」

真実はもっと込みいっていた。ジョーがやりとげたどの捜査も深刻な影響を残していた。

どちらかというと、彼は運よく現場にいあわせ、事件の中心人物たちを怒らせて、その結果相手側が有罪になるような過剰反応を起こしたのだ。

アレンは続けた。「ルーロンはたいてい、周囲に黙ってものごとを進めていた。任期中あまり職員を信用していなかったようだ。最優秀の人材にかんしゃくを起こしても——われわれが知っているように——本音は友人にさえめったに洩らさなかった。だから、彼がきみを信頼していたように見えるのが、ひじょうに興味深くてね」

ルーロンがかつて言ったことをジョーは思い出した。「きみには特別な才がある。やらかしながらよろよろ歩いているうちに状況が暴発して、流血の大惨事か大事故になるのは、じつに不思議だ。どうやっているのか、おれにはさっぱりわからないが」

アレンは言った。「わたしが知事になって十ヵ月たち、ときおり自分だけの〝カウボーイ偵察員〟がいるのは便利だろうとわかってきた。義務に従い、わたしに忠実で、口の固い人間がな」

ジョーはどう答えていいかわからなかった。

「いま言ったことが聞こえたか?」アレンはあきらかにいらだっていた。

「聞こえました」

「ルーロン知事に仕えたようにアレン知事に仕えたくないという理由でもあるのか?」

「ありません」

「よろしい。よかった。その答えを聞きたかった」

彼は自分のことを第三者的に話すのが好きで黙従を要求する男らしい、とジョーは思った。

「ルーロンがなにをしていたかわかっているんだ。彼はきみを猟区管理官がうろついていても不自然ではない状況へ送りこむ。だれも気にしないのは、きみたちはよく辺境にいるからだろう？　だからきみは、ブラックヒルズや去年のレッド・デザートのような状況にいつのまにか入りこむ。だが、釣りの許可証や保全スタンプを持っていない違反者を探すのではなく、じっさいはワイオミング州知事の目と耳となって働いているんだ」

「だいたいそんなところです」

「そうだ、わかっている」アレンは言った。ジョーはスピーカーフォンの接続が切れる聞き慣れたカチリという音を聞いた。戻ってきたとき、アレンの声はもっと明瞭で音量は小さくなっていた。廊下を通る者に立ち聞きされたくないかのように。

「キャンベル郡の献金者たちから電話をもらっていてね。彼らが言うには、失業した炭鉱労働者たちが不穏な動きを始めているらしい。ああいう連中は、仕事がなくなったのを政府のせいにしてカッカしている。男たちが夜集まって政治家たちを――わたしを含めて――罵《ののし》っているという噂だ」

わたしを含めてと言ったとき、アレンは弁解口調だった。「石炭を攻撃したのは環境主義者たちだということを、あの田舎者どもは知らないのか？　ワシントンの環境主義者たちだよ、正確には。州政府ではない。わたしではない。やつらには違いがわからないのか?」

ジョーは答えなかった。質問されているわけではないからだ。

「わからないんだな」アレンは自分で答えた。「献金者たちによると、やつらは石炭への攻撃をわたしがやめさせるのを期待しているとのことだ。まるで、知事が行政命令を出せば天然ガスをもっと高価にできるみたいにな。ボールダーやサンフランシスコのような共産主義都市からの再生可能エネルギーへの移行要求を、わたしが撤回させられるとでも考えているのかね」アレンは憤慨していた。

当選したらそうするとアレンが約束していたことを、ジョーは指摘しなかった。結局、政治家の選挙公約と当選したあとの行動とはまったく違っていることが多い、とジョーは思った。

アレンは続けた。「やつらは抗議運動で市民を煽動しようと計画しているそうだ。公開集会を妨害し、ムアクロフトでわたしが予定しているテープカット・セレモニーに押しかけるつもりらしい。ああいう輩《やから》のことはわかっているだろう。車高を上げた四輪駆動に乗って銃をいくつも持って、『ダック・ダイナスティ』(アヒル・ハンター向けの製品を製造している一家を描くリアリティ番組)に出てくる田舎者みたいなひげを生やした、ブルーカラーの無学な白人さ。

そこで、きみにはこのあと数日間炭鉱地帯へ行って嗅ぎまわってほしいんだ。ジレット、ライトあたりを調べてくれ。その炭鉱労働者たちがだれで、首謀者が何者なのか、突きとめろ。必要なら、使える弱みを握れ。令状や召喚状が出ている者たちがいるはずだ、養育費を払っていないとか——そういうことだな。たぶんやつらを検挙して、今回の件が大きくならないうちに片づけられるだろう」

ジョーはしばらく黙っていてから言った。「それはわたしの仕事ではありません。政治にかかわる任務はやらないんです」

「どういう意味だ？」アレンは興奮した口調になった。「すべてのことが政治にかかわるんだぞ」

「わたしの考えでは違います」

「だったら、きみはなんの役に立つ？　わたしにとってなんの役に立つんだ？」

「わたしは適任ではないのでしょう」新知事に向かってそう言ったことがわれながら信じられなかったが、彼は本気だった。

その点ルーロンは立派だった、とジョーは思った。前知事は一度として、現実あるいは仮想の敵を追いつめる政治屋の手先としての仕事を命じたことはなかった。ルーロンがジョーに調査を依頼したのは、地元の法執行機関や州犯罪捜査部《DCI》の捜査対象外にこぼれ落ちてしまった案件だった。

「わたしは忙しいんだ」アレンは腹だちまぎれに言った。「個人の道徳観にとりあっているひまはない。ルーロンに示したのと同じ忠誠心をわたしにも示してくれると期待していたんだが」

「忠誠心はあります」自分のほんとうの気持ちがわからないまま、ジョーは答えた。アレンのあまりの子どもっぽさにすっかり驚いていた。ジョーはルーロンの人をそらさない――わざとぼかした言いかたはしても――スタイルに慣れていた。

「いずれ、きみの高い要求水準に見合った任務を思いつくこともあるだろう。そのときは、電話するかもしれない。まあ、もっと一緒に働きやすい〝カウボーイ偵察員〟を見つけていなければだがね」

「お考えのままに」ジョーは答えた。

「面談を申し込まれているイギリス人関連の件で、きみの起用を考えていたんだ。デンヴァーに本物の外交官がいるイギリス領事館があるのを知っていたか？」

突然の話題変更に、ジョーはこんどはルーロンを想起した。

「いいえ、知りませんでした」

「とにかくあるんだ。横柄《おうへい》なイギリスの役人が個人的にわたしと相談したがっている」

「どういう用件で？」

「彼の話だと、裕福な企業幹部のイギリス人女性がワイオミングに来ていて、失踪したとのことだ。うさんくさい話だな」

「くわしいことはわからないんですか？」

「まだ彼と会っていないからわからない。もっと情報が入ったら、きみ以外のだれかに調査を頼むつもりだよ」

そう告げて、コルター・アレン知事はさっさと電話を切った。

知事との心乱れる電話のあと、ジョーは留守電に入っていたリード保安官からの伝言を聞いた。

「彼女だった」リードは息を切らしており、彼の背後で吹きすさぶ風の音が聞こえた。「あんたの相棒がワンダ・ステイシーの遺体のところまで案内してくれた。いまの時点で正確な死因を特定するのはむずかしい、なにしろ動物に食われてしまっているんだ。だが、どうやら首を絞められて、頭上の崖から落とされたようだ。首にロープが巻きついていた」

そのあとの保安官の声は聞きとりづらかった。周囲であれこれ話していたからだ。保安官助手たちが、どうやって遺体を搬出《はんしゅつ》するか指示を仰いでいた。岩の斜面を登るべきか否かとか、ほかにも保安官への質問が飛びかっていた。

ジョーは待ち、ようやく保安官が電話口に戻ってきた。

「相棒のネイトに出くわしたら、すぐおれに電話してくれないか。殺人事件の捜査のために、彼の正式な供述が必要だ。ここまで先導してきて、おれが振りむいたらもういなかった。消えていたんだ。だれも彼が立ち去るところを見ていない」

ネイトらしい、とジョーは思った。

キャスパー、そしてラスクへ行く途中の小さな町ケイシーを通ったとき、ジョーはここに牧場を持っていたロデオ・スターでカントリーシンガー、クリス・ルドゥの思い出に敬意を表して、グラスをかかげる仕草をした。通るたびに、ジョーはこの儀式を欠かさなかった。大切なことなのだ。

携帯のプレイリストにルドゥの〈ウェスタン・スカイズ〉を見つけ、大音量で鳴らした。

おれはかならずロッキー山脈が見える場所にいる
馬に乗ってワシが飛ぶのを眺める

このあとに〝この西部の空《ウエスタン・スカイズ》〟の下に埋めてくれるという歌詞が続き、ジョーは思わず苦い微笑を浮かべた。気持ちはわかる——じっさい、クリス・ルドゥはこの空の下に眠っている——だがジョーは、ダラス・ケイツに殺されてこの空の下に眠るのはごめんだった。

彼は携帯の受信履歴をスクロールして、きのうの午後の非通知の発信者を見つけた。それから、不安定な電波状態がよくなるのを待った。

敵側がどの程度の人数と力を持っているのか、資金はどこから出ているのかわかったからには、攻撃に出る頃合いだ。次の手を打たれる前に、こっちから行く。

こんどこそ、復讐と非難の応酬を止める必要がある。ダラスや彼の手先がドアをノックしたり——斧《おの》でドアをたたき割ろうとしたり——する恐れなしに、家族が安全に暮らせるようにしなければならない。

恐怖のさざなみがひたひたと全身を浸していくのを、ジョーは感じた。この悪循環を永久に終わらせるだけのすばやさ、狡猾さ、賢さが自分にあるかどうかはわからない。

だが、それを持っている人間を彼は知っていた。

24

ネイト・ロマノウスキは三時間かけて木から木、岩から岩へ移動して、山中の自然のくぼ地が見える位置に着いた。そこに狩猟小屋があった。大型狩猟動物のハンターか、人間を狩るハンターのような彼の動きはゆっくりとひそやかで、五感のすべてをとぎすませている。

くぼ地を迂回しながら、二、三歩歩いては立ちどまり、耳を傾け、空気の匂いを嗅いだ。枯枝一本も踏まないように、自分と小屋のあいだに遮蔽物《しゃへいぶつ》を置くように注意した。

一時間前、ネイトはエルクの小さな群れに出会った——牝三頭、子二頭——森の中の深い陰で眠っていた。見る前に匂いがしたので、気づかれないように風下からゆっくりと近づいた。牝の一頭が子の顔をなめてやり、ざらざらした舌が子の額《ひたい》をなでる音が聞こえた。驚かせて群れが逃げ、自分が見られる危険をおかすよりは、木立の中を後退して彼らのまわりの長い半周を登るほうを選んだ。

エルクから五百メートル弱離れた風上に来たとき、ネイトは物音を聞いた——軽い足音と息遣《いきづか》い。群れは移動しているが、きわめて静かだ——別の寝床を探している。

狩猟小屋はよく考えられた場所に隠されていた。花崗岩《かこうがん》の壁に一ヵ所ある裂け目からしか出入りできない。三方を岩壁に囲まれ、一方には密生したトウヒの木立があるので、裂け目の正面に位置するか、上からでないと内側は見えない。裂け目が伐《き》ったばかりの低木やマツの枝でふさがれ、侵入を拒んでいることに、彼は目を留めた。

もっと若い木々の中にぽつんと立っている、枝が節《ふし》だらけでねじれた古いヒマラヤスギをネイトは見つけた。マツの森では一本だけ異質で、抜きんでてそびえている。風雨にさらされた幹のこぶを手がかりにして、てこの作用を使うためにブーツの先を木の深く長い溝《みぞ》に押しこむと、手をのばしていちばん低い枝をしっかりとつかんだ。そのあとは、周囲のロッジポールマツを見下ろす頂点へと枝から枝へ登っていくだけだった。枝と枝が離れていてむずかしい箇所もあったが、てのひらに幹の樹液がついてねばねばしていたので、グリップできた。

クモのように、彼はざらついた幹にしっかりと張りつき、登りつづけた。上に移動すると き幹の裏側にぴったりと体をくっつけ、空を背景にした自分の輪郭が円形のくぼ地から見えないようにした。

できるだけ登り、体重を支えきれない小さくもろそうな枝に到達する前に、枝分かれした幹の狭いV字形に体を割りこませた。少し休んで息をととのえた。呼吸が楽になると、両腕で木を抱くようにして横に身を傾け、反対側をのぞいた。

くぼ地の中には、煙突から煙が出ている小さな丸太小屋、その横に止められた二台の傷だらけの車があり、小屋からトウヒの森までは平坦な草地になっていた。岸の高い小川が草地を流れており、せせらぎが聞こえる。

そのとき、男たちの声がして小屋から三人が次々と出てきた。全員長銃を持っており、先頭の男は重そうなキャンバスの袋を肩にかけていた。

ネイトは息をひそめて、ダラス・ケイツが――前にも見たことがある――トウヒの森の近くに集めた切株に空き缶と空き瓶を並べるのを観察した。一緒にいる二人のうち、一人は大男でけがでもしているように動きがぎごちなく、小柄《こがら》でやせたもう一人はあきらかに足を引きずっている。二人は後ろに控えて、銃に装塡《そうてん》をしている。キャンバスの袋には弾薬の箱がたくさん入っていた。彼らは拳銃も持っており、傾いたピクニックテーブルの上に並べて置いた。

男たちがたがいに注意しあっている様子から、射撃競技が始まるのだとネイトは察した。三人が自分に背を向けて反対方向に撃とうとしているのはなによりだ。さもなければ……

彼はV字形に身を落ち着けて、四五四カスールの握りに触れた。てのひらが樹液だらけなので、感触は気に入らなかった。だが、この距離なら幹で銃を安定させて一発は正確に撃てるとわかっており、標的が混乱してどの方向に遮蔽物を求めるか迷えば、たぶんあと二発もいけるだろう。

まず、ダラスからだ。

しかし、三人の背中を撃つわけにはいかない。とにかく、岩のあいだで発見した女を死なせ、デイヴ・ファーカスを殺害し、ジョー・ピケットおよびその家族を狙ったのが、間違いなく彼らだと確信できなければ撃てない。荒々しい特殊部隊員時代も、のちの一匹狼時代も、彼は一度として背中を撃つような卑怯な男ではなかったし、冷血な殺人者だったことはない。そしていまからそうなるつもりもない。

ネイトは携帯をタカ狩り用バッグから出して電源を入れた。四本のうち二本のアンテナが立っているのを見て驚き、この幸運はいま山のもっとも高い場所にいるからだと思った。以前から携帯が大嫌いだったが、自分の仕事にとってそれがいかに必要か、いまは身にしみていた。じっさい、電源を切っていたこの八時間のうちに、リヴから三回の着信があった。折りかえそう……あとで。

登録している番号をスクロールし、〈正義の騎馬警官《ダドリー・ドゥ・ライト》〉の番号を見つけた。かける前に、受信して携帯が振動した。ダドリー・ドゥ・ライトが自分にかけてきていた。

ダラスと二人の仲間が撃ちはじめるのを待ってから、彼は応答ボタンを押した。

「長くは話せない」ネイトは銃声に負けないように声を大きくした。

「どこにいるんだ？　聞こえているのは銃声か？」

「木の上にいる。ああ、銃声だ」

「だれが撃っている？」

「ダラス・ケイツと手下二人だ。標的射撃をしている」

「監視しているんだな？」

「そうだ」

「彼らはそこにいると思ったんだ。ブルとおれが対決した場所だよ」

「長くは話せない」ネイトはくりかえした。幹の向こうを一瞥した。再装塡のために射撃がやめば、自分の声を聞かれるかもしれない。

「ほんとうに木の上にいるのか？」

「ああ。みごとなヒマラヤスギの古木の上だ」

「驚かないけどな」

「長くは話せない」ネイトはまた言った。こんどは声音を強めた。

射撃がやみ、ネイトは携帯の音量を下げたのでジョーの声はほとんど聞こえなかった。これでくぼ地にいる者たちにも聞かれることはない。

「あんたの居場所を保安官かだれかが知っているか？」ジョーは尋ねた。

「いや」ネイトはささやいた。

「よし。彼らをしばらく見張っていられるか？」

「ああ」

「できるときにまたかける」

「かけるな」ネイトは言った。「来い」

「そうするよ。彼らが携帯に電話を受けたら、すぐ知らせてくれ。できればメッセージを送ってほしい。だれかが彼らと接触したら知りたいんだ」

「了解」

「それからネイト――ありがとう」

ネイトは通話を終えて携帯の電源を切った。射撃が再開した。

彼は思った。なぜ、い、ま、標的射撃を？

ドン―ドン―ドン。ライフルの腹に響く銃声がした。

そのあと、ネイトの真下から叫び声がした。

「上にいるのが見えるぞ、くそったれ。その銃をとろうなんて夢にも思うなよ」

ネイトはV字形の幹に寄りかかって枝のすきまから下を見た。まず目に入ったのは、まっすぐ自分に向けられたショットガンの黒いO《オー》の形の銃口だった。銃身の向こうで、スパイヴァク保安官代理が台尻に頰を押しつけていた。両目を大きく開き、私服姿だった。

ドン‐ドン‐ドン。ダーン。

「人差し指と親指でそのリボルバーを持て」スパイヴァクは言った。「そっととりだすんだ、おれに見えるように。それから落とせ。おれのそばの地面にじゃなく」

ネイトは自分の勝ち目を計算した。スパイヴァクは視界を確保して撃てるが、ネイトには隠れ場所がない。文字どおり進退きわまっている《アップ・ア・ツリー》。どんなに早く銃を抜いて撃鉄を起こして撃っても、先にショットガンを発砲される。

彼は言われたとおりにした。リボルバーを枝のすきまから落とし、やわらかい地面に当たる音を聞いた。ダラス・ケイツと手先たちが射撃をしているときにスパイヴァクが現れたことに、怒りを感じた。銃声で、スパイヴァクの車が轍《わだち》の道を近づいてくる音がかき消されてしまったのだ。

ドン‐ドン。ダーン。

「下りてこい、タフガイ」スパイヴァクは命じた。「あやしげなそぶりを見せたら、真っ二つにしてやるからな」そして続けた。「あんたがなにを話すか、ダラスは興味があるはずだ。おれもだよ。ところで、ちょっと前にしゃべっていた相手はだれなんだ？」

ドン－ダーン。

25

ラスク――人口千五百六十七人、標高千五百三十メートル――のダウンタウンを車で走っていたとき、ジョーは石造りのナイオブララ郡裁判所の入口の上にこう刻まれているのを見た。〈公職は公民の信頼あってこそ〉。彼は声に出して言った。「アレン知事はここへ来るべきだ」

ゆっくりと〈ローハイド・ドラッグ〉と〈シルバーダラー・バー〉〈〝ハンター歓迎！〟〉の前を通りすぎ、丘の上から疲れた女家長のように町を見下ろす、優雅なレンガ造りのヴィクトリア朝風の建物に視線を向けた。ぼろぼろで板で囲われているが、かつては通りがかりの人間も地元の牧場主も牧童もお世話になった売春宿だった。がんばって稼いだ大金を町の慈善事業に寄付した、有名な女性が所有者だった。ジョーが聞いた話では、建物は地域社会の中心だったので、そのまわりに造られた町は一時肉欲《ラスト》と呼ばれていた――しかし、ワシントンDCの郵便局員が腹をたてて名前がラスクに変更になったそうだ。レストラン、バー、ホテルには〈ここはタイガーの生息地〉（ラスク・タイガーズはフットボール・チーム）という客への掲示があり、ネコ科の動物の前足がハイスクールのフットボール場へ続く道沿いに描かれていた。学園祭の週なんだな、とジョーは思った。

グリフィス・ストリートで左折して、ナイオブララ郡雑草害虫駆除センターを通り過ぎた。道路に並行して走る線路を、古い鉄道駅の近くで越えた。ようやく、手塗りで文字も手書きの看板が見えてきた。

ワイオミング州女性センター
矯正局

刑務所自体は、草の生えた丘の斜面に低く造られた赤レンガの建物で、不規則に広がっていた。柱にとりつけられた高さ四メートル弱の金網フェンスに囲まれ、柱は構内の方向へ曲がっていて、フェンス上にはレザーワイヤの輪が張りめぐらされていた。

円形の敷地には四列の駐車場があり、一列は面会者用だった。ジョーはそこに駐車した。ほかの車もほとんどがワイオミング州ナンバーだった。

屋外照明の上に掲げられていた〈警告：火器は車に収納してください〉という掲示に従っ

て、ジョーはショットガンを座席の後ろに固定し、ホルスターは運転席の床に置いていった。

入口までの歩道の両側に、ワイオミング州旗とアメリカの国旗がひるがえる柱が並んでいた。建物の屋上にはソーラーパネルが設置され、フェンスの内側の草地はがらんとしていた。ジョーが出発したもっと標高の高い場所と違い、芝生はまだ青かった。湿っぽい海の空気を感じて彼はとまどい、それが〈養殖場〉と記された西側の建物から漂ってくるのに気づいた。広大な牧場地帯に囲まれ、まわりには草と低木と白亜層の崖しかない乾燥した小さな町で、海の匂いを嗅ぐのはとても奇妙だった。

中の受付デスクで、彼は身分証明書とバッジを出し、〈矯正局〉の袖章のついた制服を着ている血色のいい男に、所長と面会したいと告げた。

「猟区管理官が来るのはめずらしいですね」男は値踏みするような目つきでジョーを見た。「ここの女性《ペティコート》服役者の中には狩猟規則違反者はだれもいないと思うが」

「女性《ペティコート》服役者？」

「昔はそう呼ばれていたんですよ」男は説明した。

受付係が所長に連絡しているあいだ、ジョーはデスクから離れた。まだ刑務所内に入ってはいないものの、ローリンズの男性刑務所との大きな違いにすでに驚いていた。ローリンズは男性ホルモンの臭いがするし、突然の暴発を彼はいつも警戒している。女性刑務所には、むしろ優しくくつろいだ雰囲気を感じた。高いフェンスとレザーワイヤがその効果を試されたことはあるのだろうか。

軽量コンクリートブロックの壁の掲示板には、服役者が一般教育修了検定に合格するための授業のスケジュールが貼られていた。また、キルト、ニードルポイント、溶接、木工のワークショップの予定もあった。薄れかけた告知には〈ファミリー・デイケア施設の応募はこちら〉とあった。どういう意味だろう、とジョーは思った。

背後で受付係が電話を終え、パソコンのモニターに向きなおって面会者バッジを準備しはじめた。

「別の矯正官が来て、所長室まで案内します」受付係は言った。それから長年何千回もくりかえしてきた呪文のように続けた。「所内では携帯電話禁止、刃物禁止、レザーマンツール（プライヤーやドライバーを内蔵したマルチツール）を含む道具類禁止、銃器禁止、いつでもボディチェックに応じることに同意するこの書類にサインする必要があります」

「了解」ジョーは答えた。「だが、わたしは法執行官で服役者を尋問するために来ています」

「ほう」男はカウンターごしに彼をじろじろ見て目を細くした。「猟区管理官が、その、ふつうの警官と同じだとは思わなかったが、そうなんですね」

「ええ」ジョーは答えた。

「通常、ブルージーンズはだめなんです。ブラックジーンズならいい。だが、あなたは猟区管理官でそれは制服の一部だから、許可しますよ」

「ありがとう」ジョーはほっとした。なにしろキャスパーで新しい〈ラングラー〉を買ったばかりなのだ。

待っているあいだに、ジョーはカウンターに背を向けて短縮ダイヤルでメアリーベスにかけた。彼女が出るとすぐに告げた。「黙って聴いていてくれ、いいね？」

「わかった」彼女はささやきかえした。

彼は携帯を胸ポケットにすべりこませた。

すぐに、受付デスクの横の鋼鉄製ドアの曇りガラスの向こう側に影が見えた。受付係がドアを開錠するボタンを押すと、向こう側の矯正官は手で開けた。デスクの男と同じ制服を着ていたが、肩に無線機をつけてベルトに手錠を留めていた。

「所長に面会に来たのはあなた？」彼は尋ねた。小柄、たくましい胸、丸い童顔、細くとがらせた赤毛のヴァンダイクひげ。名札には〈ドゥーリー〉とあった。

ジョーはドゥーリー矯正官のあとについて、画一的なベージュに塗られた狭い廊下を歩いていった。

「ここは初めて？」ドゥーリーが肩ごしに聞いた。

「ええ」

「ローリンズとは大違いですよ。わたしは向こうに三年いました。ここではまったく事情が違う」

「心得ておくことはありますか？」

ドゥーリーは立ちどまって微笑した。所長室に着く前に、ジョーに違いを説明しておきたいらしい。ドゥーリーは男同士の低い声音で話したので、ジョーは体を寄せて耳をそばだてた。

「想像がつくでしょうが、どの場所にもむずかしい点はある。ここでむずかしいのは、個人攻撃と、とくに男の矯正官に対する誘惑だ。一部の女たちは、一枚しかない自分たちの持ち札がなにか、知っているんですよ……」

ジョーはうなずいた。

ドゥーリーは続けた。「ローリンズでは、受刑者がこっちを刺そうとしたり、おたがいを痛めつけたりしないように、つねに目を光らせている必要があった。そういう連中は大勢いて、彼らがローリンズに入っているのは暴力的で憎悪に満ちた犯罪をおかしたからです。ここでは、みんなが痴情のもつれや家庭の不和のせいで犯罪者になった。女たちのほぼ全員が人生のどこかで悪い男とかかわったんです。ローリンズにいるのは捕食者たち。ここにいるのは、だいたいが犠牲者なんですよ。

ローリンズでは殺人につながりかねないから、本物のけんかにいつでも対応できるようにしておかなくちゃならない。ここで緊急呼びだしがあるときは、たいていどなりあいか引っかきあいだ。本物のけんかと女のいがみあいは違う、わかりますよね」

「ええ」

「一度だけ、流血沙汰になったほんとうに暴力的なけんかに対処しなくちゃならなかった。それは、子どもたちの父親が同じ低級なごろつきだった女二人のけんかでね。別の女にも子どもがいることを、そいつはどちらにも話していなかったんです。その二人は同じ時間にカフェテリアにいることさえできなかった、さもないと相手の目玉をえぐりだそうとするか、頭にトレーを投げつけたりする。だが、そのけんかは男性刑務所にあるような、地位や権力をめぐってのものじゃない。一人の男をめぐってのけんかで、子どもがからんでいる」

ドゥーリーは赤くなった。「わたしは幸せな結婚生活を送っています」彼はジョーに結婚指輪を見せた。「毎週日曜日には教会へ行く。受刑者たちは全員そうだと知っている。ところが、それでも一部はわたしの気を引いて、してあげると申し出る。言いたいことがわかりますか。日々ここにいると、女たちのことを知るようになり、向こうもこちらを知るようになる。こちらの弱点を感じとるんですよ、ね？　そしておそろしく巧みに誘導する女もいる。ここでは、微妙で暗示的なことを警戒する必要がある。だから、気をつけてください」

「わかりました」ドゥーリーが正確になにを言おうとしているのか判然としないままに、ジョーは答えた。この矯正官は自分自身の邪念と闘ってきたように思えた。

「中には、あなたのお母さんやおばあさんを思い出させるのもいる」ドゥーリーは言った。

「世の中でもっとも感じのいい女たち。わたしが出会った最高のご婦人の何人かは、ここの受刑者です。ときどき、彼女たちが悪いことをしてここに入れられたのを忘れそうになる。しかし、凶悪なケースもたくさんあるんだ。なぜ彼女たちがここにいるのか、すぐにわかります。あなたは既婚？」

「ええ」

「娘さんはいます？」

「ええ」

「中にはあなたの娘さんを思わせる受刑者もいますよ。きっと胸がつぶれそうになる」

所長室の閉まったドアの外で、ドゥーリーは言った。「わたしはここで待っていて、面会室へ案内します」どういうわけか、彼は所長とジョーの話に同席しなかった。

ジョーはうなずいてドアをノックした。

「どうぞ」女性の声は、自信に満ちて力強かった。彼は中に入った。「マーサ・グレイです。このすばらしい施設の所長です」

「ジョー・ピケットといいます」

マーサ・グレイ所長は開けっぴろげな顔つきで目は鋭く、髪は真っ白だった。黒っぽいビジネススーツ、真珠のネックレス。彼女はジョーに見定めるような視線をそそいだあと、椅子を勧めた。

ジョーはすわった。彼女はドアが閉まるまで待った。

「ドゥーリー矯正官が秘密を外に洩らしていないといいのですが。おしゃべりな職員で、若い女たちの中には彼を動揺させられるとわかっている者たちもいます。彼を一般棟担当から総務に戻したのはそれが理由です」

「とても感じのいい人でしたが」

「よかった。職務のすべての面で、矯正官たちにはプロであれと命じています」

ジョーはすぐグレイ所長に好感を持った。彼女は有能でまじめだ。官僚たちはかならずしもそうではない、と彼は経験上知っていた。あまりにも多くの官僚が、目立たないようにして定年を待ち焦がれながらキャリアを終える。グレイ所長からは、仕事に真剣にとりくんで立派に遂行する意志がある、という第一印象を受けた。彼女はまた頭が切れて要求水準が高い。ドゥーリー矯正官が出世コースに乗らないことを選んだ理由はそれだろう、とジョーは思った。メアリーベスも――胸ポケットの携帯で聞いているはずだ――同じ印象を持っただろうか。メアリーベスはジョーより人を判断する力がある。

「うちにいる一人と面会するためにいらしたそうですが」

ジョーはうなずいた。「ブレンダ・ケイツです」

グレイは深く息を吸ってゆっくりと吐いた。「ブレンダ」彼女はゆがんだ微笑を浮かべた。

「ブレンダは特別なケースね？」

彼はどう答えるべきか迷った。

「わたしは二百七十三人の女性を預かっていて、一人一人が違います。ここは二十四時間体制の施設で、三つの棟にはもっともゆるい場所からもっともきびしい場所まであります。大多数はもっとも警備のゆるい房で暮らしていますよ。わたしたちはトラブルの種を抱えてはいるけれど、全員が規則に従っているかぎり、おおむね雰囲気も受刑者のふるまいも穏やかです。善行には賞を与えるし、悪行は罰する。本気で努力している女性がいれば、がんばるなら養殖場のようないい仕事につけるかもしれない、と本人に伝えます」

「そのことをお尋ねするつもりでした」

「ここではティラピアを育てているの」所長は誇らしげに答えた。「デンヴァーの一流レストランで出すティラピアの多くは、ここで養殖されているんですよ。それに、働くには静かで楽しい環境です。賢い女性はあそこを希望するわ」

グレイはため息をついた。「ここの女性たちの多くをわたしは好きですが、決して全面的に信頼することはできない。そのほうが、だれにとってもいいのです。

そして東棟、あそこはもっとも警備が厳重です。いま十八人を収容しており、その半数が一時的な処置です」

「よくわかりませんが」ジョーは言った。

「女性が子どもやパートナーなしで一緒に暮らすと、緊張が生まれやすいんです。排他的な集団ができて、パートナーシップや同盟関係が強くなる。いわゆる〝刑務所にいるあいだだけのレズビアン〟になる人も少数います。だから、恋愛がらみのけんかや質《たち》の悪い破局が起こる。房に三人の女性がいたら、ほぼかならず二人が組んで残りの一人に敵対します。そうなった女性は一時的に東棟に移り、平和に安らかに過ごすこともできます。ほかの受刑者たちと接触はなく、食事は運ばれてくる。東棟で感情のもつれは起きません。もしあなたに娘さんが何人かいらっしゃるなら……」

「ええ、合点がいきますよ」ジョーはにやりとした。「ではおわかりですね。でも東棟には、ほかの女性や矯正官の安全のために、ぜったいそこにいなければならない六人がいます」

「その一人がブレンダですね」

彼女は厳粛なおももちでうなずいた。「ブレンダは残念ながら東棟の女王蜂ね」

「驚きませんよ」

「彼女を見てもそうとはわからないでしょう？」グレイは言った。「わたしは自分を心理学の学徒と考えたいんです。この仕事にはその能力が必要だわ。わたしは問題を予期して、それが起きる前に阻止しようと努力しているんです。

最初、わたしは彼女をまったく見誤ったことを認めますよ。ブレンダが入所した最初の日に思った、落ち着いた老女で、四肢麻痺で特注の車椅子から動けない、と。彼女、一九六六年から髪型を変えていないんじゃないかしら。知らなければ、自分のおばあさんか野暮ったい年寄りの伯母さんのように思うでしょう。彼女は夫と二人の息子を亡くし、ほかにだれも残されていない――そんなふうに考えたわ」

グレイは続けた。「犯罪の性質にもかかわらず、わたしたちは初め彼女を一般棟に入れました。凶悪犯を自動的に東棟に収監するわけじゃないんです――自分や他人に暴力的になる恐れがある女性だけ。わたしたちは思った、それまで服役したこともない年寄りで、しかも手足が動かない女性にどんな危険性があるだろう、って。そのあと、世話好き母さん《マ・ケトル》の皮の下に隠れているのは強盗兄弟のママ《マ・バーカー》（一九三〇年代のギャング、バーカー兄弟の悪名高い母親）だと気づいたの」彼女は笑った。「あなたは若いからこのたとえがわからないでしょう」

「わかりますとも」ジョーは答えた。「彼女の家族とは因縁《いんねん》がありまして」

「知っています。ブレンダとコーラ・リー・ケイツがあなたのことを悪く言うのを聞いたわ」

彼はうなずいた。

「二人はあなたのことが好きじゃない」

「わかっています。ブレンダがなにをして東棟へ移ったのか教えてください」

「そうね。ご存じでしょうけれど、彼女はすぐけんか腰になる。当局の人間は全員自分をやっつけようとやっきになっていて、自分と家族を見下していると考えている。言ったように、この施設の運営はときに微妙なバランスの上に成り立っています。わたしたちはちょうどいい中間点を見つけてそこを維持するように努めているんです。

でも、ブレンダは騒ぎのもと――煽動者よ。女性たちが矯正官やたがいに敵意を持つように、弱い者たちが自分に忠誠心を抱くように仕向ける方法を、彼女は知っている。ブレンダは暴力的ではない、なぜなら暴力を振るえないから。でも、追従者たちを操って望みのままに動かすすべを心得ている。忠誠を要求し、従わない者は罰する。一般棟から東棟の独房に移さざるをえませんでした。そのあと、問題は起きなくなったわ」

「なぜなら、そここそ彼女が欲した場所だから」ジョーは言った。

「ええ、それがほんとうのところだとわたしも思います」グレイは嘆息《たんそく》した。「あなたに対するブレンダの気持ちを知っているからには、面会は慎重に考えるべきかしら？」

「わたしが来たのは、彼女を車椅子ごと階段から突き落とすためじゃありません、その点がご心配なら」

「残念」グレイは言って、ちらりと微笑した。「もちろん冗談よ」

「もちろんです。面会の前に、二、三質問していいですか？」

グレイ所長は腕時計を一瞥した。五時近かった。

「結婚三十五周年祝いの夕食に、夫が連れていってくれることになっているの」

「おめでとうございます。お時間をとらせたくはありません」

「心配しないで」彼女は手を振った。「けさ、夫に思い出させなくちゃならなかったぐらいだから。それに家に帰るまで彼はわたしを連れだせない、でしょう？　だから聞きたいことを聞いて。ただし、面会をモニターで見ていることは言っておきます。どんな話になるのか、とても興味があるの」

「録画しますか？」ジョーは尋ねた。

「当然です」

「よかった」

その答えに、彼女は眉を吊りあげてみせた。「あなた、なにかたくらんでいるでしょう？」

「ええ」

ダラス、コーラ・リー、ウィンチェスターの銀行支配人と保険代理業者と会ったときのことを、ジョーはグレイに話した。

聞きおわると、彼女は考えこんだ。「では、それで彼女は舌で操縦する車椅子を買うお金を工面できたわけね」

「舌で操縦する車椅子？」

「ブレンダは税金と矯正局の好意で、四千ドルする電動車椅子を支給されて入所しました。口のそばにあるプラスティック・チューブを通じて、息で操縦できる車椅子。前後に動かせて、左右に曲がることもできたわ。でもチューブをひんぱんに掃除しなくてはならないのが彼女は気に入らなかったし、いつもそれが顔の前にあるのがいやだったの。

新しい車椅子はジョージア工科大学の試作品で、たしか一万五千ドルぐらいする。舌の磁石付きピアスを使ってヘッドセットに伝達すると操縦ができるんです。ヘッドセットが車椅子に内蔵されたコンピューターに接続しているんでしょう。方向だけではなく、望む速度でどこへでも行けるんです。舌の神経は中枢神経に直接つながっているから。おかげで彼女ははるかに動きやすくなった。どこへ行きたいか考えるだけで、車椅子が行ってくれる。ベッドに入れたあとでわたしたちがやらなければならないのは、中のバッテリーを充電するためにコンセントにつなぐだけ。二週間おきに、資格を持った地元の看護師がブレンダを訪問して、彼女が健康かどうか、車椅子がちゃんと作動しているかどうか確認しています。あの車椅子はほんとうに驚くべき発明だわ。いま、どうやってブレンダがあれを手に入れたかわかった」

「興味深いですね」ジョーは言った。

ブレンダは刑務所の中からダラスやコーラ・リーやほかの人間に連絡する手段を見つけたのではないかと思う、と彼は説明した。

「まさか」グレイはかぶりを振った。「それは不可能です」

一般棟で携帯電話は許されないし、一台も見つかったことはないという。東棟のセキュリティはもっときびしい。入所するとき、高齢ではない女性たちがいちばんつらく思うのは〝携帯禁止〟なのだ、と所長は言った。

「メールはどうですか?」ジョーは尋ねた。

「ありえないわ。パソコンもiPadも、どんな情報伝達デバイスも禁止されています。キンドルなどの電子書籍リーダーさえ許可していないんですよ。受刑者がメールを送る必要があるときには、矯正局のタブレットしか使えず、送られる前に係員が内容を読んで保存します。もしブレンダがメールを送りたいと要請すれば、わたしの許可が必要で、彼女は一度も要請していないと断言できます。ブレンダが現実にメールや携帯を使ったことがあるかさえ、疑問だわ」

ジョーはうなずいた。「電話をかけるのはどうです?」

ふたたび、グレイはかぶりを振った。「事前申し込みで使える指定された固定電話はあります。すべての通話は録音され、デジタル化されます。東棟の受刑者がかける電話は傍聴されます。ここに来てからブレンダが一度でも電話をしていたら、驚きよ」

「それはめずらしくないですか?」

「彼女の場合、そんなことはないでしょう。だれに電話するの?」

「保険代理業者と銀行支配人に」

「ブレンダはかけていません」

「面会者は来ますか？　もしかしたら、だれかが外の世界との仲介人になっているとか？」

「面会者は来ていません。だれも」

ジョーは行き詰まった。

そのときグレイは思い出した。「いま言ったこと、撤回するわ。釈放後に、コーラ・リーが面会に来ました」

ジョーはそれを頭に入れてうながした。「続けてください」

「ご存じのように、コーラ・リーは九ヵ月ここにいました。最初の三ヵ月はまったく悩みの種でした。すべての時間をタトゥーを入れることについやし、ほかの女性たちとぜんぜんうまくいかなかった。仲間の数名とどなりあいになったとき、彼女をしばらく東棟に入れざるをえませんでした。それを経験したあと、コーラ・リーは模範囚になったんです。その変わりようを見た仮釈放委員会は彼女は罪をつぐなったと考えたけれど、わたしは正直なかなか信じられませんでした」

「コーラ・リーが東棟にいたとき、ブレンダと接触する機会はありましたか？」

「受刑者は交流を禁じられています。とはいえ、わたしはだまされません。建物の片側でなにかが起これば、すぐに反対側に知れる。ささやきや噂を通してニュースがどれほど速く伝わるか知ったら、あなたは驚くわ。わたしたちは〈受刑者ドットコム〉と呼んでいて、どの刑務所にも存在するし、これまでずっとそうだった。だから、ブレンダとコーラ・リーが連絡をとりたがったら、おそらく方法を見つけだしたでしょう」

ジョーはうなずいた。「仮釈放されたらコーラ・リーになにをしてほしいか、ブレンダは簡潔に伝えたんじゃないでしょうか。だからコーラ・リーは東棟を出たあと模範囚になったのかもしれない」

「それはありえますね。ブレンダは他人を利用するこつを心得ていますから。それに、ばらまけるお金がそんなにあるなら……」

「ええ。だが、ブレンダがどうやって指令を出しているのかまだわからない」

「あなたがそれを聞きだしてくれるといいけれど」

「ええ、やってみます」ジョーは答えた。

「ここで待っていて」グレイは椅子を後ろへ引いた。「東棟の監督官と話して、面会室の準備をさせます。それから、録画装置がちゃんと作動しているか確認します」

「ありがとう」

所長が出ていくと、ジョーは携帯を出してメアリーベスに尋ねた。「全部聞こえた?」

「ええ。あのドゥーリーって男はちょっと薄気味悪いけど、彼女はいい所長ね。盗み聞きしているのが申し訳なくなった」

「この件ではきみの頭脳がいるんだ。どう思う?」

「確信はないけれど、いったん切って少し時間がほしい。調べてみたい思いつきがあるの」

「どういったこと?」

「舌で操縦する車椅子のこと」メアリーベスは通話を切った。

ジョーはすわりなおして目を閉じた。心がざわつき、深呼吸して落ち着こうとした。

裁判中のブレンダではなく、あおむけに力なく倒れていたときにジョーをじっと見つめ、彼が目をそむけるまで視線をそらさなかったブレンダを思い出した。

あのときより前から、彼女は金銭ずくで心のねじくれた女だった。いまはどんなか、想像するしかない。

それはこれからわかる。

26

「男性が通行!」東棟の面会室へとジョーを案内しながら、ドゥーリーは叫んだ。廊下は管理棟から刑務所の中心を通って続いていた。ドゥーリーが知らせると、房内の女たちはしていたことをやめ、一目でも見ようとこちらを向いた。受刑者たちは一つの房に八人いて、彼女たちの名前と写真がドアのそばの軽量コンクリートブロックの壁に貼ってあった。

こんなふうに凝視《ぎょうし》されるのは初めてで、ジョーは顔が赤くならないように祈った。

「まっすぐ前を見て見かえさないで」ドゥーリーが低い声で忠告した。「目にするものはたぶん気に入りませんから」

だが、もちろんジョーは見てしまった。好奇心まるだしの表情、食いいるような目つき、したり顔の笑み。そして、一人の受刑者がオレンジ色の上っ張りを引っ張りあげてあらわにした、二つの豊満な白い乳房。彼が通り過ぎたあと、その女はけたけたと笑った。

「ロンダはあれをやるのが好きなんですよ」ドゥーリーはやれやれとため息をついた。

ジョーは一声うなった。

「あんなのなんでもない」ドゥーリーはうんざりした口調で続けた。「どうして販売部で突然ぺろぺろキャンディが売りきれるのか、われわれはしばらくわからなかったんです。すぐにストックがなくなってしまう。すると受刑者の一人が白状したんですよ、房が別々の恋人同士がゲームを発明したんだって。片方がキャンディを買ってそれを彼女の……わかるでしょう……入れたあと、恋人に渡してなめさせるんです。そのあと恋人は同じことをしてから返す。胸が悪くなりますよね？　もう販売部ではぺろぺろキャンディを売っていないとだけ言っておきますよ」

「なるほど」ジョーは言った。メアリーベスがいまの話を聞いていなくて幸いだった。

西棟から中央棟へ向かっていたとき、メッセージを受信して携帯が振動したのをジョーは感じた。矯正官たちは好奇心に満ちたまなざしを彼に向けてわけ知り顔でうなずき、少なくとも二回「ブレンダ・ケイツ」という名前が房のドアの奥でささやかれた。〈受刑者ドットコム〉が発動したのだ——ジョーがこれから面会するという噂は、彼が向こうに着くよりも速く刑務所中に広まっている。

東棟の入口の鉄格子をはめたドアには二人の矯正官が配置されており、一人がスイッチでドアを開けた。ジョーはドゥーリーのあとから入り、頑丈なドアがブーンと音を立てて閉まるのを聞いた。

東棟はほかの建物より小さく、両側に閉ざされたドアが並ぶ短い廊下があるだけだった。それぞれのドア枠の右側に写真が一枚ずつ貼ってあった。

しるしのないドアの前でドゥーリーは足を止め、手の甲《こう》でノックした。そのあいだに、ジョーは携帯を一瞥《いちべつ》した。メッセージはメアリーベスからで、題名は〈舌による操縦〉だった。しるしのないドアがわずかに開いて、メガネをかけたサブカル好き風の私服の男が顔をのぞかせた。三日は剃《そ》っていない不精ひげを生やしただらしのない外見は、〝IT担当〟そのものだった。

「どうぞ」彼はジョーに言った。

「ではここで、わたしは退場します」ドゥーリーは言った。

ジョーは付き添いに感謝したあと、部屋に入った。照明は薄暗かった。録画録音装置が壁にとりつけられたカウンターの上に置いてある。グレイ所長がイヤフォンをつけて別のカウンター近くの折りたたみ椅子にすわっていた。彼女の前のモニターには白く塗られた無人の部屋の内部が映っている。白い部屋の中には、マイクスタンドがのったステンレススチールのデスクと金属製の椅子三脚がある。

「ブレンダはいま連れてこられます」グレイは告げた。

「どうしてか、彼女は知っていますか？」ジョーは尋ねた。

「いいえ」

「わたしが来ているのは知らない？」

「知りません」

私服の男はキーボードを操作して室内のマイクを起動し、録音録画を始めた。

「準備できました」彼は言った。

待っているあいだ、ジョーは携帯を出してメッセージを見た。そこには、ジョージア工科大学の技術者が書いた、舌で操縦する車椅子に関する学術論文へのリンクが貼ってあった。メアリーベスのメッセージは、〈図解を見て!!!〉だった。

彼が読んでいくと、写真と図表がゆっくりと現れ、そのとき彼はメアリーベスがなにを発見したかを悟った。

「しっぽを押さえたぞ」彼はつぶやいた。

マーサ・グレイが顔を上げ、ジョーは携帯を彼女に渡した。論文をスクロールした所長は息を呑み、こう言った。「なんと、最悪だわ。わたしたちが見逃していたなんて信じられない。この責任はとらせる」

「だれに想像できたというんです？」ジョーは携帯を返してもらった。

「最悪だわ」グレイはくりかえした。

面会室の中のスピーカーを通してカチリという音がした。ジョーが見ると、ブレンダ・ケイツが車椅子で入ってきて、デスクの少し手前で止まった。矯正官が一人あとから入り、彼女が急に彼の手から車椅子を自由に動かしたことにいらだっていた。

ブレンダは大柄《おおがら》な女だった。白髪まじりだった髪は真っ白になっていたが、外見はあまり変わっていなかった。きつい巻き髪、メタルフレームのキャッツアイ型メガネ。舌の動きを追ってコマンドを車椅子に伝えるためのトランシーバーが口のそばにのびている、細いハイテク・ヘッドセットを装着している。

彼女の両腕と両脚が――これまでずっと太かったが家でのきつい肉体労働で引きしまっていた――いまはぶよぶよとたるんでいることに、ジョーは気づいた。両手は力なくひざの上に置かれ、指はわずかに曲がって鉤爪《かぎづめ》を思わせる。

彼女はあごを上げてまっすぐに監視カメラを見た。レンズとビデオケーブルを通して自分の目をのぞきこまれたかのように、ジョーはどきりとした。

「どうしてあたしはここに?」ブレンダは尋ねた。

連れてきた矯正官はドアから出て閉めた。そして彼女は一人きりになった。

ジョーはグレイに言った。「自分でも胸を張れないことを彼女に言うつもりですが、わたしを信頼してください」

「一線を越えてはいけませんよ」グレイは答えた。裁判で合法的に使える情報を引きだすためなら、面会中に容疑者をミスリードするのは法律違反ではない。要は、相手を脅《おびや》かさず、まずい質問をしないようにすることだ。

ジョーは携帯、鍵、ポケットナイフ、小銭をカウンターに置き、自分の体をたたいて武器として使えるものを出し忘れていないのを確かめた。持っているのはメモ帳だけで、これは必要だ。

「いきますよ」彼は告げた。

ジョーは落ち着くために面会室の外で一度立ちどまった。ブレンダを廊下の反対側の独房から連れてきた矯正官が声をかけた。「幸運を祈ります」

「ありがとう。わたしには必要だ」彼は答えた。それからさっとドアを開けて大股《おおまた》で中へ入った。

その音に、ブレンダはすばやく車椅子を一メートルほど下げると、向きを変えて彼のほうを向いた。後ろを見られるほど首を動かせなかったからだ。

「やあ、ブレンダ」ジョーは言った。

メガネの奥で彼女の目が光り、鼻から洩《も》れる息遣《いきづか》いが急に速くなった。一瞬、過呼吸で発作を起こすのではないかと、ジョーは不安になった。

以前なら、ブレンダの彼への反応はそっぽを向き、地面を蹴《け》り、いらだち、挑むように腕組みをすることだっただろう。いまは、彼女の存在と感情のすべてが体から首と顔にいやおうなくそそぎこまれ、ほとんどコントロールできないようだった。

ジョーはブレンダを迂回してデスクの反対側へ行った。彼女はほぼ無意識に彼を追うように、ゆっくりと車椅子を回転させた。

ジョーは言った。「なんと、そいつはすごい車椅子だな」

椅子の一つにすわって、胸ポケットからメモ帳を出した。「おれを見て驚いただろうね。いまごろはもう生きていないと思っていたんじゃないか?」

「あんたとは話さない」ブレンダは言って少し車椅子の向きを変え、ジョーではなく彼の背後の隅に視線を据えた。そしてカメラに向かって言った。「い、ま、す、ぐここから出して」

「悪いが、あんたに選択権はないんだ。この捜査に協力しなければならない。さもなければ、グレイ所長は罰を科すことになる。たとえば、あんたが好まなかった息で操縦する車椅子にすぐ戻すとか。あるいは、矯正官に押してもらわなければならない旧式のやつにすわらせるかもしれない」

「あたしはこれを自分で買ったのよ」彼女は弁解口調で反論した。痛いところを突いたと彼にはわかった。彼女の抑揚にかすかなオザーク山地の訛《なま》りを感じた。

「あんたがどこで金を手にしたのか、すぐに話す。まずは別のことからだ。ダラスの起訴が取り下げられてから、きっと彼とは話していないだろう。しかしそれ以来、あんたが知らない多くのことが起きた」

ブレンダは薄い唇《くちびる》をきっと結んで隅をにらんでいた。だが、ジョーが言うことに関心を持っているのを彼は承知していた。

「コーラ・リーは脱落したよ。おれの家族が滞在していた家のドアに斧《おの》で穴を開けようとした。だが捕まって、いまはぺらぺらしゃべっている。少しでも金が入ったら、コーラ・リーはたちまちクスリに戻るとは思わなかったのか？　絶つと約束したのかもしれないが、ヤク中はヤク中だ、なんだって言うだろう。金を送ってくれて陰で操ろうとする義母に対してもな」

「あんたなんか信じない。あんたは嘘つきの人殺しよ」

「どっちでもない」彼女の糾弾は真実ではなかったが、それでも耳にすると良心が痛んだ。

「あんたはすぐそばからブルを撃ち殺したし、エルドンが穴倉で死んだときも現場にいた。ティンバーが死んだのにもなにか関係がある、だってあの子は自分でバルコニーから飛び降りたりしないもの。高所恐怖症だった。それに、あんたはダラスをスノーモービルで轢《ひ》いて脚をだめにした。違うとは言わせない、わかっているんだから」

ジョーは反論しなかった。彼女の言葉は真実を突いており、言い争っても無意味だ。

「こっちを向いておれを見たらどうだ？」低い声で言った。

「あんたの顔は二度と見たくない、〈サドルストリング・ラウンドアップ〉の死亡記事の写真は別として」ブレンダは吐きだすように答えた。

ジョーは監視カメラに目を上げて肩をすくめた。

「ブレンダ、おれがここへ来た目的は一つ、たった一つだ。これを終わらせたい。どちらか選んでいまこの場で終わらせるかどうかは、あんたにかかっている。このあたりで攻撃を止めるべきだ。そうすればもうだれも傷つかない――とくにおれの家族。家族を守るためならおれはなんでもすると、あんたは知るべきだ。必要ならなんでもする。なんでもだ、ブレンダ。そのためにここにいる。

最後に残った息子が、あんたの中で特別な場所を占めているのは知っている。ダラスはいつだってお気に入りだったし、それは彼がロデオ・チャンピオンだからというだけじゃない。ダラスにはもっといい人生がふさわしいんだ。解放して自由にしてやれるのはあんただけだ。

だが、あんたが許さなければ彼はその道を選ばないだろう」

ジョーは自分の言葉が相手に伝わるのを待った。

一分近くたってから、ブレンダは口を開いた。「地獄へ行きな。あたしは幽霊たちに従っているんだから」

「あんたが従っているのはあんたの邪悪な本能だろう。あんたはミズーリ州ジャスパー郡の出身で、あそこで愛されている唯一のものは根深い家族間の不和だ。エルドンに会うまで、ほんとうに苦労してきたのは知っている。恨みを抱くのはもっともだ。だが、頼むから手放してくれ。あんたは変われるんだ、ブレンダ」

「そしてあんたはまっすぐ地獄へ行ける、ジョー・ピケット」彼女はささやいた。「エルドン、ブル、そしてティンバーがそこであんたを待っている」

ジョーはまた監視カメラを一瞥した。やるだけはやった、というように。

「おれの友人のネイトを覚えているか？　あんたたちが待ち伏せした男を？　殺しかけた男を？　いいか、いまこの瞬間に彼はダラスと、あんたが金を払っている手先二人を見張っている。彼がいることをダラスたちは知らない。おれが電話をかけるだけで……西部流の展開になるだろう。そうなったら、あんたはこの世で一人ぼっちだ。そうなりたいか？」

ブレンダは答えもしなければ見もしなかったが、全力でこちらに注意を向けているのがジョーにはわかった。

「あんたが報復を始めてから、どれだけの罪もない人々が傷ついたり殺されたりしたか、わかっているのか？」

　彼女は身じろぎもしなかった。

「あんたはここからすべてを指揮した、だがその結果を知っているのかどうか。あんたが復讐を始めて金をばらまきはじめたとき、おれとはなんの関係もない人々が巻きこまれた。サドルストリング出身のジョイ・バノンという学生は――あんたは彼女の家族を知っているかもしれないな――コーラ・リーにナイフで刺された。あんたの息子の嫁はすっかりラリっていて、ジョイとエイプリルの見分けもつかなかったんだ。

　デイヴ・ファーカスが撃ち殺されたのは、ダラスと彼の手先がなにか聞かれたかもしれないと思ったからだ。ワンダ・ステイシーというバーテンダーも同じだ。法廷で証言できないように、彼らはワンダの首を絞めて崖から落とした。みんな罪のない人々だ、ブレンダ。あんたはおれに報復することで独善的になっているが、その手についているのは罪のない人々の血だぞ」

「くそったれ。あたしのせいじゃない。起きることすべてをコントロールできるわけじゃないのよ」

「もちろんあんたはそう言うだろう」彼は思った、彼女はかかわっている。気がついているにしろいないにしろ、自分の役割を認めた。

「ウィンチェスターの保険代理店の男と話した。ずっと前、気の毒なエルドンにかけた保険について聞いたよ。エルドンはそのことを知っていたのか？」

「彼が知る必要はなかった」ブレンダは言った。「エルドンのためにあれだけしてやったのに、彼がどういうたぐいの男かあたしにはわかったの。長年あの男のそばにいた報酬として、公正かつまっとうに稼いだ金よ。エルドンは決して変わらないし、寿命がつきる前に死ぬことになるってあたしは知っていた」

「そしてあんたはそこをうまく利用した。七百五十万ドル。先を見越していたんだな？」

「必要になるってわかっていた」彼女は鼻を鳴らした。「面倒みなくちゃならない家族がいたのよ。当時はあんたにほとんどを殺されるなんて思ってもいなかった」

この一撃にジョーはとりあわなかった。

「毎回手数料をもらえさえすれば、アシュリン・レイマーがあんたの指示でだれにでも口座から支払うと、わかっていたな？」

ブレンダは目を細めた。「あの女、だれにも言わないって約束したのに。銀行屋なんて不正直者だって心得ておくべきだった。だからあいつらを信用したことは一度もない」

「そうだな」ジョーはメモ帳を開いて読むふりをした。「スパイヴァク保安官代理のことはどうやって知ったんだ？　彼の娘を体操キャンプに送れるだけの金をやれば、ダラスへの起訴をだいなしにするために協力すると、いつ知った？」

彼女は首を振った。「たまたまよ」

「どういう意味だ？」

「スパイヴァクは妻に不貞を働いていた。なにかの講習でダグラスの法執行アカデミーへ行っていたとき、ふしだらな小娘と浮気したの。自分と寝てくれない妻と才能のある娘のことをスパイヴァクは彼女に話した。娘のスポーツの才能をのばすためならなんでもすると、彼は言ったのよ」

ジョーは話の先が見えなかったが、口をはさまなかった。

「その小娘はコーラ・リーみたいなヤク中だった。クスリを山ほど持っているところを逮捕されて、ここへ送られてきたの。そして役立たずのうちの嫁と同じ房だった。彼女はコーラ・リーにスパイヴァクのことをしゃべったのよ、それであたしたちは彼に話を持ちかけることができた。彼は金に目がなかった。娘のことだけじゃなくてね」

「デイヴ・ファーカスを襲ったのはなぜだ？」

「あたしはそれには関係ない」

「ワンダ・ステイシーは？」

その名前を聞いたのはいまが初めてであるかのように、ブレンダはかぶりを振った。われながら驚いたが、ジョーは彼女を信じた。だが、彼の疑いを裏付けるにはじゅうぶんな証言をすでに引きだした、と確信した。

「これでしまいだ、ブレンダ。終わったんだ、おれたちみんな手を引ける。ダラスも」

ブレンダは車椅子を半回転させ、初めて彼と目を合わせた。「あんたの家族全員が死ぬまで——あたしの家族のように——これは終わらない。ダラスのことはわかっているの。あの子は最後の息を引きとるまで、あたしと家族の名誉を守る」

ジョーは立ちあがり、首を左右に振った。「彼がもうこの世にいなければ、そうはならない。さっき言ったように、止められるのはあんただけだ」

ブレンダの目つきがけわしくなり、その顔に小さな微笑が刻まれた。「あたしはやめない。どのみちここで死ぬのよ。どうしたらあたしの最後の日々が幸せになるか、ダラスは知っている」

「あんたは決してあきらめないんだな?」ジョーはため息をついた。

「あきらめたことはないし、これからだってない」

彼はメモ帳を閉じてポケットにしまい、矯正官を呼ぶためにドアへ歩きだそうとした。

車椅子の電動モーターの回転数が上がって音が高くなるのを彼は聞いた。振りむききらないうちに、彼女は車椅子で突っこんできた。鋼鉄のフットレストが激しく彼のすねにぶつかり、痛みが全身を貫いた。

ジョーが壁に手をついて体を支えているあいだに、ブレンダは車椅子を少し下げ、きっと口を結んで、破城槌《はじょうつい》ででもあるかのように頭を突きだすと、勢いよく前進した。驚くほどのスピードだった。ジョーはなんとか半回転したが、車椅子が左ひざに激突してよろめいた。ブレンダの体に手をかける前に、彼女は車椅子を反転させて逃れた。

オレンジ色のものが彼の視界を横切った。いつのまにか四つん這いになっていた。見ると、フットレストが彼の頭の高さにあった。

彼女はもう一度襲いかかろうとしていた。フットレストが額《ひたい》の真ん中に突きあたったり砕けた鼻柱が脳にめりこんだりしたら、終わりだと彼は悟った。

ブレンダが車椅子を最高速度にする前に、ジョーはうなり声を上げて身を投げだした。フットレストが肩に当たったが、彼はその下に手をのばし、両端をつかんだ。ふらつきながら立ちあがり、車椅子の前面を床から持ちあげた。車椅子は後ろへ傾いた。持ちあげつづけると、ブレンダの頭が横に揺れ、彼女は一瞬白目になった。車椅子の後輪が回転して煙を上げ、床のタイルに跡がついた。車輪の前進する力が、前面を持ちあげる彼に味方した。

ジョーはブレンダを後ろへ倒し、彼女は横向きに車椅子から落ちると、動かなくなった。だが、まだ彼女は車輪をコントロールでき、車椅子はみずから逃げようとしているかのように高い音を発しつづけた。

矯正官が室内に駆けこんできたとき、ジョーは車椅子に飛び乗り、自分の体重で動かないようにした。右のアームレストのプラスティック製コンソールのラッチを、親指で押して開けた。

コンソールの中にはiPhoneが入っており、彼は底部からライトニングケーブルを抜いて携帯を出した。車椅子のモーターが静かになり、車輪がゆっくりと回転を止めた。

床の上でブレンダは彼のしたことを見ていた。ジョーが携帯を示すと、彼女は言った。

「もとに戻して!」

「だめだ」まっすぐ立ちあがるのもつらかったが、なんとかやってのけた。監視カメラのほうを向いて、携帯をかざした。

メアリーベスが鍵だった。彼女のすばやいリサーチのおかげで、舌で操縦する車椅子を動かすために専用の超小型コンピューターを作るのではなく、ジョージア工科大学の技術者たちは同じ目的に使えるスマートフォン用のアプリを作ったのだ。新しいハイテク車椅子がワイオミング州女性センターに届いたとき、グレイ所長を含めてだれも車椅子のテクノロジーを調べようとは考えなかった。

ブレンダは自分の思考と指令に応えるばかりか、外界との連絡手段を内蔵した車椅子を受けとったのだ。息子やほかの人間たちにもっとひんぱんに電話しなかったのは、自分のために携帯を出してかけ、指令を出すあいだ彼女の顔のそばで持っていてくれるように、だれかを説得——あるいは買収——しなければならなかったからだろう。そのだれかは毎日東棟に来るわけではなかったのだ。

ジョーはカメラに向かって言った。「地元の資格のある看護師が二週間おきにブレンダを訪問すると言っていましたね。その訪問日時とこの電話の発信履歴が一致しても、驚きませんよ」

背後で、ブレンダが前後に頭を振りながら悪態をついていた。

「当たりだな」ジョーは言った。

そして矯正官に申し出た。「ふつうの車椅子を見つけてきてくれたら、彼女を乗せるのを手伝いますよ」彼は舌で操縦する車椅子を手振りで示した。「これはしばらく使用不能でしょう。それでいい、あやうく殺されるところだった」


矯正官が診療所から車椅子を持ってくるまで、ジョーはブレンダの横にしゃがんだ。彼女のまなざしに、ジョーは顔をカミソリで切りつけられるような気がした。ブレンダの口の端でつばが泡になり、鼻汁が床に垂れていた。

「これはもういらないだろう」彼はそっとヘッドセットをはずしてやった。ブレンダは首をそらし、できるだけやりにくくした。

そのあとジョーはジーンズのポケットからバンダナを出して彼女の口と鼻を拭《ふ》き、きれいにしてやった。彼女は顔をそむけようとしたが、ジョーの手が届かないほどには首を曲げられなかった。ブレンダの肌はやわらかく、薄いうぶ毛におおわれていた。

「すまない」彼はつぶやいた。

勝利の高揚や満足感はまったくなかった。感じたのは、前に経験したことのない悲しみだった。

「全部記録しましたか?」ビデオルームに入ったジョーはグレイ所長に尋ねた。

「全部記録しましたよ」技術担当者が言った。

「驚いた」グレイは言った。「あれは……すごかったわ。あなたは大丈夫?」

ジョーは顔をしかめて答えた。「かすり傷だと思います」

「あまりにも展開が早かった」グレイは驚愕のおももちだった。「矯正官が対応する前に、彼女はあなたを殺していたかもしれない」

「たしかに彼女は殺そうとした」

グレイは立ちあがってジョーの両肩に手を置いた。「おみごとでしたよ」

ジョーは苦笑した。「わたしは七十三歳の四肢麻痺《まひ》の女性をやっつけて携帯をとりあげた。ろくなもんじゃありません」

iPhoneの通話記録をダウンロードしてダルシー・シャルクのオフィスへ送るよう、技術担当者に指示したあと、ジョーは言った。「わたしはこの携帯をもう少し持っている必要がある。データはすべてとりだしましたね」

グレイは反対しかけたが、思いなおした。

「見て見ぬふりはできるでしょう。さて、夫との夕食に行かなくては」

「結婚記念日おめでとうございます」

「ありがとう。これであなたがいくらか安心できるといいけれど」

「あと少しですよ」

ピックアップに乗りこんだとき、ジョーは脚と肩の痛みに声を上げそうになった。ラスクを出る前に、ビッグホーン山脈へ戻るドライブに備えてまず消炎鎮痛薬の大瓶を買わなければ、と思った。

ダルシーのオフィスへ送ったとき、彼はiPhoneの通話記録に目を通していた。ほとんどの番号は見覚えがなかったが、仕入れ先らしい同じエリアコードの862で始まっているのが共通していた。同じときに買われた、ダラス、彼の手先、コーラ・リーのプリペイド式携帯電話にかけていたのだろう。ウィンチェスターの局番は、おそらくアシュリン・レイマーとデイヴィッド・ギルバートソンが買った携帯との通話だ。

一つだけ違っていた番号はエリアコードが272だった。ペンシルヴェニア州東部。この番号はレスター・スパイヴァク保安官代理のものだとジョーは知っていた。自分の携帯の連絡先にあるからだ。トゥエルヴ・スリープ郡に職を得たとき、スパイヴァクは番号を変えなかったのだ。

ブレンダの携帯からの発信履歴と、令状をとってウィンチェスター銀行から押収する記録を調べれば、レイマーへの電話とそのあとのブレンダの口座からの出金との関連がはっきりするはずだ。ブレンダからのほかの発信は、ジョイ・バノンとエイプリル襲撃、シェリダンのコーラ・リー目撃、ダラスのウィーゼルとブルータスとの会合、路上でダラスを逮捕したときのスパイヴァクのでっちあげと、かかわっているだろう。

ダラス、彼の手先、そしてその気になればブレンダも起訴できるだけの新たな証拠を、ダルシーは手に入れる。前の起訴でのスパイヴァクのでっちあげは再度吟味《ぎんみ》されるはずだ。ダルシーは、ヒューイット判事と陪審団に対して名誉回復ができる。

開いた環《わ》は閉じるだろう。だが、それはもう少し先だ。

ジョーが最初にかけた相手はネイトだった。

応答はなかった。

27

ケイツの狩猟小屋まで最後の三キロの山登りを運転して聞かれたり見られたりする危険を

おかさずに、ジョーは轍《わだち》の道で止めて車をアスペンの木立に入れた。ヘッドライトを消し、エンジンを切った。ブレンダとの闘いとついにたどり着いた発見で沸騰《ふっとう》したアドレナリンは、やっと鎮静化して、いまは骨の髄《ずい》まで疲れきっていた。傷の痛みだけで目をさましているようなものだ。

それと、ネイトを見つけなければという決意。

ショットガンにダブル０バックショットを七発装塡《そうてん》し、デイパックに装備を入れた。衛星電話、無線機、スポッティングスコープ、結束バンドの手錠、ズームレンズのついたカメラ、水、ロープ、救急セットなど。デイパックを背負うときには顔をしかめた。車椅子に激突された肩がいちばん痛んだ。

運転席側のフロアマットの下にキーを入れ、ドアを閉めて歩きだした。夜空は晴れて、クリームを流したように星が出ている。気温は七度ぐらいまで下がって、風はない。

轍の道に沿って登ったが、駐車した広大なアスペンの森から出ないようにした。森は丘陵地帯から山頂の高木《こうぼく》限界まで続いている。黄色くなった葉はほとんど枝から落ちていたが、まだ踏んで音をたてるほど乾いてはいなかった。ジョーのブーツが森の地面の腐葉土をえぐると、湿っぽい麝香《じゃこう》に似た匂いがした。黄葉した落葉のカーペットは星の光を吸いこみ、彼には自分のブーツが見えた。

登りながら、あまり考えないようにつとめた。ダラスと手先を監視してくれという自分の頼みのせいで、ネイトが負傷したり殺されたりしていたらどうしようと思い悩むかわりに、いま見て聞いて嗅いでいるものに集中しようとした。

電話で話したときネイトが言っていた〝みごとなヒマラヤスギの古木〟は見たことがある。それはこの山でいちばん高い木であるばかりか、狩猟小屋がある岩に囲まれたくぼ地がもっともよく見えるところでもある。

州を横断する帰路のあいだに、メアリーベスに電話してなにがあったか説明し、自分がやらなければならないことを伝えた。彼女は止めようとしたが、ネイトの身を案じてもいた。そのあとジョーはリード保安官にかけ、ダラスと手先二人がどこにいるか教えた。リードは、ワンダ・ステイシーの遺体をサドルストリングに搬送《はんそう》しおわったばかりだった。ダラスがたてこもっている場所を隠していたジョーを、保安官は罵《ののし》った。

「ファーカスの件でもう一度起訴はできないんだぞ」リードは言った。

「この新しい証拠をもってすれば、できるさ」ジョーは言った。「しかも、ワンダ・ステイシー殺害も加わる。ブルータスとウィーゼルを生かしたまま捕まえられれば、わが身かわいさにすぐさまダラスを売るだろう。あんたとダルシーはいくつも容疑をつけくわえられるよ——放火と、おれのかわいそうな馬と犬を殺害した容疑も」

保安官助手を招集して、小屋へ続く轍の道でジョーと合流するから、狩猟キャンプに突入するのは待て、とリードは言った。

「キャンプで会おう」動かず待てとリードがどなっているのにかまわず、ジョーは通話を切った。

狩猟小屋は五百メートル以内の正面にある。見えるというよりそう感じた。料理用ストーブのたきぎの匂いが漂ってきたからか、鳥や獣が境界線を引いていて静かだからか――どちらなのか、はっきりしない。

だがジョーはペースを落とし、ショットガンの安全装置をはずした。森の地面を慎重に進んだ――まずかかと、次にゆっくり指の付け根に体重を移動する――枯枝を踏んで音をたてるのを避けるためだ。

木が夜空にそびえているせいで頭上の星が目に入らないことで、巨大なヒマラヤスギを見つけた。

「ネイト?」彼はささやいた。

返事はなかった。だが、彼は金属的な臭いに気づいた。

ジョーはデイパックの中のヘッドランプを探した。明かりは強弱の調節ができ、彼は最弱にしてからつけた。

ヒマラヤスギの幹にヘッドランプを近づけると、血が見えた。

こぶだらけの根からその上の樹皮まで、血が薄く飛び散っている。ペンキ屋が壁を一刷毛《ひとはけ》だけ塗ったかのようだ。動脈血のように見え、ジョーはぎょっとした。

「ネイト?」

返事はない。

彼はランプの光を強め、木から右のほうへなにかを引きずった跡が地面についているのを目にした。二本の溝《みぞ》はブーツの先でできたようだ。

ジョーはデイパックを下ろし、静かに跡をたどった。密生したムレスズメのやぶと、ひざ丈《たけ》にのびたアスペンの何百本もの若木を押し通って進んだ。

十分後、うめき声らしきものを聞いた。

「ネイト?」

はっきりとしたうなり声、続いてまたうめき声がした。男のうめき声だ。

ジョーはショットガンを背に木から木へと移動した。声は大きくなっていった。

葉が落ちたアスペンの枝のすきまから洩れる星の光で、前方の落葉の上の黒っぽい体が見えた。

「ううう。助けてくれ」その声は苦しそうで、ジョーにはだれのものかわからなかった。

「ネイト」ジョーは駆け寄ってかがみこんだ。ヘッドランプの光を向けると、レスター・スパイヴァクの血だらけの顔が浮かびあがった。スパイヴァクは光にぎゅっと目を閉じ、顔をゆがめた。

彼はあおむけで横たわり、都合の悪いことは聞かないとでもいうように両手を頭の横で固く握りしめていた。横の落葉の上に、もぎとられた人間の耳が二つあった。メスで切られたものではなかった。

ジョーは非難をこめてささやいた。「ネイト」

やぶががさがさと音をたて、ネイト・ロマノウスキが現れた。けがはしていないようだが、その両手は乾いた血にまみれていた。

「彼はきたないやつだ」ネイトは言った。

「わかっている、だが耳をちぎる必要はあったのか？」

「自分で選んだことだ」

ジョーはスパイヴァクを見下ろした。顔に当たる明るい光から逃れようと、彼は身を縮めた。皮膚についた血はかさぶたになりかけていた。

「出血で死ぬことはなさそうだ」ジョーは言った。

「死んだとしてもたいした損失じゃない」

「手当てするのに救急キットがいる。ヒマラヤスギのところに置いてきた」

「本気か？」信じられないという口調でネイトは聞いた。

「本気だ」

ネイトは肩をすくめてとりにいった。

「生きていて幸運だったな」ジョーはスパイヴァクに言った。

スパイヴァクはうめいた。

ネイトは戻ってきてジョーに救急キットを渡した。「こいつはおれを狩猟小屋まで歩かせて、自分の女みたいに見せびらかそうとしたんだ。そんなことをさせるわけにはいかないだろう？」

「あんたが無事でよかった」ジョーは言った。「電話に出なかったから心配していたんだ」

「危険はおかせなかった。あんたはいずれ来るとわかっていたよ」

ジョーは分厚い包帯二枚とガーゼを見つけ、スパイヴァクに言った。「両手をどけろ」

ジョーがスパイヴァクの頭にガーゼを巻いていたとき、ネイトは言った。「あんたが考えていたよりも彼はきたないやつだった。ダラスと手下どもにデイヴ・ファーカスとワンダ・ステイシーを襲うようにそそのかしたのは、スパイヴァクだった。あの晩バーで自分の名前を聞かれていたらと心配になって、それを二人がだれかにしゃべって自分のことがばれるんじゃないかと怖くなったんだ」

ジョーは一瞬黙り、それからスパイヴァクをにらみつけた。「ほんとうなのか？」

スパイヴァクはまたうめいた。

「ほんとうじゃなかったら、なぜおれに話した？」ネイトは言った。「二番目の耳をやった直後に、次は鼻に指を突っこんで引きちぎってやると言ったら、そう話したんだ。だから、耳二つの結果の告白さ。それは最良の告白だ。もっとも信用できる」

「一つ目の耳をちぎったあと、彼はなんて言ったんだ?」

「地獄へ行きやがれ、とさ」

ジョーは手当てを終えた。あまりやさしくというわけにはいかなかった。

「スパイヴァクに手錠をかける、そして彼についてはあとで対処しよう。ダラスと仲間はまだ小屋の中か?」

「最後に見たときには、外にすわってランタンの光でカード遊びをしていた」

ジョーは立ちあがった。「監視を続けてくれてありがとう。感謝するよ。でも、耳をちぎらずにいてくれたらよかったんだが」

「久しぶりだった」ネイトは言った。「なんとなくこういうのが恋しかったよ」

「次については計画があるんだ」

「ダラスの頭を吹っ飛ばすのも計画の内か?」

「そうならないように願っている」

「とにかく話してもらおうか」

ヒマラヤスギの下で、ジョーはネイトができるだけ高く登るのを待っていた。狩猟キャンプの三人にネイトが四五四カスールの照準を合わせたあと、ジョーは幹をたたいて自分は行くと伝えた。

四方を囲まれたくぼ地の入口に近づくと、たきぎの煙と葉巻の匂いが漂ってきた。星の光でネイトに自分が見えるかどうかわからなかったが、たぶん見えると思った。近づいて、だれかが──ダラスではない──カードを置いて「こんどは負かしたぞ、このくそったれ」と宣言して笑うのが聞こえたとき、ジョーの心臓の鼓動は速くなった。

花崗岩《かこうがん》の壁を抱くようにして、横歩きで左へ進んだ。壁の向こうに男たちがおり、岩は昼間の陽光が残っていてまだ温かいが、急速に冷えていく。紙やすりのような表面にこすれて両手と両ひざが痛い。だが、そのとき溝が見つかって彼は這いのぼっていった。ゆっくりと進み、手がかりと足がかりを二度確認してから登った。音をたてたら厄介なことになるとわかっていた。

ネイトが話していたとおり、彼らはそこにいた。ダラス、ブルータス、ウィーゼルが古いピクニックテーブルを囲んですわり、ランタンの青い光のもとでカード遊びをしていた。半分残っているウィスキー瓶がランタンのマントルのオレンジ色を反射している。ダラスは葉巻をくわえており、先端が赤く光っている。

岩壁の上からだと、三人の上体しか見えない。二人はジョーに背を向け、ダラスはこちらを向いている。

ジョーとピクニックテーブルの距離は約七十五メートル。有効なショットガン射撃には遠すぎるが、必要なら三人に散弾を浴びせられなくもない。ネイトのほうは問題ないだろう。ジョーは双眼鏡に目をあてて焦点を絞《しぼ》った。ウィスキー瓶のそばに携帯がある。ダラスと手下たちはポーカーのチップにマッチ棒を使っていた。ダラスが勝っているようだ。

ジョーはブレンダの iPhone を光が洩れないように脇につけ、発信履歴のどの番号がピクニックテーブルの上の携帯のものだろうと考えた。二月近《ふたつき》く前にかけられた最初の番号までスクロールした。計画に着手するために、ブレンダはまず息子にかけたはずだ。そこで、その番号をタップした。

思ったより長くかかったが、ピクニックテーブルの上の携帯が光り、三人の男たちはぎょっとした。一人が——横顔からウィーゼル《イタチ》だろうとジョーは思った——言った。「彼女だ」

ダラスはカードを置いて携帯を持った。「母さん」

「違う」ジョーは答えた。

ダラスが携帯をさっと顔から離し、画面の番号を確かめるのをジョーは見つめた。「だれだ？」

「ジョー・ピケットだ、おれの話を聞け。いま、五セント硬貨ほどの弾がおまえの眉間《みけん》を狙っている。立ちあがったり唐突な動きをしたりしたら、それが最後だ。

おまえはおれの家を焼いておれの犬と妻の新しい馬を殺した。だから、引き金を引くきっかけをくれよ、ダラス、喜んでそうする」

ダラスは一瞬固まっていた。それから暗闇にくまなく目をやって、ジョーの居場所を突きとめようとした。狩猟小屋より高くそびえるヒマラヤスギに視線を止め、目を細めた。

「そうだ」ジョーは言った。

「どうしたんだ?」ウィーゼルが動揺して尋ねた。

「黙れ」ブルータスが注意した。

ジョーは言った。「おまえの手先に動くなと言え」

双眼鏡で見ていると、ダラスが二人になにかささやいた。二人は振りかえって、ダラスのように暗闇の向こうを探ろうとした。

「これはブレンダの携帯だ」ジョーは言った。「彼女の車椅子からとりだした。スパイヴァクは捕まり、コーラ・リーは投獄され、ブレンダはあの車椅子も電話もなしで独房に戻された。ワンダ・ステイシーの件もデイヴ・ファーカスの件も知っている。なにもかも知っている。リード保安官がこっちへ向かっている。これをどう終わらせたいか、決めるのはおまえだ」

「永久に終わらない」ダラスは答えたが、銃を出そうとも立ちあがろうともしなかった。

「ブルータスとウィーゼルに、おれから見えるように両手を頭の上に置けと命じろ」

ダラスは長い十秒間無言だったが、命令を伝えた。最初、手先二人はぽかんとしてダラスを見つめた。

「言ったとおりにしろ、くそ」ダラスは大声で命じ、その声は電話からも空中を通しても聞こえた。

二人の男はしぶしぶ従った。

「そいつらにゆっくり立ちあがってキャンプファイアまで歩き、腹ばいになれと言え」

ダラスはその通りに伝えた。まずウィーゼルが、次にブルータスが従った。二人はベンチをまたぎ、消えかかっている火にのろのろと近づいた。

そのときウィーゼルが足を止めて振りかえった。「あの女を殺したのはローリーだ」彼は叫んだ。「おれはこれっぽっちも関係ない」

「黙りやがれ、リューティ」クロスは威嚇《いかく》した。

「ローリー・クロス――彼が犯人だ」リューティは右手を下ろしてクロスに指を突きつけた。

「黙れと言ったろう！」クロスはどなり、両手を下ろして背中にまわした。

ジョーが反応するひまもなく、クロスは銃を抜いて一メートルも離れていないリューティに狙いをつけた。

銃声――バン‐ドーン――は近接していたので一発のように聞こえた。リューティが胸を押さえ、クロスに撃たれた衝撃で後ろへよろめくと同時に、クロスの頭の半分が赤い霧となって吹き飛んだ。二人の男の死体は時を同じくして地面に倒れた。

「そして一人が残った」起きたばかりの出来事のショックと闘いながら、ジョーは電話口に言った。

ネイトがふたたびリボルバーの撃鉄を起こすカチカチという音が聞こえた。

ジョーはダラスに言った。「どのみち彼らはおまえを裏切っただろう。ブレンダの金目当てだったんだ、それはもうなくなった」

「ああ」ダラスは突然疲れた口調になった。

「最初はその気じゃなかったが、ブレンダはおまえを解放した」

「おふくろは元気か？」ダラスは聞いた。「しばらく会っていない」

「あいかわらず食えない女だよ」ジョーは答えた。

ダラスは低く笑った。

「携帯をピクニックテーブルの上に置いて両手を頭の上に。すぐそっちへ行く」

「葉巻を吸いおえていいか？」

「いいよ。そうしろ」

「これは、まだ終わっていないからな」

「五十年後におまえが刑務所から出たら、続きをやるか？　それでどうだ？」

「いいね」

ダラスはあごを上げてふうっと煙を吐きだした。にやにやしていた。

28

トゥエルヴ・スリープ・リヴァー・ヴァレーへ戻る車中、東の稜線《りょうせん》の筋状《すじじょう》の巻雲が曙光に輝くのを、ジョーはバックミラーで見た。はるか下では、高きから低きへ蛇行《だこう》する川に薄霧が立ちこめているが、陽光が届けば消えていくだろう。この秋最初の本格的な霜《しも》が、本物の軍隊の到着を待つ斥候のように、丘陵地帯の陰や溝に固まっている。

疲労困憊《こんぱい》したジョーの頭は、回想と想像がいりまじった幻覚でくらくらしていた。頭の両側に目のあるフクロウがマツのあいだを飛んでいる。自分の手先が瀕死《ひんし》の息で体をぴくつかせている横で、ダラスが葉巻をくゆらせている。クリスマスツリーの電球をつけたトナカイの角《つの》のあるエルクが茂みから飛びだしてきたが、彼がブレーキを踏んだときにはその姿はなく、幻だった。車椅子にすわったブレンダ・ケイツが突然バランスを崩して倒れた。

一時間前に狩猟キャンプで、リード保安官は言った。「レスターがとんだ事故に遭ったのは残念だったな。頭にあんなけがをするとは、木からよほどうまい落ちかたをしたにちがいない。身から出た錆《さび》だ」それからジョーに言った。「われわれがここを掌握する。だが、これだけ死体が多く出ると安置場所をどうするかな。あんたはひどいざまだぞ。家に帰れよ、ジョー」

そこでジョーは帰った。ネイトは保安官と部下たちの到着を待たず、とっくに森へ姿を消していた。タカの罠を調べないと、とか言っていた。

ジョーはあまりにも疲れていたので、気がつくと前は自分の家だった灰の山へ向かって運転していた。もうないのを忘れてしまっていた。近くまで来たとき、自分のピックアップがいつも駐車している場所に止まっているのを見た。おかしい。いま自分のピックアップを運転しているのだから。

また睡眠不足による幻覚だと思った。

そのとき、リック・イーウィグが狩猟漁業局の緑色のピックアップから降りてきて彼のほうへ手を振った。

ジョーは横に駐車した。降りるとき体じゅうが痛くて、安楽椅子から立ちあがるよぼよぼの老人のようにうめいた。

「おい、大丈夫か？」イーウィグは心底から驚いて尋ねた。

「いや」

「どこかまで送ろうか？」

「大丈夫だ」

かつてジョーの家だった黒焦げの山を、イーウィグは手振りで示した。「局が新しいのを建ててくれるまでどのくらいかかると思う?」

「わからない」

「ほかの例と同じなら、長くかかるだろうな。そのあいだどこに住むんだ?」

ジョーは肩をすくめた。それを考える時間さえなかったのだ。

「いつでも家族とおれのところへ来てくれ」イーウィグは申し出た。「気に入らないかもしれないが、ヴィヴと子どもたちが実家へ行っているから部屋が二つ余っているんだ」

「ありがとう。それについては上司と相談しないと」

「幸運を祈るよ」現場の猟区管理官で、ジョーの上司とそんな話をしたい者はだれもいない。

「密猟者の正体がわかったんだ」イーウィグは言った。「ちょうどいま、あんたに話したビルの中で、彼らはオジロジカ二頭を解体している。通報があって尾行したんだ。おれがつけていたのを、彼らは知らない」

ジョーは尋ねるように顔を上げた。「いまそこにいるのか?」

「ああ。シカのステーキ肉を包装している」

「だが、あんたはここにいる」

「そう」イーウィグはピックアップのボンネットの上に肘《ひじ》をついた。「ここだけの話で、あんたの意見を聞きたい。電話はかけたくなかったんだ、ましてや無線では話したくなかった」

「どういうことだ？」

「じつは、おれの知っている連中だったんだ。善良な男たちだ。友人と言ってもいい。三人は、数ヵ月前炭鉱が閉山になるまでそこで働いていた」

ジョーはうなずいて続きをうながした。

「裏のルートを使ってなにが起きているのか聞いたんだよ。その三人は肉の包みをほかの失業した炭鉱労働者と家族に届けているんだ。肉を売ったりむだにしたりはしていない。炭鉱がまた開くときに備えて、人々に食料を配給して地域に留まれるようにしている。だからハンターが狙わない動物だけを殺していたんだ。肉がほしかったんだよ」

「密猟であることに変わりはない」

「そうだ。だが、おれたちが彼らを逮捕してあらゆる容疑で起訴したら、どうなるかわかるだろう。連中は銃、ピックアップ、肉を処理するために買った設備のすべてを没収されることになる。たぶん一生涯狩りができなくなり、とても払えない額の罰金を科される。ただでさえ困っている人々をさらに苦しめてしまうんだ。職を奪いとられたのは彼らの責任じゃない。アレン知事は彼らを助けると公約したくせに、いまのところなに一つやっていない」

ジョーはちょっと考えた。「じゃあ、彼らにやめるように言うんだ」

イーウィグはジョーを見つめた。「本気か？」

「ああ」

「おれとあんたで話がついたってことだな?」

「ああ」

「真剣にきびしく注意するよ。怒りの鉄槌《てっつい》を下してやる、二度とシカを密猟しないように」

「それでよさそうだ」

「うんときびしく注意するから」イーウィグはあきらかにほっとしていた。

イーウィグの車が去ると、ジョーは自分のピックアップに乗ってサドルストリングへ向かった。

携帯を出してかけ、メアリーベスを起こした。

「いまから家へ帰るよ」

「家があればいいのに」彼女は言った。

謝辞

この小説のために援助と専門知識と情報を提供してくださった方々に感謝申し上げる。ワイオミング州民間航空パトロールのH・ケネス・ジョンストン大佐、アル・ラポイント、アレックス・ヘイル。ワイオミング州矯正局のベティ・アボット、ジョン・マーティン、ジョー・ウィルソン。テリー・マッケイ弁護士、ベッキー・リーフ弁護士、そしてドン・バド。

以上の方々のお名前をとくに挙げておく。

わたしの最初の読者であるローリー・ボックス、モリー・ドネル、ベッキー・リーフ、ロクサーン・ウッズに特段の感謝を捧げる。

cjbox.net を管理してくれるモリー・ドネルとプレーリー・セージ・クリエイティヴに、そしてソーシャルメディアの専門知識と販売促進に関してジェニファー・フォネズベックに、心からの賛辞を。

伝説的存在のニール・ナイレン、イヴァン・ヘルド、アレクシス・ウェルビー、クリスティン・ボール、ケイティ・グリンチをはじめとする、パトナム社のプロフェッショナルたちと仕事をするのはこのうえない喜びだ。

そしてもちろん、わたしのエージェントで友人であるアン・リッテンバーグに感謝する。

訳者あとがき

憎悪をたぎらせて復讐を誓う男。良心の呵責《かしゃく》を感じつつも、自分と愛する者たちを守るために立ち向かう男。

因縁の二人の対決は、バーで怪しい会話を洩《も》れ聞いたある酔いどれが失踪したことから始まった……

「この世界レベルのシリーズの中でも最高のサスペンスに満ちあふれた本作は、C・J・ボックスの新たなスタンダードを確立した」（〈パブリッシャーズ・ウィークリー〉）と評される、猟区管理官ジョー・ピケット・シリーズの新作『暁の報復』（原題 *Vicious Circle*）をお届けする。

ジョーの次女エイプリルが生死の境をさまようきっかけを作った彼女の元恋人、ダラス・ケイツが服役を終えて出所した。ピケット一家はかねてからこのときを恐れてきた――それは、ダラスが自身と家族を破滅させたのはジョーだと決めつけ、報復を宣言していたからだ。ジョーはダラスの懲役《ちょうえき》が不当に重い求刑によるものだったと感じており、なんとか憎しみの連鎖を断ち切れないものかと考えていた。

だが、ダラスと仲間たちがジョーへの襲撃を匂わせる話をしているのを洩《も》れ聞いたハンターのファーカスが、彼に警告の伝言を残したあと山で失踪した。そして、空からの捜索に参加したジョーがファーカスらしき人影が発砲されるのを赤外線装置で目撃したことから、憎悪の環《わ》はふたたび不吉な音とともにまわりはじめた。そして翌日、銃撃されたファーカスの遺体が見つかった。

ダラスの犯行と決めてかかっている法執行機関に、ジョーはかすかな不安を覚えたものの、ファーカス殺害の証拠が出そろってダラスは逮捕された。その一方で、エイプリル、そして長女シェリダンに魔の手が迫り、ジョーと妻メアリーベスは恐怖をつのらせた。

やがてダラスの審問が始まり、ジョーも証言に立った。ところが、検察側が勝利を確信していたこの法廷には、思いもよらない罠が待ち受けていたのだ！

二転三転するプロットはもちろんのこと、ジョーの反撃を助ける盟友ネイト・ロマノウスキの参戦、そしてある人物の予想外の登場も、本書の読みどころとなっている。

ジョーとダラスの経緯《けいい》については既刊『嵐の地平』（創元推理文庫）にくわしい。本書からシリーズに入られる方ももちろん楽しめるが、よりスリルを味わうためには『嵐の地平』を先に読まれることをお勧めしたい。

『暁の報復』はジョー・ピケット・シリーズの十七作目にあたる。本国アメリカでは今年の二月、二十四作目の*Three-Inch Teeth*が発売され、〈ニューヨーク・タイムズ〉ベストセラー・リストのハードカバー部門及び電子書籍・オーディオブック部門で初登場第二位を記録し、このシリーズの人気をあらためて証明した。

日本では以前、講談社文庫で刊行されていたが、十三作目の『発火点』から創元推理文庫に移り、嬉しいことに読者の変わらぬ支持をいただいて、毎年順調に邦訳をお届けできている。

しかも、東京創元社の総合文芸誌『紙魚《しみ》の手帖』二〇二三年四月号では「読む、味わう、絶対ハマる！〈猟区管理官ジョー・ピケット〉の世界」と題した小特集が組まれ、三橋曉さんによるシリーズの魅力解説をはじめ、短編「発砲あり」が拙訳で紹介された。ワイオミングの広大な自然、猟区管理官という特殊な法執行官として正義を追求するジョー・ピケットの誠実な人柄、西部色あふれる犯罪という、本シリーズの魅力がコンパクトな中にたっぷりと詰まっているので、未読の方はお手にとっていただければ幸いだ。

ちなみに今年は、アメリカのミステリアスプレス社による、主人公を紹介する内容の短編を掲載した〈ミステリアス・プロフィールズ〉という限定本シリーズで、C・J・ボックス著の*Joe Pickett*も発売された。マイクル・コナリーによるハリー・ボッシュ、ジェフリー・ディーヴァーによるリンカーン・ライム、コリン・デクスターによるモース主任警部など、ラインナップも豪華だ。

この短編の中では、ジョーが長女シェリダンの質問に答える形で、生い立ち、父母や弟のこと、猟区管理官になったきっかけ、メアリーベスとの出会いなどを語っている。これまでの作品で明かされているエピソードが多いが、安価なkindle版もあるので、興味のある方は読まれてみてはいかがだろう。

また、本シリーズはアメリカのSpectrumが*Joe Pickett*と題して連続ドラマ化し、Paramount+（パラマウントプラス）で第二シーズンまで配信された。パラマウントプラスは日本ではWOWOWやJ:COM STREAMで配信が始まり、アマゾンプライムでも視聴可能になっているが、調べた範囲では現時点でまだ日本では*Joe Pickett*を見ることはできないようだ。今後に期待したい。

そして、もう一つお知らせを。本国の刊行ペースに少しでも追いつくため、来年はなんと（！）十八作目*The Disappeared*と十九作目*Wolf Pack*の二冊の邦訳刊行が決定した。

内容をかんたんにご紹介しておこう。

*The Disappeared*では、シェリダンが働くセレブ向けのリゾート牧場を訪れていた富裕な

イギリス人女性が行方不明になり、ジョーは知事に調査を命じられる。だが、この事件は始まりにすぎず、現地に赴《おもむ》いたジョーをさまざまな謎が待ち受けていた。*Wolf Pack*では、ドローンによる違法な狩猟の捜査がＦＢＩを巻きこんだ大規模な連続殺人事件につながっていき、ジョーは冷酷非情な暗殺者グループと敵対することになる。
どうぞ楽しみにお待ちいただきたい。

今回も東京創元社編集部の佐々木日向子さん、そして校正担当の方々に多大なご尽力をいただいた。心からお礼を申し上げる。
また末筆ながら、長年ジョー・ピケット・シリーズを熱く応援してくださり、二〇二三年一月十九日に逝去《せいきょ》された北上次郎さんに感謝を捧げたい。天国で、引き続きこのシリーズを楽しんでくださることを願っている。

二〇二四年五月

野口百合子

検印
廃止

訳者紹介　東京外国語大学英米語学科卒業。フリードマン「もう年はとれない」、ボックス「発火点」「越境者」「嵐の地平」「熱砂の果て」、パーキン「小鳥と狼のゲーム」、クリスティ「秘密組織」「二人で探偵を」など訳書多数。

晩の報復

2024年6月28日　初版

著者　C・J・ボックス

訳者　野《の》口《ぐち》百《ゆ》合《り》子《こ》

発行所　(株)東京創元社
代表者　渋谷健太郎

162-0814/東京都新宿区新小川町1-5
電話　03・3268・8231-営業部
　　　03・3268・8204-編集部
URL　http://www.tsogen.co.jp
DTP　工友会印刷
晩印刷・本間製本

ISBN978-4-488-12717-6　C0197